ラルフが片方の乳房をすくい上げ、その頂に毛羽立った感触を突きつける。撫でるように何度か往復されると、慎ましく縮こまっていた乳頭がたちまちぷくんと膨れあがった。

シフォン文庫

不埒なロマンス小説の書き方

葉月エリカ

集英社

不埒なロマンス小説の書き方 Contents

イラスト／森白ろっか

不埒なロマンス小説の書き方

序章「この文章には良いところが一つもない」

オイルランプの灯火《ともしび》が揺れるホテルの部屋には、息詰《づ》まるような空気が満ちていた。

「どこまで書けた？　セシリア」

背後からかけられた男の声に、セシリアはびくりと肩を揺らす。

汗ばんだ手からペンが滑《すべ》り落ち、ライティングデスクに広げた原稿の上を転がって、黒いインクの染みがぽつぽつと散った。

「あ……！」

「いい」

慌《あわ》てて拭《ふ》き取ろうとするセシリアの頭上に、絨毯《じゅうたん》を踏んで歩み寄ってきた男の影《かげ》が落ちる。

「書けたところまででいい。読んでみろ」

「え……」

セシリアはたちまち喉《のど》が渇《かわ》くのを感じた。

おずおずと顔を上げれば、冷ややかな青灰色《せいかいしょく》の双眸《そうぼう》が彼女を見下ろしている。

委縮《いしゅく》するほど高貴《ノーブル》な美貌《びぼう》というのは、彼のような顔をいうのだろう。

紳士《しんし》らしく、一筋の乱れもなく整えられた黒髪は、前髪だけが無造作に流されて、秀《ひい》でた額《ひたい》に落ちかかっている。

すっきりと通った上品な鼻梁《びりょう》に、形良く引き結ばれた唇《くちびる》。陶器《とうき》でできているのではないかと疑いたくなる滑《すべ》らかな肌《はだ》は、体温さえもなさそうだ。

上背のある体軀《たいく》に身につけているのは、ほとんど黒に近いチャコールグレイの三つ揃い《ディトーズ》で、細身のネクタイは喉元まできっちりと結ばれている。深夜にもかかわらず、まるで隙《すき》のないその姿は、猛禽《もうきん》か、あるいは不吉な死神を思わせた。

「どうした。読め」

硬直してしまったセシリアに、青年は淡々と告げた。

「また、声に出して……ですか？　ガーランドさん」

「ラルフでいい。何度も言わせるな。作家と編集者が互いに打ち解け合わなければ、いい作品など生み出せない」

打ち解け合う。

そう言うのなら、その怖い顔をやめて、一度でもにこやかにしてくれればいいのに——セシリアは心からそう思う。

彼女が躊躇《ためら》っている間にも、ラルフの眼差《まなざ》しは次第に険《けわ》しくなり、苛立《いらだ》ちを増していく。

セシリアは観念し、原稿に目を落とした。ここまで二時間かけて書いた場面《シーン》を、消え入りそうな小声で読み上げ始める。

「ロザリー……僕の小鳥」

パトリックは情熱的に囁《ささや》いて、ソファに腰かけた彼女の後ろに回り、背後から腕を回した。

「どうしたら君を僕のもとに留《とど》めておけるだろう。愛している。僕と結婚してくれ」

「いけません、ご主人様」

ロザリーは必死に抗《あらが》った。

「私はしがない家女中《ハウスメイド》の身ですわ。それに比べて貴方《あなた》は、いずれこのシンクレア家を継がれる次期伯爵《はくしゃく》……その御身分に釣り合ういずこかのご令嬢と、じきにご婚約もなさるのでしょう」

「そんなしがらみなど！」

パトリックは癇癪《かんしゃく》を起こしたように叫んだ。

「僕が愛しているのは君だけだ。ロザリー、ああ、今宵《こよい》こそ君と……！」

途端、ブラウスの前を引き裂かれてロザリーは叫び声をあげた。

パトリックの荒々しい手が襟《えり》の隙間《すきま》から差し入れられる。胸を強く揉《も》まれて、ロザリーの全身に快感の波が広がった。

「いけません……やめて……」

「やめないよ。こんなに素晴らしい君の体を前に、やめられるわけがない」

パトリックは器用にコルセットの紐《ひも》を解き、ロザリーを一糸纏《まと》わぬ姿にした。

ソファの上に押し倒され、ロザリーは目を閉じた。ああ、とうとう自分は、この人に身も心も捧《ささ》げることになるのだ――。

「……続きは？」

「あ……ありません。まだここまでしか書けてなくて……」

「二時間かかってこれだけか」

「すみません……」

セシリアは身を縮《ちぢ》めてうなだれた。

自分の書いたものを――しかも、淑女《しゅくじょ》が読むにも書くにもふさわしくない、いかがわしいロマンス小説を――音読させられるという状況に、頬《ほお》は熱を帯び、勿忘草《わすれなぐさ》のような青紫の瞳《ひとみ》は羞《しゅう》恥《ち》の涙に潤《うる》んでいる。

十八歳という年齢の割にあどけなく清楚《せいそ》な顔立ちからは、色めいた文章を紡《つむ》ぐような少女にはとても見えない。実際、こんなふうに性描写のある小説を書いたのは、セシリアにとっても生まれて初めてのことだった。

そこのところを少しは考慮《こうりょ》してくれてもいいのに。

「こんなものを読まされるこっちの身にもなってくれ」

吐き捨てるようなラルフの一言に、セシリアは顔を跳ねあげた。

「ど……どこが駄目《だめ》でしたか？」

「どこが、といちいち指摘するのも億劫《おっくう》なくらいだ。端的《たんてき》に言うと、この文章には良いところがひとつもない」

酷評《こくひょう》に青ざめるセシリアの隣で、ラルフは「まず、ここだ」と原稿の一部を指し示した。

「**ソファに腰かけた彼女の後ろに回り、背後から腕を回した**――『回す』という単語が重複している上に、『後ろ』と『背後』も同じような意味だ。神経を遣《つか》って書いていれば、こんなくどい表現にはならない」

「じゃあ、どうすれば……」

「それを考えるのが作家の仕事だろう」

（私はプロの作家なんかじゃないわ……！）

そう叫びたい気持ちを、セシリアはぐっと呑《の》み込んだ。この氷のような青年に何を言っても通じないことは、出会って一日目に学んだ。

「まだある。パトリックの口説《くど》き文句は陳腐《ちんぷ》だし、ロザリーの台詞《せりふ》も説明的だ。確かにこの作品は、伯爵令息とメイドとの身分違いの恋を題材にしているが、ヒーローとヒロインの立場は冒頭で示されるべきで、こんなとってつけたような台詞で強調することじゃない」

セシリアは何も言い返せず、ラルフに指摘されたことをメモした。今夜もろくに眠れずに書き直すことになりそうだ。

「何より官能シーンがなっていない」

あからさまなその単語に、セシリアは耳を塞《ふさ》ぎたくなった。

（恥ずかしい……死んじゃいたい……）

こんな不埒《ふらち》な小説を男の人の前で書かされて、声に出して読まされて、その上に容赦《ようしゃ》ない駄《だ》目《め》出しまで。

「パトリックがそういう性格だ、と言ってしまえばそれまでだが……いきなり服を引き裂き、胸を揉みしだくような乱暴な男に、女性は惹《ひ》かれると思うか？」

セシリアは思い切って「でも」と顔をあげた。ロマンス小説など、ほとんど読んだこともないから、これは母のルイーズの受け売りだけれど。

「こういった小説では、ヒーローは多少強引なほうが読者に好まれると聞きました」

「そうか」

ラルフが瞳を細くすがめた。

「なら、君自身がヒロインの気持ちになってみるといい」

「えっ……!?」

嫌な予感を覚えたときには、セシリアはすでにラルフの腕の中に捕らわれていた。彼女自身が書いた小説のままに、背後から抱きすくめられる形で。

「やっ……何をするんですか、ガーランドさん！」

「ラルフと呼べ、と教えただろう？」

律儀な訂正の言葉は、やけに艶《つや》めいた重低音で、囁かれた耳の後ろがぞくりとした。編み込みにした蜂蜜《はちみつ》色の髪の後れ毛が、彼の吐息に揺れて項《うなじ》をかすめる。

「ほら。君は今、嫌だと言った。体もこんなに固く強張《こわば》っている。それが普通の娘の反応じゃないのか？」

首を横に振ることも、縦に振ることもできなかった。この先に何をされるのかを思って、セシリアは言葉もなく震えた。

そんな彼女の怯《おび》えなど斟酌《しんしゃく》せず、ラルフは淡々と小説の話を続ける。

「この段階で、ロザリーはパトリックへの愛をまだはっきりと自覚していない。身分が違いすぎて、恋心を抱くなど畏《おそ》れ多いことだと自分を戒《いまし》めている。ロザリー自身も牧師の家の出で、身持ちの固い敬虔《けいけん》な娘だ。そんな女性が、男にいきなりこんなことをされて」

「あ……っ！」

モスリンのドレスの襟元から、ラルフの手が忍び込んだ。

しなやかな指先はシュミーズの下をくぐって、誰にも触れさせたことのない膨らみに達する。

やんわりと、果実の熟《う》れ具合を確かめるように力を込められて、セシリアは息を詰めた。

「**全身に快感の波が広がった**——と君は書いた。快感とは、どんな感覚のことだ？」

「っ……手、放して……」

彼の大きな手で捏《こ》ねられると、乳房の内側いっぱいに、ざわりとした甘酸《あまず》っぱさが湧いた。

「**こんなに素晴らしい君の体**——とパトリックはロザリーを賞賛している。なら、ロザリーの裸体《らたい》を地の文で描写するか、パトリックの台詞で具体的に想像させろ。官能シーンに限らず、いかに読者に『絵』を見せられるか、常に念頭に置いて書け」

冷静に話し続ける間も、ラルフはセシリアの胸を弄《もてあそ》ぶことをやめなかった。

「ちなみに例をあげてみると、『**それなりの量感はあるが、十八歳の処女《おとめ》らしく、まだ青く硬い芯《しん》を残した果実**』――そんなふうに表現することもできる」

「ロ……ロザリーは、十九歳という設定で……」

「わかっている。だから、これは君の胸のことだ」

「ラ……ラルフさんっ！」

「そうだ。ちゃんと呼べるじゃないか」

ようやく振り返ったセシリアが見たのは、唇だけを酷薄《こくはく》に吊《つ》り上げた、悪魔めいたラルフの微笑だった。

「作家にいい作品を書かせるために、俺は手段を選ばない」

ロンドンの大衆向け大手出版社――デンゼル社一の敏腕《びんわん》編集者と名高いラルフ＝ガーランドは、まるで悪びれずに言い放つ。

「恋さえ知らない君にも、英国中の女性が夢中になるロマンス小説を書かせてみせる。俺の小説指南《アドバイス》には絶対服従するんだ――いいな、セシリア？」

「は、あっ、ああ……ん！」

骨ばった指の間で尖《とが》る乳首をこりこりと弄ばれて、まともな返事さえもできない。

（どうしてこんなことになってしまったの……？）

未知の快楽に甘い声を洩《も》らしながら、ラルフと出会った数日前の出来事を、セシリアは朦朧《もうろう》と思い返していた。

1 「編集者と作家の距離は、できる限り縮めるべきだ」

『愛しの我が娘　セシリアへ
おはよう！　よく眠っているみたいだったので、声はかけずに行きます。
言い忘れてたけど、実は今日からダニエルと旅行に出かけることになっていたの。
原稿は仕上げてあるので、デンゼル社に送ってください。
おみやげを楽しみにしていてね！

あなたを世界一愛している母　ルイーズより』

セシリアがそのメモ書きを食堂のテーブルに発見したのは、そろそろ秋も終わろうとする、ある朝のことだった。

「また、お母さんってば……」

肩を落とし、深々と溜《た》め息をつく。

ダニエルという名は初耳だが、きっと新しくできた母の恋人に違いない。今度はなんの仕事をしている人だろう？　売れない画家でも、自称・世紀の天才作曲家でもなんでもいいから、とりあえず収入があればいいのだけど。

そうでなければ、ねだられるままほいほいと気前よく、若い情人《ヒモ》に貢《みつ》いでしまうのが、ルイーズ＝アディントンという女性だった。

『好きな人を作るなとは言わないわ。でもお願いだから、もう少し男の人を見る目を養《やしな》って』

セシリアがどれだけ口を酸《す》っぱくして忠告しても、

『だって、まともな職についてて、安定した収入のある人なんて、男性としてはすっごく退屈で魅力がないのよー』

四十路《よそじ》の手前になっても、衰《おとろ》えを知らない少女のような美貌《びぼう》で、ルイーズはにこやかに言いきるのだ。

『それに、私の仕事はロマンス小説家なのよ？　常に情熱的な恋に身を焦《こ》がしてなくちゃ、新しい作品を書くことなんてできないわ！』

そう言われてしまうと、十八歳になっても縁談の舞い込む気配もなく、母に養われているセシリアとしては、それ以上反論ができない。

小さなものとはいえ、ロンドン郊外の一軒家に住むことができ、日々の食事にも困らないでいられるのは、ロマンス小説家として不動の人気を誇る母の収入のおかげだからだ。探検家だったセシリアの父は、娘の誕生後ほどなく、北極点を目指して遭難死《そうなんし》したというから、ルイーズとセシリアは母一人子一人、ときには喧嘩《けんか》をしながらも、寄り添って生きてきたのだった。

「それにしても、どこに行くとか、いつ帰るかくらい、書いていってくればいいのに……」

セシリアは独《ひと》りごち、メモ用紙の隣に置かれた大判の封筒に目をやった。

ロンドンの中心にある出版社の住所が書かれた封筒は、手に取るとずっしりと持ち重りがした。ここ二カ月ほど、ルイーズが一心不乱に書いていた新作の原稿だ。とりあえず仕事を終わらせて出かけて行ったのだから、母の放蕩《ほうとう》も大目に見るべきか。

「きっと、早く送っちゃったほうがいいわよね」

郵便局に行くついでに、市場で買い物をして帰ればいい。

そう決めたセシリアは、紅茶とポリッジだけの簡単な朝食をすませたあと、蜂蜜《はちみつ》色の髪をゆるいシニヨンに編み込み、ストールを羽織《はお》って家を出た。原稿の入った封筒は、自分で縫《ぬ》ったキルトのバッグに、財布と一緒に入れて肩にかける。

石畳《いしだたみ》の歩道を歩き、住宅地を抜けて町の大通りに近づくにつれ、セシリアは見知った顔にちらほらと出会った。

道行く人に声をかけて花を売る少女や、路上で靴磨《くつみが》きをする少年。彼らはセシリアの姿を目にすると、一様に顔を輝かせて声をかけた。

「おはよう、セシリア！」

「週末にはまた遊びに行っていい？　この前のお話の続きを読んで！」

セシリアはにっこりと笑って答えた。

「ええ、もちろんよ。待ってるわね」

今世紀の前半に工場法の制定があり、年少者の労働には制限が設けられたものの、すべての子供が働かないですむ環境にいられるわけではない。

そういった子供たちを集めて、絵本や伝記を読み聞かせながら文字を教えるのが、セシリアの週末の過ごし方だった。そんなことばかりしているから恋人の一人もできないのだと、同世代の友人には呆《あき》れられるが、幼《おさな》い頃から極度の本好きだったセシリアは、物語の世界に浸《ひた》る喜びを、できるだけたくさんの子供たちと共有したいと思うのだ。

(物語はいいわ。どんなにつらいときでも、悲しいときでも、本の世界は私を拒《こば》まない)

これまでに読んだ数々の本の名場面を思い出しながら、セシリアは道を曲がり、人気《ひとけ》のない路地に入った。左右を壁に挟まれた道は薄暗く、昼間であってもぞくりとする雰囲気《ふんいき》があったが、ここを抜ければ郵便局への近道になる。

(物語の中でなら、人は何にだってなれるもの。お姫様にだって、勇敢《ゆうかん》な海賊にだって、謎に満ちた殺人事件を華麗《かれい》に解決する探偵にだって！　推理物といえば、やっぱりドイルの『緋色《ひいろ》の研究』はすごいわよね。あれだけの材料で犯人を暴《あば》くことができるなんて……)

夢中になって本のことを考えているセシリアは気づかなかった。

彼女の背後には、気配を殺して近づく怪《あや》しい人影があったのだ。その人物が一気に距離を詰め、セシリアの右肩に激しくぶつかる。

「っ!?」

衝撃にセシリアは尻《しり》もちをつき、何が起こったのかを理解するまでに数秒を要した。

(――バッグがない！)

肩にかけていたキルトのバッグは、走り去る人物の手に握られていた。ちょうど逆光になった視界のうちでは、その人間が中肉中背の男性らしいことしかわからない。

「ど……泥棒《どろぼう》っ――!」

とっさに追いかけようとしたが、左の足首にずきりと激痛が走ってつんのめった。転んだ際に運悪くひねってしまったらしい。

その間に、ひったくりの姿は完全に見えなくなってしまった。痛む足をひきずりながら路地を抜けたセシリアは、その場に呆然《ぼうぜん》と立ち尽くした。

そこそこに人通りの多いメインストリートだ。右を見ても左を見ても、バッグを盗んだ男は見当たらない。人ごみにまぎれるにしろ、どこかの店に入って裏口から逃げるにしろ、セシリアがもたついている間に充分成し遂《と》げられただろう。

(どうしよう……!)

財布には大した金額は入っていないが、あのバッグの中にはルイーズの原稿があったのだ。恋に奔放《ほんぽう》でだらしがないけれど、物書きの仕事に関してだけは熱心な母が、何日も徹夜をして書き上げた原稿なのに――。

「危ない、どきな!」

突然、すぐ近くで怒声と馬の嘶《いなな》きがあがった。

「きゃあっ!」

セシリアの鼻先をかすめるようにして、一頭立ての二輪馬車《ハンサム・キャブ》が急停車した。馭者《ぎょしゃ》に思いきり手綱《たづな》を引かれた馬が、興奮して歯を剝《む》き出し、前脚《あし》を踏《ふ》み鳴らしている。

（私ったら……！）

ぼうっとしてひったくりに遭《あ》うのみならず、危うく馬車に轢《ひ》かれかけるところだった。そのことに気づいたセシリアは、へなへなとその場にへたりこんだ。

「気をつけろ、こらぁ！」

馭者の罵声《ばせい》を浴びせられ、周囲に人だかりができる。恥ずかしさと情けなさに、セシリアは立ち上がることができなかった。

そのとき、馬車の座席から一人の青年が降り立って、座り込むセシリアの前で膝《ひざ》をついた。

「大丈夫か？」

目の前に差し出された手には、高価そうな革《かわ》手袋が嵌《は》められていた。

顔をあげたセシリアは、一瞬、驚きに呼吸を忘れた。

（夜闇《よるやみ》の吸血公爵《こうしやく》様――？）

冷静になれば頰が赤らむような連想をしてしまったのは、ちょうど数日前まで、高貴な吸血鬼が可憐《かれん》な乙女《おとめ》と禁断の恋に落ちるゴシックホラーを読み耽《ふけ》っていたからだ。

だが、その青年はそれくらいに常人離れした美貌をしていた。

年齢は二十代の半《なか》ばほどだろうか。艶《つや》のある黒髪に縁取《ふちど》られた面立《おもだ》ちには気品があり、青灰《せいかい》色《しょく》の瞳《ひとみ》には理知的な光が宿っていた。

ネクタイやフロックコート、紳士《しんし》ならば外出の際に必ず身につける帽子などは、どれもオーソドックスなデザインだが手入れが行き届いており、上質なものであることが一目でわかる。

この町ではあまり見かけない、真に都会的な人間の匂《にお》いがした。物語のヒーローにしかときめいたことのないセシリアが、思わず見とれてしまうくらいに優雅な雰囲気の青年だ。

「驚かせてすまなかった。立てるか？」

淑女《しゅくじょ》にするように手を取られたセシリアは、慌てて立ちあがろうとしたが、再び足首に痛みを感じてよろけてしまう。

「ひねったのか？」

青年がセシリアの足元に目をやった。

「ええ。でも……」

それは、馬車に轢かれかけたせいではないから気にしないでほしい。

そう言いかけたセシリアは、次の瞬間、悲鳴を呑《の》みこんだ。

「家まで送ろう」

当たり前のようにそう言って、青年がセシリアの体を横抱きにしたのだ。とっさに暴れそうになったが、スカートの裾《すそ》からペチコートが覗《のぞ》きかけて慌ててやめる。

その間に青年は再び馬車に乗り込み、セシリアを自分の隣に座らせた。馭者に合図をして発車させ、「どこまで行けばいい？」と尋《たず》ねてくる。

「家はマンセル通りですけど……あの、本当に平気ですから、下ろしてください」

初対面の男性と、この距離で座っているのは近すぎる。

セシリアは懸命《けんめい》に青年から離れようとしたが、元より二人乗り、詰めても三人までしか乗れない造りの二輪馬車だ。甲斐《かい》のない努力をするセシリアを気にするでもなく、青年は「マンセル通り?」と呟《つぶや》いた。

「それならこっちの目的地と同じだ。遠回りになるわけじゃないから遠慮するな」

「遠慮とかじゃなくて」

「マンセル通りの何番地だ?」

どうもこの青年は、他人の話をあまり聞かないタイプのようだ。

「三番地……です」

セシリアが仕方なく答えると、青年が瞳を瞬《まばた》かせた。

「偶然だな。俺も三番地に用がある」

「そうなんですか」

「ミセス・アディントンのことは知っているか? 彼女はこの時間なら、家にいるだろうか」

「え?」

セシリアは驚いて青年を見つめた。

「ルイーズ=アディントンなら私の母ですけど……あの、あなたは?」

「君が、ミセス・アディントンの娘?」

「はい。セシリア=アディントンといいます」

名乗った瞬間、青年の青灰色の瞳がわずかに見開かれた。

「そうか。……俺はラルフ＝ガーランドという。デンゼル社に勤めている、君のお母さんの新しい担当編集者だ」

「た、担当編集？」

嫌な予感がして、セシリアは息を呑んだ。

「締め切りが近いのに、いっこうに原稿が届かないのでね。担当替えがあったばかりなので、その挨拶《あいさつ》も兼ねて様子をうかがいにきたというわけだ。……どうした？」

青ざめるセシリアに、ラルフと名乗った青年は訝《いぶか》しげに問いかけた。


「や、やめてください、ガーランドさん！」

セシリアはほとんど泣き声で訴《うった》えた。

「そんなところを探しても、原稿なんてありませんから……！」

「どこかにひとつくらい、秘蔵の未発表作品があるかもしれないだろう！」

鋭い叫びに気圧《けお》されて、セシリアは目の前の光景をなすすべもなく見ているしかなかった。

鬼気迫る表情で母の書斎に踏み込んだラルフは、ライティングデスクの抽斗《ひきだし》を開け放ち、本棚の本をなぎ倒し、終《しま》いには天井板《てんじょういた》まで外して屋根裏に潜《もぐ》り込んだ。

もちろん、どこをどんなに探しても、一冊分の完成原稿など出てくるわけがない。

（こ、この人怖い……！）

初対面では、ちょっと強引なところはあるものの、怪我《けが》をした女性を気遣ってくれる紳士だと思ったのに。

ひったくりに原稿を盗まれた——と。

馬車の上では打ち明ける勇気がなかったが、自宅にまで押しかけられては誤魔化《ごまか》すこともできず、覚悟を決めて告げた瞬間、ラルフの態度は豹変《ひょうへん》した。

『原稿をみすみす奪われるなんて、君は本当に作家の娘か!?』

作家の娘に資格が必要なのかどうかはともかく、そう怒鳴りつけた彼は、セシリアが止めるのも聞かずに家探《やさが》しを始めたのだ。

「くそ、ここにもないか……！」

舌打《したう》ちをし、屋根裏から降りてきたラルフの衣服は埃《ほこり》まみれだ。美丈夫《びじょうふ》ぶりが台無しだが、本人はそんなことなどまるで気にする様子もない。

「仕方ない、次だ」

吐き捨てたラルフが向かったのは、廊下を挟んだ先にあるセシリアの私室だった。

「そ、そこは駄目です、ほんとに！」

淑女の慎《つつし》みも忘れてラルフの腕に取りすがったが、長身の彼が邪険《じゃけん》そうに身をよじるだけで、セシリアはもぎ離されてしまう。

ずかずかと部屋に踏み入ったラルフは、セシリアの机や本棚を同じように漁《あさ》った。あろうことかクローゼットの中身にまで手をつけ、日常着のドレスはおろか、シュミーズやドロワーズまで床の上に撒《ま》き散らす。

セシリアは眩暈《めまい》を起こしそうになったが、ラルフはそんなものには目もくれず、一心不乱に原稿を探し続けた。もしもこの場に山羊《やぎ》がいて原稿を食べられてしまったというなら、彼は何の躊躇《ためら》いもなく山羊の腹をかっ捌《さば》くのだろう。

（編集者　魂《だましい》ってすごい……）

怯《おび》えながらも妙な感動を覚えていたセシリアだったが、ラルフがベッドに向かうのを見て、はっとして叫んだ。

「やめて、そこは触らないで！」

「何かあるのか？」

せっぱつまった声音《こわね》は、ラルフの注意を逆に引きつけてしまったようだ。

「な、何もないです。ないから……」

「だったら、これは何だ？」

懇願《こんがん》も虚《むな》しく、ラルフが探り当てたのは、ベッドの下に隠されていた一冊のノートだった。

ぱらぱらとページをめくったラルフの眼差《まなざ》しが一瞬で鋭くなる。

「これは——小説だな？」

罫線《けいせん》の入ったノートに、手書きの文字で綴《つづ》られた文章。ところどころに会話文が混ざり、架空の男女が出会い、惹《ひ》かれ合い、恋に落ちる——そんなありきたりな展開が描かれた物語だ。

「君が書いたのか？」

「見ないでください、やめて……！」

セシリアは顔を覆《おお》って呻《うめ》いた。ラルフにとっては、それが答えだった。

「ふん……」

検分するように、ページをめくられる速度が落ちる。

セシリアの呼吸は荒くなり、頭の芯が強く痛んだ。泥水の中に沈み込んだように一切の音が遠ざかり、その代わりに幻聴が聞こえてくる。

『なぁに、これ。セシリア、あなたが書いたの？』

蘇《よみがえ》るのは、かつての級友たちの声だ。

あのときも、隠し持っていたノートを強引に取り上げられて、きゃらきゃらと嘲笑《あざわら》う声を四方から浴びせられたのだ。

『ねぇ皆、見て！　セシリアったらこそこそと恋愛小説なんて書いてるのよ』

『男の人と付き合ったこともないくせに、よくこんな恥ずかしいことが書けるわねぇ』

『あら、そんなことないかもしれないわよ。おとなしそうな顔してるけど、男性を誘惑する手《て》管《くだ》はすっかり知り尽くしてるんじゃない？　だって……』

『あのルイーズ＝アディントンの娘なんですものね。ロマンス小説だなんて言ったって、結局は官能《ポルノ》小説と変わりない下品な読み捨て本だわ。そんなものを書いてる作家がお母様だなんてお気の毒！』

『はしたない小説の書き方も、ベッドでの淫《みだ》らなお作法も、お母様に教えてもらったの？』

（やめて……それ以上言わないで……！）

セシリアは耳を塞いでその場にしゃがみこんだ。

もう忘れた。忘れるのだと決めたのに、胃の底にひやりとした氷を押し込められたような、あのときの絶望を思い出す。

誰にも内緒《ないしょ》で書いていた小説を暴かれて、母のことまで貶《おとし》められて——そのショックから立ち直れずに、通っていた女学校を退学したのは、今から二年前のことだ。

女性に教育を受けさせることが少しずつ広まりつつあったこの時代、とある郷紳《ジェントリ》が設立した寄宿学校に入ることを勧めてくれたのは母だった。

『セシリアは本を読むのが好きでしょう？　学校に行けば、同じように本好きのお友達がたくさんできるかもしれないわよ』

楽天的な母の言葉に、セシリアは迂闊《うかつ》にもその気になった。小説を書くという子供の頃からのひそかな趣味も、誰かと共有できるかもしれないと期待した。

だが、そこに集まっていたのは、産業革命時に成りあがった中産階級《ミドルクラス》の娘がほとんどで、爵《しゃく》位《い》を持たない家の出である彼女らは、ささいなことで張り合い、競い合い、序列を定めようとした。家柄であれ容貌《ようぼう》であれ持ち物であれ、貶められる要素のある相手には、容赦《ようしゃ》ない攻撃を加えた。

（あのときに懲《こ》りたはずなのに……小説なんて、もう二度と書かないって決めたのに……）

一時はとことんまで傷つき、母には本当の理由を話せないまま学校をやめてしまったが、セシリアはやはり書くことを手離せなかった。今度こそ誰にも見せまいと、眠る前にだけ秘密の物語をこっそりと紡《つむ》いで、そのノートをベッドの下に隠していた。

そんな小説が、今また他人の目に晒《さら》されている。

現実の恋など一度も経験したことのないセシリアの、身の程知らずな妄想《もうそう》が——母の書くロマンス小説のように官能的なシーンこそないけれど、愛の告白や、ささやかなキスの描写があるだけで充分に恥ずかしい——素人《しろうと》の未熟な作品が、何百という小説を読みこんできたプロの編集者に読まれているのだ。ある意味、裸《はだか》を晒《さら》している以上に耐えがたい。

「ミス・アディントン」

静かに呼びかけられて、セシリアはびくりとした。

随分《ずいぶん》長い時間が経《た》った気がしたが、実際のところはわからない。ノートを閉じたラルフが、座り込んでいるセシリアのもとへゆっくりと歩み寄ってきた。

「これは、本当に君が書いたんだな？」

違うと言いたかったが、こんなにも取り乱した姿を見られていては、いまさら誤魔化せるわけもない。大罪を犯した人間が牧師の前で懺悔《ざんげ》するように、セシリアは深くうなだれた。

「下手《へた》くそなのはわかってます……才能なんてないってことも……だから、どうか何も言わないで、そのノートを返してください……！」

「駄目だ」

即座に言い放たれ、続けられた言葉に、セシリアは意味がわからずぽかんとした。

「これは叩き台になる。じっくり読みこむ必要があるから、すぐには返せない」

「叩き台って？」

「原案。試案。小説の世界でいうなら草稿《そうこう》。もっとわかりやすくいえば下書きだ」

ちっともわかりやすくない。

混乱するセシリアを、ラルフは尊大な眼差しで見下ろした。

「ミス・アディントン――いや、セシリア。君の文章は、お母さんの書くものととても似ている。語彙《ごい》の選択に、全体のリズム。会話文と地の文のバランスも、副詞や形容詞の使いどころも、比喩《ひゆ》表現の仕方もだ。もちろん構成には大幅な直しが必要だし、登場人物の造形もまだま だ練《ね》らなければいけないが……これほどルイーズ＝アディントンに似た文章を書く人物は、英国中を探しても君しかいない」

「ええと……ガーランドさん？　すみません、おっしゃっていることが、よく……」

「ラルフと呼べ。編集者と作家の距離は、できる限り縮《ちぢ》めるべきだというのが俺の持論だ」

「さ、作家？　って、あの」

「二週間だ」

セシリアの両肩をがっしり摑《つか》み、心の底から本気だという目で――だからこそ、セシリアからすれば正気だとは思えない目で、ラルフは一方的に宣言した。

「今日から二週間で、君にルイーズ＝アディントンのゴーストライターとして完璧な作品を書かせてみせる。――逃げられるなどと思うなよ？」

2 「隠れてでも読みたいと思わせるほど、魅力的な小説だということだ」

果たして、それからの状況を一言で説明するならこうだろう。

拉致《らち》された。

誇張も掛け値もなしに、ただただシンプルに拉致された。

「まずは、落ち着いて原稿を書ける場所に君をつれていく」

そこら中に散らかされた服や下着を適当な鞄《かばん》に詰《つ》め、あとは例のノートを持っただけで、ラルフは表に待たせていた二輪馬車に、再びセシリアを押し込んだのだ。セシリアがどれだけ叫んでも喚《わめ》いても、一切頓着《とんちゃく》しないで。

やがて到着した駅で、ラルフが二人分の切符を買うのを見るに及び、セシリアは彼の本気を感じて口をつぐんだ。それまでも、この事態を冗談だと思っていたわけではないが、冗談であってほしいと祈ることすらできなくなったというべきか。

寄宿学校に向かうときと、つらい経験をして帰ってきたとき以外、ほとんど乗ったことのない汽車に緊張して、車内でのセシリアは言葉少なだった。借りてきた猫のようにおとなしくな《と》ったセシリアに、ラルフは淡々と、彼女がゴーストライターになることの必要性を説いてきかせた。

いわく、デンゼル社はすでに新聞広告でルイーズの新作の宣伝を大々的に打っており、発売延期や中止などという事態になれば、社の経営に関わる。

いわく、ルイーズの新作を待ちわびている読者が英国には山のようにいて、地方の貸本屋からも予約が殺到《さっとう》している。

いわく、印刷所のスケジュールもすでに押さえており、今から本を刷《す》らないということになれば莫大《ばくだい》な違約金が発生する。

極めつけは、奇妙に優しい猫撫《な》で声で囁《ささや》かれた一連の言葉だ。

「もちろん、アディントン先生の作家としての信用も地に落ちるだろう。原稿が盗まれようが、作者が急病で倒れようが、そんなことは読者からすれば関係ない。ファンというのは残酷《ざんこく》で気まぐれなものだ。期待を裏切られたと思えば、昨日までのファンがにわかにアンチ読者に早変わりだ。剃刀《かみそり》入りの手紙や、血染めの便箋《びんせん》に綴《つづ》られた脅迫状《きょうはくじょう》……そんなものを大量に送りつけられれば、アディントン先生の神経もまいってしまうかもしれないな。君だって大切なお母さんを守りたいだろう？　自分の落ち度のせいでお母さんをつらい目に遭《あ》わせたくないだろう？」

ほとんど脅迫《きょうはく》――というか、洗脳の域《いき》に達していたと後になれば思うのだが、そのときのセシリアは、朝から立て続けに起きた出来事に疲れきっていた。

せめてルイーズがどこにいるのか、いつ帰ってくるのかがわかっていれば相談できたかもしれないが、原稿を仕上げたあとはたっぷり一カ月は恋人と遊び惚《ほう》ける母なのだ。戻りを待っているうちに、これ以上伸ばすことはできないという、本当の締め切り《デッド・ライン》が過ぎてしまう。

「書きます」

と言った覚えはないのだが、いつの間にか言質《げんち》を取られたような流れになっていて、数時間後には、セシリアはウォータールー駅の広大なプラットホームに立っていた。四面の大時計が目印のメイン・コンコースでは、大勢の老若男女が行きかっており、都会慣れしていないセシリアは、人波に飲み込まれかけて立ち往生《おうじょう》する。

「こっちだ」

そんなセシリアの手を、ラルフは当たり前のように摑《つか》んで引いた。

婚約者でもない男性と手を繋《つな》いで歩くことにセシリアは抵抗《ていこう》を覚えたが、こんな場所で彼とはぐれてしまえば、家に帰ることさえままならない。

何せ、例のひったくりに遭って以降、セシリアには手持ちのお金がないのだ。自宅には多少の現金もあったが、それを持ち出す余裕すらラルフは与えてくれなかった。

駅前の広場に出ると、空はすでに暮れかけていた。周囲には見たこともないほど背の高い建物が立ち並び、帰途につく労働者たちの姿が目につく。

セシリアはラルフに導かれるまま、二階建ての筐体《きょうたい》が引かれる乗合馬車《オムニバス》に乗り込んだ。

「どこに行くんですか?」

落ちつかなげに尋《たず》ねても、ラルフは「黙って座っていろ」とばかりに一瞥《いちべつ》して口をきかない。

セシリアは溜《た》め息を押し殺し、窓枠に手をかけて外の景色を眺めた。

乗合馬車の走る大通りからは、ロンドンを東西に貫いて流れる大河、テムズ川が臨《のぞ》めた。夕暮れのテムズ川は黄昏《たそがれ》を映しこんで茜《あかね》色に染まり、その水上を蒸気船が港湾に向けて渡っていく。向こう岸にはトラファルガー広場やウェストミンスター寺院があるはずで、いつか立ち寄りたいと思っていた場所だったが、同行者がこの男では、呑気《のんき》な観光などとても許してはもらえないだろう。

やがて日も落ちた頃、どこかの停車場で、ラルフはセシリアを連れて降りた。

石畳《いしだたみ》の通りの両脇には瓦斯《ガス》灯が立ち、銀行や法律事務所などの並ぶ、比較的静かな通りだ。勝手知ったる様子で歩くラルフの後ろを、セシリアは親鳥を追いかける雛《ひな》のようについていくしかできない。

しばらくしてラルフが立ち止まったのは、一見しただけでは全体を視界に収めることもできないほど大きな建物の前だった。

「なんですか、ここ……」

セシリアは呆気《あっけ》にとられて呟《つぶや》いた。

敷地を囲む外壁には、赤褐色《せきかっしょく》の煉瓦《れんが》で巨大なアーチが組まれており、セシリアの身長の三倍はありそうな格子の扉が開いている。

そこをくぐれば、見事に剪定《せんてい》された木々と、戯《たわむ》れる妖精を象《かたど》った彫刻が並ぶ前庭が広がっていた。人工のせせらぎが流れているのか、さらさらという水音も聞こえる。

のらしい。

随所《ずいしょ》に灯《とも》された明かりは、蠟燭《ろうそく》でも瓦斯でもなく、まだ広く普及はしていない電気によるも

ほんのりと温かみを帯びた光に彩られ、オレンジ色に染まった煉瓦造りの建物が、アプローチの先にそびえていた。エントランス上部の金の飾り文字は「アンドリューズ・ホテル」と読める。セシリアの目には、どこかの由緒《ゆいしょ》ある城館のようにしか見えないが、ここは宿泊施設らしい。

「こんなところに何の用が？」

尋ねるセシリアに、ラルフはいとも平然と言った。

「君に小説を書かせるのに決まっているだろう」

「ここで⁉」

そんなやりとりをしているうちに、二人は建物の内部に踏み込んでいた。絨毯《じゅうたん》の敷《し》かれた階段をあがった先がフロントで、大理石のカウンターにいたスーツ姿の壮年の男性が、ラルフを見るなりはっとした表情になった。

「これは、ガーランド様！」

背筋を伸ばし、深々とお辞儀《じぎ》をする様子は、まるで王侯貴族を迎えるかのように丁重《ていちょう》だった。

「いつもの部屋は用意できるか？」

「ええ、すぐにお通しできます」

「それは助かる。ついでに、一本電話をかけさせてもらっても構わないか？」

「もちろんです。こちらへどうぞ」

フロントの奥へ誘われながら、ラルフがセシリアを振り返った。ほとんど睨《にら》んでいるような目つきに、セシリアも眼差しで答えた。

（わかってます、逃げません。……一文《もん》無しだし）

残されたセシリアのもとには、お仕着せを着た女性従業員がやってきて、きらめくシャンデリアの下がったロビーに案内してくれた。体が沈むソファに座らされ、香り高い紅茶までサービスされて、恐縮《きょうしゅく》しながら口をつける。

落ち着かないのは相変わらずだが、それでやっとセシリアには物を考える余裕が生まれた。

（こんな高級そうなホテルに、ガーランドさんはよく来るのかしら？）

フロントの男性の対応を見れば、ラルフがここの常連であるらしいことは明らかだ。

作家がホテルに籠《こ》もって『缶詰《かんづ》め』をするというのは聞いたことがあるから、その付き添いだろうか。それとも、あるいはプライベートで？

（あの人のプライベートって、なんだか想像がつかないわ……）

デンゼル社に勤める、ルイーズの担当編集者。ラルフに関するそれ以上の情報を、セシリアは何も知らない。

ルイーズからも、ラルフの話は一度も聞いたことがなかった。担当が替わったばかりだと言っていたし、顔合わせもまだだったというなら、それも当然かもしれないが。

セシリアは改めて不安になり、膝《ひざ》の上できゅっと拳《こぶし》を固めた。

ほとんど知らない男性に、こんなところまで成り行きで連れてこられてしまった。

ラルフがデンゼル社の社員だというのは本当らしいし、大手出版社に勤めている以上、身元は確かなのだろうが、人間性が信頼できるかというと甚《はなは》だ怪《あや》しいとしか言いようがない。

「待たせたな」

「い……いえ！」

背後から声をかけられて、セシリアは飛び上がった。ルームナンバーのプレートがついた鍵を手にして、ラルフが戻ってきたのだった。

彼に対する疑念がむくむくと育ちつつある最中に、当人の顔を見るのは妙にやましい。

昇降機《エレベーター》に向かうラルフに俯《うつむ》きがちについていくと、低く叱《しか》るように言われた。

「もっと堂々としていろ」

「でも、こんな立派なホテルに来るのは初めてで……」

「そんなに青ざめた顔でびくびくしていると、俺たちがいかがわしい関係に見えるだろう」

「い、いかがわしい？」

「不倫《ふりん》。もしくは金銭を介した一時的な情人関係」

「どっ……堂々とします！」

上体が反《そ》るほどに胸を張り、両手を大きく振って行進《マーチ》のように進むセシリアに、ラルフがくっと喉を鳴らした——気のせいかもしれなかったが。

（なんだかほんとに別世界だわ……）

滑車式の昇降機に乗ったこともなければ、足元が沈むようなふかふかの絨毯が敷かれた廊下を歩くことも初めてで、セシリアはほうっと息をつく。

ラルフのとった部屋はホテルの最上階、長い廊下の一番端にあった。真鍮《しんちゅう》の鍵を使ってドアノブをひねると、内部の光景が目に飛び込んでくる。途端、セシリアは感嘆の声をあげて口元を押さえた。

「わぁ……！」

そこはまるで、貴族の屋敷の一室をそっくり持ってきたかのような印象の部屋だった。どうやら二間続きらしく、奥にも扉があり、その先が寝室になっているようだ。

ロイヤルブルーの地に蔦《つた》の模様が散った、落ち着いた雰囲気《ふんいき》の壁紙。わざと木目を残した天井には、花や鳥など華美《かび》すぎないモチーフのフレスコ画が描かれている。出窓のカーテンは左右に寄せられ、金色のタッセルで纏《まと》められており、ロンドンの美しい夜景が見えた。

部屋の中央には、お茶を飲んだり、軽食を取るのにも利用できそうなローテーブルを挟んで、ゴブラン織りの生地を張った猫足のソファが向かい合っていた。暖炉のマントルピースの上には、中国趣味《シノワズリ》風の花瓶《かびん》が置かれ、芳《かぐわ》しい百合《ゆり》の花が活《い》けられている。壁には作りつけの書棚もあり、革張りの装丁の辞書や、数冊の本が並んでいた。

何よりセシリアの目を引いたのは、飴《あめ》色の艶《つや》を帯びた樫《かし》材のライティングデスクだった。

部屋の中でもひときわ存在感を放つ机の上には、いつでも執筆してくれといわんばかりに、真新しい紙とペンとインクが揃《そろ》えられていたのだ。やはりここは、デンゼル社が作家を『缶詰め』にするときに利用される部屋らしい。

(こんな環境なら、確かに執筆が進むかも)

他人事《ひとごと》のように胸が高鳴る。

「気に入ったか？　何か足りないものがあれば用意させるが」

「いいえ、このままでとても素敵なお部屋です！」

瞳を輝かせるセシリアに、ラルフはにこりともせずに言った。

「それはよかった。君にはこれから二週間、ここで執筆に勤《いそ》しんでもらうんだからな」

「そ……そのお話ですけど」

舞い上がっていた気持ちがなりをひそめ、セシリアは今の状況を思い出した。

「本当に、私にここで小説を書かせるおつもりですか？」

「そのつもりもないのに、君はこんなところまでのこのこついてきたのか？」

「のこのこって……」

誘拐まがいに連れてきたのはそっちのほうではないか。

反論したい気持ちを抑《おさ》えて、セシリアは言った。

「原稿をなくしたのは私の落ち度ですし、そのせいでそちらの会社に損害を与えたくも、母に迷惑をかけたくもありません。私にできることなら、代筆でもなんでもするしかないんだと思います。ただ、私は小説を書くのは好きですけど、いわゆるロマンス小説というのは……書いたこともないし、読んだこともほとんどなくて……」

「何？」

ラルフが眉《まゆ》をひそめた。

「君はお母さんの書く本も読んだことがないのか？」

「ええ」

「何故《なぜ》だ、あんな名作を」

「名作っていったって、しょ……結局はロマンス小説じゃないですか」

「結局は」を「所詮《しょせん》は」と言いかけて、すんでのところで言い直した。

そんなふうに、母の仕事をどこかで軽蔑《けいべつ》している自分に気づいて、セシリアの心は重苦しくなる。

女学校の級友たちに母の職業を馬鹿《ばか》にされたときも、セシリアは言い返せなかった。

自分の書いた小説を笑われて、そんな気力が湧かなかったということもあるが、何よりセシリア自身が、母にはもっと文学性の高い「立派な」小説を書いてほしいと、ひそかに望んでいたせいでもある。

「君は、ロマンス小説を、低俗でくだらない読み物だと思っているのか？」

「少なくとも、良家の娘さんが読むような小説でないことは確かでしょう？」

「表向きはな」

ラルフは「それがなんだ」と言うようにセシリアを見返した。

「だが現実に、ロマンス小説は多くの女性に愛されている。特にルイーズ＝アディントンの作品は、発売されればすぐさま完売、全国の貸本屋でも常に予約待ちの状態だ。貴族の令嬢も、中には人妻でさえ、侍女《じじょ》に命じてこっそりと手に入れ、夢中で読み耽《ふけ》っている」

「周囲に隠れて？」

「隠れてでも読みたいと思わせるほど、魅力的な小説だということだ。――とりあえず座れ」

なんだか丸め込まれている気がする。

そう思いながらも、セシリアは促されるままソファに腰かけた。ラルフも向かいに座り、まるで面接をするように尋《たず》ねる。

「セシリア。君が小説を書き始めたのはいつからだ？」

「小説……といえるほどのものかはわかりませんけど。母の真似をして、何かしら書こうとしたのは、七歳くらいの頃です。子供向けの絵本で読んだ『不思議の国のアリス』や『小公女』が大好きで……」

ナンセンスな魅力《みりょく》と謎に溢《あふ》れながら、どこか恐ろしい不思議の国にまぎれこんでしまうアリスの冒険譚《たん》に、幼《おさな》い胸をどきどきさせた。苦境に陥《おちい》りながらも淑女の心を忘れないセーラの誇り高さと優しさに、憧《あこが》れずにはいられなかった。

あの頃に書いたものは、当時好きだった物語の模倣《もほう》やツギハギで、とても小説と呼べるような出来ではなかった。それでもルイーズは大げさなくらいに褒《ほ》め、『セシリアはいつか、私のライバル作家になるわね』と嬉《うれ》しそうに笑って抱きしめてくれた。

その頃はまだセシリアも、母がどんな小説を書いて、それが世間ではどんな評価を受けているのかもよくわかっていなかったのだ。

「それからずっと書き続けているのか？」

「ええ……」

「本気で小説家になりたいと思ったことは？」

「そんな！　そんなこと、無理に決まってます！」

声を高くしたセシリアに、ラルフは確信に満ちた口調で言った。

「あるんだな」

その眼差しは、何もかもを見透かしてしまうように鋭い。

セシリアは観念し、小声でぼそぼそと打ち明けた。

「一度だけ……二年くらい前に、ある出版社に原稿を送ったことがあります。だけど何の音沙《おとさ》汰《た》もなくて。きっと、端《はな》からものになるような小説じゃなかったんです……」

もしかしたら才能を認められて、本が出せるかもしれない。

そんなふうに淡い希望を抱いていた自分が情けなくて、恥ずかしくて、哀《あわ》れにさえなる。あの頃のセシリアは出版社からの返事を期待して、郵便配達夫が来るのを、女学校の寮で毎日そわそわと待ちわびていたのだ。

だが、結局は返事など来なかったし、その少しあとにあの屈辱《くつじょく》的な事件が起きて、セシリアは分不相応な夢を見ることをやめた。

「一度の挑戦だけで諦《あきら》めたのか」

ラルフの声は平坦だったが、なんだか嘲《あざけ》られているように聞こえて、セシリアはスカートを握りしめた。

「だって、見苦しいじゃないですか。才能もないのに必死になったって、報《むく》われるわけもないのに。それに……もう自分の書いたものを、他人に笑われるのは嫌なんです」

「でも君は、作家への夢は捨てたと言いながら、小説を書き続けていた」

例のノートのことだとわかって、セシリアはどきりとした。

「その様子だと、誰かこっそり読ませる相手がいるわけでもないんだろう。発表のあてのない、対価が発生するわけでもない原稿を、どうして君は書くんだ？」

「それは……」

セシリアの声が揺らいだ。

迷う。本音を打ち明けるのは怖いし、きっと心も痛い。

けれど、この人に嘘《うそ》をつくことは何故かできそうにない。どうしてそう思うのか、自分でも不思議だけれど。

「私には、他にやりたいことも、できることもありませんから」

セシリアは自嘲《じちよう》的に笑った。

「七歳の頃からですから……人生の半分以上、小説を書く以上に楽しいことも、夢中になれることもなかったんです」

褒められた趣味じゃないのも、はしたない娘だと思われることも自覚している。それでも。

「単純に、書くことが好きとか嫌いとかじゃなくて……本当に、他に何もないんです」

いい意味でも、悪い意味でも、物語を書くことだけがセシリアをセシリアたらしめてきた。素晴らしい本を読めば、自分でもいつかこんな小説が書けたらと思ったし、たまに好みと違う本に当たっても、自分ならこの設定でどんなストーリーを紡《つむ》ぐだろうと考えた。

「才能がないことがわかったからって、簡単に手放せるものじゃありません。一時は書くことをやめようかとも思いましたけど、何もしない毎日を送ってくると、息苦しくなってくるんです。馬鹿みたいだと思いますけど、中断された物語の登場人物たちを、そのまま死なせてしまうみたいで……誰にも相手にされなくても、私は、私だけは、彼らをちゃんと生かしてあげたい。だって、それは私にしかできないことなんだから……！」

セシリアはそこで言葉を切った。

胸に秘めていた想いを口にしたことで、頰《ほお》が紅潮《こうちょう》し、息が浅く弾《はず》んでいる。黙ってこちらを見つめるラルフの視線に、セシリアはたちまちいたたまれなくなった。

「……すみません、忘れてください」

物書きを仕事にしている人間ならともかく、ただの素人が口にするには、大言壮語《たいげんそうご》に過ぎる言葉だった。

しばしの沈黙のあと、顔を伏せるセシリアに、静かな声がかけられた。

「――何も、才能のある人間だけしか作家になれないわけじゃない」

「え……」

セシリアは瞳を瞬《まばた》かせた。

「たとえどんなに才能があったところで、一本の作品も完成させたことのない人間は作家にはなれない。一冊か二冊、本を出したところで、酷評《こくひょう》に心をくじかれて筆を折る人間も作家ではいられない」

「あの……？」

「何があっても誰に否定されても作品を書き続けることが、作家になるための第一条件だ。それがものになるかならないか、売れるか売れないかは、また別の話だがな」

これは――もしかして、励まされているのだろうか？

戸惑うセシリアに、ラルフは力強く言った。

「セシリア。君には少なくとも、諦め悪く、孤独《こどく》にねちねちと、一銭にもならない小説を書き続けられるだけの執念《しゅうねん》がある」

「なっ……」

前言撤回《ぜんげんてっかい》だ。少しも励ましてくれていない！

「そんな顔をするな。その執念が、君の持つ唯一《ゆいいつ》の武器だ。誇《ほこ》れ」

「ちっとも嬉しくありません！」

「自分の原稿が本になるのを見たくはないか？」

セシリアはぴたりと口をつぐんだ。

「ゴーストライターとはいえ、君の書いた文章が印刷され、製本され、多くの人々に読まれるんだ。その人たちを喜ばせたいとは思わないか？　どんな反応が返ってくるのか気になるだろう？」

　そんなふうに言われれば、心が揺れないわけではないけれど。

「でも……母のファンを騙《だま》すなんて、そんな裏切りみたいなことは……」

「それを言うなら、新作の刊行中止もファンへの裏切りだ」

　ラルフは切り込むように言った。

「騙すなら全力で騙し抜くのが、せめてもの誠意というものだ。繰り返すが、君の文体はルイーズ＝アディントンにとても似ている。作品を読んでもいないのにこれほど酷似《こくじ》しているというのは、やはり親子だということだろうな」

「……私は、母のコピーということですか？」

「この世界に唯一無二のな」

　セシリアはよくわからなくなった。

　脅したり、すかしたり、そこまでしてラルフは自分に原稿を書かせたいのだろうか。

（でも、それはそうよね。担当作家の本が出なくなったなんてことになったら、理由がどうあれ、この人も責任を負うことになるんだろうし……）

　セシリアがひったくりにさえ遭わなければ、新刊は無事に発売されて、ファンは喜び、デンゼル社は利益を得ることができた。考えてみれば、ラルフも被害者のようなものなのだ。

　セシリアは覚悟を決め、おずおずと言った。

「わかりました……どこまでお役に立てるかわかりませんけど、私なりに精一杯やってみます」

「言ったな」

ラルフが唇《くちびる》をわずかにつりあげた。

かすかなものとはいえ、彼の笑みを目にするのは初めてで、思わずどきりとする。こんなふうに艶《つや》っぽく笑う男の人を、セシリアは他に知らなかった。

「ではさっそく打ち合わせに入ろう。幸い、広告には具体的なストーリーの内容などは載せていない。大筋は君の書いた話――伯爵《はくしやく》家の嫡男《ちやくなん》と彼の家に仕《つか》えるメイドが、身分違いの恋をするというあらすじで構わない。シンデレラロマンスは定番中の定番だしな。だが、君の書いた原稿には、決定的に足りないものがある」

薄々予想はついていたが、セシリアは表情を強張らせて尋ねた。

「な、なんでしょうか」

「官能シーンだ」

「官能――」

セシリアは顔を真っ赤にして黙り込んだ。予想通りだ。わかってはいたが、しかし。

「ロマンス小説の醍醐味《だいごみ》と言えば、情熱的なラブシーン。特にルイーズ＝アディントンといえば、濃厚で奔放《ほんぽう》な性愛描写が売りの作家だ。君にもそれだけの官能シーンを、ストーリーの随所《ずいしよ》で書いてもらう。ときに、セシリア」

「は、はい」

「君は処女か？」

「は――ええええっ⁉」

あまりに不躾《ぶしつけ》な質問に、うっかり頷《うなず》きかけてから叫ぶ。そんなセシリアを尻目《しりめ》に、ラルフはソファの背にもたれて腕を組んだ。

「なるほど、わかった」

「わかったって、何がですか！」

「そんなに初心《うぶ》な反応で、男性経験などあるはずもないということがだ」

図星だが、繊細なプライバシーに関わることをさらりと断定しないでほしい。

涙目になるセシリアを見つめ、ラルフの笑みがまたわずかに深くなった。

「読者を興奮させる官能シーンを処女に書かせる、か……おもしろい。腕が鳴る」

ラルフの悪魔的な囁《ささや》きを、セシリアは生涯《しょうがい》忘れることはないだろう。

その瞬間から彼は、セシリアの小説の導き手となると同時に、彼女にとって未知のあれこれを手ほどきする指南役にもなったのだから。

3 「君が腑抜けた小説を書くようなら、俺は本気で手段を選ばなくなるぞ？」

乱暴に肩を揺すられて、まだまどろみのうちにいるセシリアは、赤ん坊がむずかるような声をあげて枕にしがみついた。

「いつまで寝ている。さっさと起きろ、締切は待ってくれないぞ」

「しめきり……？」

「おはようのキスが必要か？」

誰かの気配が迫るのを感じて、セシリアは瞳《ひとみ》を開けた。途端、室内にけたたましい叫び声が響《ひび》く。

「きゃあぁあっ、ガーランドさん!?」

「ラルフでいい。よく眠れたか、セシリア？」

目を覚ましたセシリアは、激しく混乱した。

当たり前のような顔で寝室に闖入《ちんにゅう》したラルフが、仰向《あおむ》けになったセシリアに覆《おお》いかぶさっていたのだ。それこそ、本当にキスができそうなほどの至近距離で。

「な、なんでここに……？」

ナイトドレス姿のセシリアは慌《あわ》てて、あられもない恰好《かっこう》を晒《さら》すまいと掛布を体に巻きつけた。

「起床は六時だと言ったはずだ。時間になっても起きてこない君が悪い」

「まさか、ずっと隣の部屋に？　お家に帰ったんじゃなかったんですか？」

昨夜はいろいろなことがあってぐったりしたセシリアは、「明日からの執筆に備えて休め」というラルフの言葉に従って、逃げるように寝室に引き上げたのだ。

もちろんラルフはその後、自宅に戻ったものだと思っていたが——。

「俺はソファで休んだ。ある程度の資料や着替えは知人に頼んで届けさせたから、この先泊まり込む分にも問題はないな」

セシリアはぎょっとした。では自分は、この男と扉一枚隔《へだ》てただけで、無防備に眠りこけていたのだ。

しかもこの言い方では、この先も四六時中彼と一緒だということではないか。

「お仕事は？　会社には行かなくていいんですか？」

「今の俺に、ルイーズ＝アディントンの原稿を取ってくる以上に重要な仕事などない。昨夜、社に電話して二週間の休暇を取った。休暇明けには、印刷所に入稿《にゅうこう》できる状態の原稿を必ず持っていくと編集長に約束している」

「そんな勝手が許されるんですか？」

「許されるのさ。何せ、普段の仕事ぶりが優秀だからな」

　こともなげに言うものだから、自慢にも厭味《いやみ》にも聞こえない。

「素人《しろうと》相手に、二週間で一冊分の原稿を書かせるんだ。つきっきりで指導しないことには、とてもこなせる仕事じゃない。さぁ、さっさと顔を洗って着替えるんだ。君に教えなければいけないことは、山ほどあるんだからな」


　教えなければいけないこと――とラルフは言った。

　そういうことならてっきり、文章指導や構成の見直しをするのだと思っていたのだが、ラルフが最初にしたことは、ライティングデスクの上に十冊ほどの本をどんと積み上げることだった。

「最近のルイーズ＝アディントンの作品だ。読め」

「母の？」

「ああ。特に官能シーンを徹底して読め」

「ええ⁉」

「模倣《もほう》するのに、オリジナルをよく知るのは当たり前のことだろう」

　正論ではある。あるのだが。

「あの……どうしてそこにいらっしゃるんですか」

仕方なく椅子《いす》に座ったセシリアの真後ろに、ラルフは影《かげ》のようにぴたりと張りついている。

「君が真面目《まじめ》に読むかどうか見張ってるんだ」

「よ……読みます、ちゃんと読みますから」

「どうかな」

背後の重圧から逃れたくて、セシリアは本を開き、適当にページを繰《く》った。母の書いたものをまともに読むのはこれが初めてのことだ。

正確には、好奇心で読んでみようとしたこともあるのだが、いわゆる「そういうシーン」になると、恥ずかしさに耐えかねて本を閉じてしまっていたのだ。

（ええと、このへんからかしら……）

——数分後、セシリアは虚《うつ》ろな視線を空中にさまよわせていた。心ここにあらずの様子だが、その頬《ほお》はかっかと火照《ほて》っている。

「どうした、まだ導入部だぞ」

「無理です……！」

身内の書いた官能シーンなど、やはり生々《なまなま》しすぎて読めたものではない。

「こんなはしたない文章を母が書いたんだって思うと……ああ嫌、まさか……」

まさか母は、次々に現れる若い恋人たちと、こんな淫蕩《いんとう》な振る舞いに耽《ふけ》っていたのだろうか。

自分の考えにぞっとして青ざめるセシリアに、ラルフは呆《あき》れたように言った。

「何を想像しているのか、大体わかるがな。作家は何も、自分の体験をそのまま作品に反映させるわけじゃないぞ」

「わかってますけど」

「君が読めないというのなら、俺が朗読《ろうどく》してやるから聞いていろ」

「それってガーランドさんのほうが恥ずかしくないですか⁉」

「いい小説を書かせるためにすることで、俺が恥じ入る理由がどこにある？」

眉《まゆ》ひとつ動かさず言ってのけたラルフは、実際にセシリアの手から本を奪って、文章を淡々と読み上げ始めた。

「――新婚初夜のその床まで、無垢《むく》な乙女《おとめ》であったアンナは、オルセン侯爵《こうしゃく》の巧《たく》みな愛撫《あいぶ》によって、未知なる官能へ導かれていた。

薄い夜着《よぎ》を剝《は》がれ、生まれたままの姿にされた彼女の乳房《ちぶさ》は乳白色の艶《つや》を帯びて、夫の掌《てのひら》の中でやわやわと揉《も》みしだかれる。

つんと尖《とが》り始めた頂《いただき》を、侯爵は唇《くちびる》で包み込み、さきほど口づけをしたときのように、執拗《しつよう》な舌遣《したづか》いで転がした。アンナは甘い喘《あえ》ぎ声を零《こぼ》し、彼の手が太腿《ふともも》の内側に差し入れられるのを、なすすべもなく受け入れるしかできない。

乙女の蜜《みつ》で潤《うる》み始めたそこに、侯爵の優美な指先が、優しく、宥《なだ》めるように這《は》わされた。熱い媚肉《びにく》を割って、体の内側を蹂躙《じゅうりん》されると、ちゅくちゅくと淫猥《いんわい》な水音がたつ。その音に煽《あお》られたように、侯爵は色めいた吐息混じりの声で囁《ささや》いた。

『なんて柔らかな場所なんだ。アンナ。君のここに、私を受け入れてくれるか？』……」

「や、やっぱりいいです、自分で読みます……！」

セシリアは焦《あせ》って本を取り返し、内容などほとんどわからないまま視線で文章を追った。

ラルフの、耳朶《じだ》を撫《な》でるような低い声で官能シーンを音読されると、朝とも思えないほどの淫靡《いんび》な空気が立ち込めて、頭がくらくらする。

（この人、変。昨日からずっと思ってたけど、やっぱりどこかおかしいわ）

見た目は一分の隙《すき》もない美青年なのに、小説のためならどんなことでもしようという気迫が怖い。

（自分では優秀だって言ってたけど、本当かしら？　この人に従って、ちゃんとした原稿なんて書けるのかしら……？）

もやもやとしながらも、体裁だけは真剣に読書をしているふりをして、およそ二時間もたっただろうか。

「よし。ひとまずそれくらいでいい」

中断の指示にほっとして、その途端にお腹がきゅるる……と鳴った。慌てて胃のあたりを押さえたが、情けない音はラルフの耳にもしっかり聞こえていただろう。

「そういえば朝食がまだだったな」

「ガ、ガーランドさんもお腹が空《す》きましたよね？」

「いや。俺は仕事に集中していれば、食べなくても眠らなくても一向《いっこう》に差し支えない。君もそれくらいの気概《きがい》で原稿に取り組んでもらわなくては困る」

「そんな。ご飯も食べさせてもらえないんですか⁉」

「食べさせないとは言っていない。ルームサービスを取ってやる」

その言葉に、セシリアは胸を撫《な》で下ろした。だが、安心するのはまだ早かったのだ。

「時間がもったいない。朝食を食べながら、次はこれに目を通せ」

ラルフがばさりと投げて寄こしたのは、彩色された何十枚もの絵だった。何気なく手に取ったセシリアは、すぐに悲鳴をあげて放り出した。

「こ、この絵って……！」

「いわゆる春画《しゅんが》だ」

そこに描かれていたのは、肌を晒《さら》した男女があられもない格好でまぐわう様子だった。西洋《こちら》のものだけでなく、インドや中国、日本という極東の国のものまで混ざっている。食事をしながら鑑賞するのに、これほどふさわしくない絵もないだろう。

「どういうつもりですか、ガーランドさん！」

セシリアの非難など、ラルフにはどこ吹く風だ。

「男女の営《いとな》みについて、君にろくな知識があるとは思えないからな。まずは絵だけでも見ておおまかに理解しろ。それで耐性がついたら、次は」

「……次は？」

どこまでも涼しい顔でラルフは告げた。

「紙の上だけでは表現しきれないものを、君に見せてやる」

（逃げるなら今がチャンスよ、セシリア）

日が暮れるまで母の書いたロマンス小説を読まされ、合間に春画の解説を聞かされ続けた、その後。

夜の街路を走る辻《つじ》馬車に揺られながら、隣に座るラルフを横目で窺《うかが》い、セシリアは自分に言い聞かせた。

行き先も教えられないまま「出かけるぞ」と言われて従ったのは、一度ホテルを出てしまえば、どこかで隙をついて逃げられるかもしれないと思ったからだ。この際、警察に駆け込んでお金を借りてでも、どうにか家に帰るのだ。

（それにしても……この恰好には、なんの意味があるのかしら？）

セシリアは自分の姿を見下ろし、落ち着かずにそわそわした。

今の彼女が着ているのは、深みのあるワインレッドの、デコルテを晒《さら》した大人っぽいデザインのドレスだった。襟元《えりもと》と袖口《そでぐち》には黒いアンティークレースの装飾があり、かすかに身じろぎするだけで、上質なサテン生地は衣擦《きぬず》れの音を立てる。

その上から白貂《しろてん》の毛皮のケープを羽織《はお》り、アンゴラの手袋とボタン留めのブーツを履いたセシリアは、一見すればどこぞの令嬢のような出で立ちだった。シニヨンに結った蜂蜜《はちみつ》色の髪には、真珠とガーネットをあしらった髪飾りが上品に輝いている。

これらの衣装を用意し、身につけることを命じたのは、もちろんラルフだった。

ホテルの従業員を呼びつけ、耳打ちをするだけで、彼が必要だと思うものはなんでも届くのだった。

真新しい感触のドレスは、誰かからの借り物とも思われないから、まさかこれはセシリアのために購《あがな》われたものなのだろうか？　ホテルの宿泊費だけでなく、こんな贅沢《ぜいたく》な衣装まで、本当に経費で落ちるのだろうか？

そもそも、どうしてラルフがセシリアのサイズを知っているのかが疑問だったが、そのへんは深く考えたくない。こんな装いをさせて、彼が自分をどこに連れていくつもりなのかも。

（よくわからないけど、絶対にろくな場所じゃないのは確かだわ。だってこの人は、変態編集者なんだから……！）

変態。

その言葉を彼の形容詞、および代名詞にすることに、セシリアはもはや躊躇《ためら》わない。

十八年間の人生で、ラルフほど突飛《とっぴ》な男性に彼女は出会ったことがなかった。彼のすることは先が読めなくて、常識外れで、とんでもなく破廉恥《はれんち》で――そのくせ、ラルフ自身はいつだって冷静な表情をしていて、いちいち動揺するセシリアのほうがおかしいのだというような目で見てくる。

そのときふいに馬車が止まって、セシリアは我に返った。

「着きましたよ、旦那《だんな》」

「ああ、ありがとう。セシリア、降りるぞ」

運賃を支払う際、彼は馭者《ぎよしや》に礼を言った。

セシリアはそのことに違和感を覚えたが、よく考えれば彼は貴族でもなんでもないのだから、別におかしくはないのか——と思い直す。

彼が威圧的な態度を取るのは、セシリアに対してだけだ。ホテルの従業員にも丁重に扱われてはいたが、彼自身が横柄《おうへい》に振る舞うことは一度もなかった。

偏見のない目で見れば、ラルフは紳士《しんし》だ。身なりも言葉遣《づか》いも上品で、どんな場所でも気後れせず、節度を保つことを知っている。

（それがどうして小説のことになると、人が変わっちゃうのかしら……）

そんなことを考えながら馬車のステップを降りると、ラルフに声をかけられた。

「セシリア。右手を出せ」

「……はい？」

反射的に従って、セシリアは後悔した。

夜の静寂《しじま》に、ガチャンと硬質な金属音が響く。何が起こったのかと目をこらせば、セシリアの華奢《きやしや》な手首には、黒光りする手錠《てじよう》が嵌《は》められていた。

「嫌っ、何これ……ガーランドさん⁉」

「君が隙をついて逃げ出そうとしていることくらいお見通しだ」

だからといって、こんなことまでするとは信じられない。

さらに信じられないことには、ラルフはもう一方の輪を、なんの躊躇《ためら》いもなく自分の左手首に繋《つな》いだのだ。幸いにも人通りの少ない場所だったが、セシリアは焦《あせ》って周囲を見回した。

「早く取ってください、お願い！」

「それは聞けない」

「だってこんなの……人が見たら、おかしいって思われます」

「君が俺にぴったり寄り添っていれば気づかれないさ。それにこれから向かう先では、誰もそんな些細《ささい》なことは気にしない」

「向かう先って……痛っ！」

ラルフが歩き出し、セシリアは手首を引っ張られて苦痛の声をあげた。仕方なくついていくものの、心の中は不安でぐちゃぐちゃだった。

やがてラルフは、建物の隙間にある地下へ伸びる階段を下りて行った。

「ここに何があるんですか？」

「会員限定の特殊なクラブだ」

「でもクラブって、女性が入るのは禁止でしょう？」

上流階級の男性たちが葉巻をくゆらせ、高価な酒を嗜《たしな》み、ボードゲームを楽しみながら社交や政治についての会話を交わす——本で読んだだけの知識だが、セシリアが知るクラブというのはそういうものだ。

「だから『特殊』なんだと言っただろう」

そんなやりとりをするうちに、二人は階段を下りきった。そこには鋲《びょう》の打たれた鉄の扉があり、その手前にボーイの身なりをした男性が立っていて、値踏みするような目を向けてくる。手錠の存在に気づかれないよう、セシリアは不本意ながらおずおずとラルフに身を寄せた。

「失礼ですが、紹介状をお持ちですか？」

慇懃《いんぎん》に尋《たず》ねられ、ラルフは懐《ふところ》から取り出した封筒を手渡した。中身を改めた男性は納得したように頷《うなず》き、そこでようやく恭《うやうや》しく頭を下げた。

「アデーレ＝ウォルトン様のご紹介ですね。当クラブにようこそいらっしゃいました。どうぞごゆっくりお楽しみください」

（……女性の名前？）

アデーレというのが、ラルフにここのクラブを紹介した人物らしい。どういう人なのだろうと気にかかるセシリアの前で、重厚な扉が開かれた。

中に入っても、しばらくは暗くて細い通路が続くだけで、セシリアは異世界に迷い込んだような寄るべのない気持ちになった。

そんなセシリアの手を、ラルフが無言のまま握る。振り解《ほど》かなくてはいけないと思うのに、その感触にセシリアはすがった。

冷たいことばかり言うラルフの手が意外にも温かいことに——手袋ごしにも伝わるその体温に、驚くと同時にかすかな安堵《あんど》を覚えてしまったから。

通路の終わりにはカーテンのような暗幕がかかっていて、その向こうから人の気配がした。

こえてくる。

だが、どうにも様子が変だ。苦しげに呻《うめ》くような声や、悲鳴のような声がひっきりなしに聞
何が行われているのかと怖気《おじけ》づくセシリアをよそに、ラルフが暗幕をめくった。

(この匂《にお》い……?)

セシリアはとっさに鼻と口を覆《おお》った。

数箇所に小さな蠟燭《ろうそく》が灯《とも》されただけの部屋は薄暗く、全容を見渡すことができなかった。視覚よりも先に嗅覚《きゅうかく》が働き、鼻腔《びこう》の粘膜を甘く刺激するような、異国的な香りがした。

「これって……」

「安心しろ。焚《た》かれているのは阿片《あへん》じゃない」

ラルフがそっと耳打ちした。

「少しばかり、『その気』を高める効果のある香木《こうぼく》が燃やされているだけだ。暗いから足元に気をつけろよ」

「は、はい……っ!?」

頷いた端から、セシリアは何かを踏《ふ》んづけて飛び上がった。

足元をよく見ると、踏んだのは男性の帽子《ぼうし》だった。だが落ちているのはそれだけではない。燕尾《えんび》服の上着にトラウザーズ。白っぽいものは、まさか下着だろうか——女性もののパンプスが転がっていると思ったら、その先に真っ白な脚《あし》が繋がっていて、セシリアはぎょっとした。

「あぁん……そうよ、もっと、もっとぉ……!」

二本の女性の脚が、ゆさゆさと宙で揺れている。その間に体を押しこめ、腰を叩きつけているのは、白髪混じりの壮年の男性だった。

絨毯の敷かれた床の上で、彼らは明らかに――交《まじ》わっていた。暗くてはっきりとは見えないものの、おそらくはほぼ全裸に近い恰好で。

（何なの、ここ……!?）

見れば、広い部屋の随処《ずいしょ》で何組もの男女が体を絡《から》め合っている。数時間前に無理矢理見せられた春画そのままの光景が、あちこちで展開されているのだった。

「はっ、あ、ああっ、うぁ……！」

「だめ、あぁぁん、もうだめ、イくぅぅ――っ！」

獣《けもの》のような息遣いと粘着質な水音が、セシリアの鼓膜《こまく》を震わせる。絶頂を極める女性の叫びが長く尾を引き、唐突《とうとつ》に途切れた。

「おっと」

衝撃に崩れ落ちかけるセシリアをラルフが支えた。そのまま近くの長椅子《ながいす》に連れていき、ぐったりする彼女を座らせる。

「さすがに刺激が強かったか？」

「ガ……ガーランドさん。ここって……」

「暇《ひま》を持て余した上流階級の人間が、夜な夜な淫靡《いんび》な遊戯《ゆうぎ》に耽《ふけ》る秘密クラブだ。本や絵から得た知識だけでは、真に迫った官能シーンを書くには不足だろう？」

「嫌……嫌です、こんなの、もう帰るっ……！」

セシリアは本気で泣き出しそうになった。両手で顔を覆えば、手錠の鎖《くさり》がじゃらりと重たげに鳴る。その音すら疎《うと》ましく、忌《い》まわしい。――けれど。

「見るんだ」

ラルフは相変わらず容赦《ようしゃ》がなかった。

「目を閉じ、耳を塞《ふさ》ぐのは自由だ。だがこの『取材』を拒《こば》んだ挙句《あげく》に、君が腑抜《ふぬ》けた小説を書くようなら、俺は本気で手段を選ばなくなるぞ？」

だったら、今のこの仕打ちは手段を選んでいるとでもいうのだろうか。

セシリアは啜《すす》り泣きながら、そろそろと顔を覆う手を離した。言うことを聞かなければ彼に何をされるのか、想像はつかないけれど、ただ怖くて。

改めて周囲を窺えば、それは想像を越えて生々しいありさまだった。

壁に手をついた女性の後ろで、丸いお尻《しり》を抱いた男性が野卑《やひ》な腰使いで責めたてている。

一人の女性に二人の男性がむしゃぶりついているかと思えば、その逆の組み合わせもある。

手足がどうなっているのかわからない複雑な恰好で縛《しば》られた男性の背中を、仮面をつけた女性が踏みにじって高笑いする。

ボトルの酒を頭の上から浴びせあい、とろんとした目で互いの体を延々と舐《な》め続ける女性同士がいる。

男女ともに年齢はまちまちだったが、セシリアほどに若い娘の姿だけはなかった。だからだろうか。

　この宴に参加せず、長椅子に座って震えるばかりのセシリアに、次第に周囲の視線が集中し始めたのだ。舐め回されるような眼差《まなざ》しにセシリアはすくみあがり、誰かが近づこうとする気配を見せた途端、思わずラルフにすがりついた。

「いい子だ。そうしていろ」

　ラルフがあやすように言った。

「君のパートナーは俺だってことを、周りに主張するんだ。そうすれば、他の男は誰も君に手出しできない。ここではそういうルールになってる」

　繋がれた手錠を見せつけるように、ラルフはセシリアの手を取った。手袋を脱がせたその甲に、騎士が姫君にするようなキスを落とす。

「っ……」

　セシリアはぞくりとして息を詰めた。

　ラルフの唇は少し乾いていて、熱かった。その手と一緒だ。予想もしないような温度に、セシリアは自分の中の何かがぐずぐずと溶かされるような不安を覚えた。

　ラルフはそのまま唇を滑らせ、セシリアの中指の関節を甘噛《あまが》みした。痛みにというよりも、電流が走ったような感覚に思わず声が洩《も》れる。

「あっ……！」

「――そんな声も出せるんじゃないか」

ラルフが忍び笑った。セシリアは羞恥《しゅうち》に身をよじったが、その後の彼の手管《てくだ》にかかっては、抵抗らしい抵抗にもならなかった。

「ここをずっともじもじさせているな?」

ラルフはセシリアの脚《あし》に手を伸ばし、その膝頭《ひざがしら》をゆっくりと撫で回した。ドレスの上からだというのに、素肌《すはだ》を蛇に這《は》われているようにぞくぞくする。

「直《じか》には触れないよ。君の魅力的な脚を、他の男どもに見せてやるのはもったいない」

セシリアの脚など見たこともないくせに、周囲を牽制《けんせい》するつもりなのか、ラルフは独占欲の強い恋人のような台詞《せりふ》を吐いた。

そしてさらに過激な言葉も。

「君は純情そうに見えて、とてもいやらしい子だからな。目の前で他人のセックスを見せつけられて、ここをぐしょぐしょに濡らしているんだろう?」

「そんなことっ……」

ラルフの手は膝から太腿《ふともも》に移り、セシリアの脚の付け根を戯《たわむ》れにつついた。あくまでも軽く触れるだけだったが、彼の言葉通りの現象が起こり始めていることに、セシリアは激しく混乱した。

(いや……なんで……)

ラルフが顔を寄せ、セシリアの首筋に熱い吐息を吹きかける。耳の裏側にも同じことをされて、セシリアは甲高《かんだか》く叫んでしまう。

「やぁんっ……！」

「おや、君は本当に敏感だ。まだ大したことは何もしていないはずなのにな？」

（おかしいのは私のせいじゃないわ。きっと、この妖《あや》しい香りが……）

部屋中に充満する香木の匂いが悪いのだと、セシリアは自分に言い訳した。

だって、そうでなければ説明がつかない。セシリアは正真正銘穢《けが》れのない乙女で、ラルフは彼女の恋人でもなんでもない。

そんな相手に、少し悪戯《いたずら》をされただけでこんなに反応してしまうほど、自分は淫《みだ》らな娘ではない――ないはずだ。

「快感を知るのは悪いことじゃない」

ふっと素の声に戻って、ラルフが耳元に囁いた。

「その感覚を知らなければ、小説に書くこともできないだろう。何もかもよく覚えておけ。ここで行われている男女の行為も。それを見て君がどんなふうに欲情を掻《か》きたてられたのかも」

周囲で何が起こっているのかなんて、今のセシリアにはほとんど意識できなかった。

セシリアを引き寄せ、ささやかな愛撫で翻弄《ほんろう》する、ラルフの存在だけがすべてになる。彼の胸が見た目よりも厚いことや、その首筋からはかすかに柑橘《かんきつ》系のオードトワレが香ること。余裕のある低い声が密着した体に直に響くと、跪《ひざまず》いて許しを乞《こ》いたいような気持ちになってしまうこと――。

「も……触らないで、くださ……」

「皆が見てるよ」

むき出しの鎖骨《さこつ》のくぼみに口づけ、ラルフは揶揄《やゆ》するように言った。

「君の潤《うる》んだ瞳を、上気した頬を――スカートの奥で蜜《みつ》を溢《あふ》れさせる泉を、想像して興奮しているんだ」

「う……嘘《うそ》……」

顔を背《そむ》け、ラルフから距離を取ろうとするのに、腰が痺《しび》れたようになって動けない。

セシリアの腿をさするように撫でながら、シニヨンの後れ毛を指に絡《から》めては解くことを、ラルフは子供の遊びのように繰り返した。そのたびに鎖が音を立て、汗ばんだ項《うなじ》を指の背がかすめる。声を出すまいと懸命《けんめい》に唇を嚙みしめるセシリアに、ラルフがふっと笑う気配がした。

「頑《かたく》なだな、君は。いい小説を書くためには、何事にも柔軟《じゅうなん》でいなければ」

腿を這っていた手が腰骨を撫で、脇腹を遡《さかのぼ》って、胸の膨らみに達しようとした、そのとき。

「こんばんは、ラルフ」

一人の女性が、優雅な足取りで歩み寄ってきた。淫らな宴《うたげ》の最中だが、彼女だけは格式のある夜会に招かれたように、濃紫《こむらさき》のドレスをきちんと着こなしていた。

「ようやく顔を出してくれたのね。こういうところはあなたの趣味じゃなかったかしらと、少し心配していたの」

「いえ、なかなか興味深い場所ですよ。お招きありがとうございます、アデーレ」

セシリアへの悪戯を中断したラルフが、礼儀にかなった挨拶《あいさつ》をした。そうしていると、まる

でここがまともな社交場のようにさえ見えてくる。

「久しぶりに会えて嬉《うれ》しいわ。残念ながら、私の相手をしにきてくれたわけではないみたいだけど？」

広げた扇《おうぎ》を口元に添え、アデーレと呼ばれた女性は冗談っぽくラルフを睨んだ。

（この女性が、ガーランドさんに紹介状を――？）

体の火照りも冷めやらないまま、セシリアは呆《ほう》けたようにアデーレを見上げた。

彼女の年齢は、セシリアより一回りほど上といったところだろうか。服装や仕種《しぐさ》だけを見ればば上流階級の貴婦人のようだが、ブルネットの巻き毛を結わずに流している様子や、黒スグリのような色の紅《べに》を刷《は》いた唇からは、堅気《かたぎ》の女性らしからぬ色香がたちのぼっている。おっとりと垂れ目がちな瞳の下に宿った泣き黒子《ぼくろ》も蠱惑《こわく》的だ。

セシリアの視線に気づいたのか、アデーレがこちらを見て微笑《ほほえ》んだ。

「可愛《かわい》いお嬢さんね。こんな子供みたいな娘《こ》を、悪い場所に連れてきちゃダメじゃないの」

子供みたいな。

その言葉に、セシリアは何故《なぜ》かざらついた気持ちになった。

アデーレの口調に馬鹿にしたようなところはなかったのに。こんないかがわしい場所に足を踏み入れることが大人の証明だというのなら、ずっと子供のままで構わないくらいなのに――。

「子供にだって社会勉強は必要ですよ、アデーレ」

ラルフが落ち着いた様子で言った。

「勉強？」

「そう。彼女に教えなければいけないことは、まだまだたくさんあってね」

「あら」

アデーレは頬に手をあて、ラルフとセシリアを交互に見た。その口元に意味深な笑みが浮かぶ。

「私にしたみたいな手ほどきを、この子にもしてあげるの？」

「そんなところです」

「まぁ、羨《うらや》ましいわ」

アデーレはセシリアの前に屈《かが》みこみ、ふふっと声を立てた。

「何もかもラルフに任せておけば大丈夫よ。彼はこういうことがとても上手《うま》いの。あとね、私からアドバイスできることとしては……」

「結構です！」

気づけば、叩きつけるようにセシリアは声をあげていた。

自分でも自分の大声にびっくりしたが、飛び出してしまった言葉はひっこまない。それにアデーレの『アドバイス』など、絶対に聞きたくはなかった。

ラルフと肉体関係があったことをほのめかすどころか、セシリアにも同じことをしろと勧《すす》めてくるなんて、なんて恥知らずな人だろう。

「先輩のいうことには耳を貸すものよ？」

セシリアの態度に腹を立てた様子もなく、アデーレは扇をひらめかせて肩をすくめた。

「じゃあね、ラルフ。よかったらまた声をかけてちょうだい」

「ええ、きっと近いうちに」

ラルフが平然と答えたのに、セシリアは驚いて彼を振り仰《あお》いだ。アデーレが遠ざかっていったあとで、思わず尋《たず》ねずにはいられなかった。

「あの人はガーランドさんの恋人なんですか？」

「いや」

「じゃあ昔にお付き合いをされていたとか？」

「そんな事実はないが……どうしてそんなことを訊《き》く？」

セシリアはぞっとし、長椅子の上で後ずさった。

ラルフは恋人でもない女性と平気で寝て、気が向けばまた不埒《ふらち》な関係を繰り返すような男なのだ。小説に関すること以外は紳士だなんて思ったのは、やっぱり間違いだった。

「なんだか顔色が悪いな。今日はこれくらいにしておくか」

セシリアが青ざめているのは体調が悪いせいだと誤解したラルフが、脇を支えるようにして立たせる。それだけのことにもびくりとして、その拍子にセシリアは気づいてしまった。

ドレスの下、内腿に当たるドロワーズの生地が、ひやりと冷たく濡れている。――ラルフに触れられた刺激で、セシリアの内側から淫らに滴《したた》ったもののせいだ。

（嘘よ……）

こんな場所の雰囲気《ふんいき》にあてられてしまったことも、反撥《はんぱつ》している男の手で感じさせられてしまったことも、信じられなくて自分が許せなかった。

「うっ……ふ……」

気づけば涙がぽろぽろと頬を伝っていた。ラルフが声をひそめて「どうした」と尋ねるが、答えられない。

（あなたのせいよ、あなたのせいなのに……！）

馬車に乗ってホテルに戻るまでの間も、セシリアは嗚咽《おえつ》をこぼし続けた。

ラルフはそんな彼女を扱いかねたかのように、屋根のない辻馬車の席で、不機嫌そうに肘《ひじ》をついて夜空を眺めていた。

工業都市としても名高いロンドンの空にはスモッグが広がり、星の瞬《また》きは鈍《にぶ》く、見えづらい。

4 「君はまったくもって手のかかる作家だからな」

それから数日は、クラブに連れていかれた日以上に衝撃《しょうげき》的な出来事は起こらなかった。

さすがにラルフも事を急ぎすぎたと思ったのか、卑猥《ひわい》な小説や絵画はひとまず退けられ、セシリア自身の原稿に手を入れる作業が始まった。

幸いにも、セシリアがもともと書き溜《た》めていた原稿は、完結こそしていないものの、ある程度の分量があった。新たに書き加える官能シーンは後回しにして、そこ以外の部分から直そうと言われたとき、セシリアは反射的にほっとした。

とはいえ、それが平穏な作業だったかというと、まったくそうではない。

「全体的にだらだらとしすぎている。無駄《むだ》なシーンを徹底的に削《けず》れ。読者を飽《あ》きさせる時間を一瞬たりとも作るな」

「先が気になる展開を常に意識しろ。各章の終わりごとに引きを作れ。何か事件を起こすなり、登場人物の心情を掻《か》き乱すなり、この先を読みたいと思わせる工夫をするんだ」

「情景描写は、やたらに書き連ねればいいってものじゃない。空模様にしろ、空気の匂《にお》いや温度にしろ、主人公の心情を連想させる手がかりにするように書くんだ。君のやり方は、下手《へた》な画家が白い画面を埋めようとして、絵の具を無駄に塗《ぬ》りたくっているようなものだ」

「パトリックの家族について、ここまで枚数を割《さ》く必要はない。ロマンス小説の読者が読みたいのはあくまで恋愛だ。そもそも伯爵《はくしゃく》家のお家事情など、メイドのロザリーには関わろうとしても関われないだろう。主人公を傍観《ぼうかん》者にさせるなどもってのほかだ」

「それにしても、このロザリーの独白は鼻につくな。何かというと、自分はメイドだから、パトリック様にはふさわしくないから……と辛気臭《しんきくさ》い。遠慮深いを通り越して卑屈《ひくつ》すぎる。ヒロインの性格は、読者に反感を持たれないものにするのが基本中の基本だ」

怒濤《どとう》のように繰り出される指摘に、初めのうち、セシリアは深く落ち込んだ。

確かに自分は素人《しろうと》だし、才能などないと思っていた。だが本を読むのは大好きだし、それこそ人生の半分以上、小説を書き続けてきたのだ。

――もう少し使い物になると思っていた。

それが正直な気持ちで、そんなふうに感じたことにセシリア自身も戸惑《とまど》った。こんな自分にも自惚《うぬぼ》れや、ささやかなプライドというものがあったのだ。

それはラルフにも伝わったようで、何かを言うたびに表情を強張《こわば》らせるセシリアに、彼は「悔《くや》しいか？」と冷ややかに言った。

「悔しいなら、俺を唸《うな》らせるような小説を書いてみろ。何を言われても食らいついてくる気概《きがい》を見せることだな」

的外れな指摘なら反論もできただろうが、ラルフの言うことはすべてが的確で、それだけにセシリアには痛かった。

頭では彼の言葉を理解できたつもりでいても、力量が追いつかない。具体的にどこをどう直せばいいのか、ヒントを与えられていても、ラルフにオーケーをもらえる出来にならないのだ。

次第に、駄目出しをされることよりも、それに応《こた》えられないことのほうがつらくなる。思い描く理想があるのに、そこに手が届かない未熟さが歯痒《はがゆ》くて、悔しい。

「すみません……」

自分のふがいなさに打ちのめされて、セシリアは何度も深くうなだれた。

「何がだ」

「うまく書けなくて……ガーランドさんは、こんなにアドバイスをくれているのに……」

「それが俺の仕事だからな」

「でも」

仕事だというのなら、時間外労働も甚《はなは》だしい。

いざ本格的な執筆《しっぴつ》に入ってしまうと、二人には昼も夜もなかった。

セシリアは一日の三分の二以上を机に向かって過ごしていたが、ラルフも常に背後に控《ひか》えて、細々《こまごま》とした指示を出し続けた。限界を越えたセシリアが、わずかな仮眠を取って寝室から戻ってきても、ラルフは相変わらずソファに座り、原稿を丹念《たんねん》にチェックしていた。服にも髪にも乱れはなくて、一体いつ眠っているのだろうと思う。

　時には、次に書くシーンのための資料がどっさりと積まれていることもあった。また誰かに頼んで届けさせたのかと尋《たず》ねれば、ラルフ自《みずか》ら図書館や書店を巡って入手してきたものだと言われた。必要な情報がどこまで詳しく載《の》っているかを確認するのに、他人任せにはできないらしい。

　それを聞いたセシリアは、瞳《ひとみ》を瞬《まばた》かせた。

「ガーランドさんがいないことに気づいて、私が逃げるとは思わなかったんですか？」

手錠《てじょう》で繋《つな》いでまでセシリアを縛りつけようとしたことを思えば、その行動はあまりにも隙《すき》があるのではないか。

「君は逃げたいのか？　今も？」

　問われたセシリアは少し考え、首を横に振った。

　ソファの上で、ラルフがかすかに目元を和《なご》ませたように見えた。

「だろうな」

「どうしてわかるんですか？」

「君が楽しそうだからだ」

「楽し……そう？」

「違うか？」

　セシリアは再び黙りこみ、言われた言葉の意味を考えた。

「楽しい……のかわからないけど、今この原稿を投げ出したくはないです。上手《うま》く書けなくて苦しいけど、こんなに真剣に、いろんなことを考えながら、小説を書いたことはなかったから」

今まではただ、書きたいように書いているだけだった。

人目を忍んでという制約はあっても、物語の中でだけは、セシリアはどこまでも自由だった。その代わり、読み手の存在を想定したり、ストーリーの緩急《かんきゆう》を意識したりといったことは、ほとんど考えたことがなかったのだ。

「苦しいと思うのは、君が書き手としての『気づき』を得たからだ」

ラルフは言った。

「その『気づき』に基づいて、よくしよう、上手《うま》くなろうと、向上心を持つから課題が増える。それが生易《なまやさ》しいものではなくても、少しずつわかるようになってきたこともあるだろう」

「あ、はい！　文章にリズムを持たせるために、声に出して読んでみるっていうのは、すごく納得しました。ちょっと恥ずかしいですけど……」

ラルフはことあるごとに、セシリアに原稿を朗読《ろうどく》させた。気恥ずかしさはあったが、実際にそうしてみると、自分の書いた文章のもたつき加減がよくわかるのだ。声に出して読みにくいところは、目読するだけでも据《す》わりが悪い。

「それに、常に五感を意識して書くとか、なるほどって思いました。文章に奥行きが出ますよね……なんていっても、すぐにできるわけじゃないですけど」

「気づいたからには、君は変わる」

　ふいを突くように言われて、セシリアは驚いてラルフを見つめた。

「君の書く小説は、まだまだ良くなる。……なんて顔をしてるんだ？」

「あっ……わ、私、どんな顔してました？」

「泣きそうなのににやけた顔だ」

「えっ！」

　あたふたと押さえた頬は、すっかり熱を持っていた。

「す、すみません。なんだかうっかり感激して」

「感激する理由がどこにある。俺は別に、今の君の原稿を褒《ほ》めたわけじゃないぞ」

「ええ。でも、なんだか初めてまともな編集者らしい姿を見たなぁ……って。書き手の心を折るようなことしか言えない人だと思ってました」

「──君も案外、失礼な物言いをする女性だったんだな」

「ご、ごめんなさい、つい！」

「構わない。言っただろう。編集者と作家の距離は、なるべく近くあるべきだ」

「じゃあ、あの、ちょっと気になってたことを訊《き》いてもいいですか？」

　ラルフの向かいのソファに、セシリアは腰かけた。原稿を進めなければいけないことはわかっているが、少しだけ。

「ガーランドさんは、私の母の他に、どんな作家さんを担当されてるんですか？」

「妙なことを気にするんだな」

「だって天下のデンゼル社でしょう？　推理作家のエドガー＝コリンズとか、歴史小説家のゲイリー＝オルグレンとか、絵本作家のトマス＝アーキンとか、今をときめく人気作家がたくさん本を出されてるじゃないですか。ガーランドさんも会ったことがありますか？」

「絵本は部署が違うから、トマス＝アーキンとは面識がない。エドガー＝コリンズとゲイリー＝オルグレンなら、俺が担当していたこともあるが」

「えっ――」

一瞬、言葉が出なかった。

「ロマンス小説専門の編集者なんじゃないんですか⁉」

「小説部門は、すべて一緒くたの編集部なんだ」

「そんな看板作家を担当できるなんて、ガーランドさんってもしかして、本当に優秀なんですか？」

「あのな……」

ラルフのこめかみがわずかに引きつった。

「君のお母さんも看板作家の一人だし、俺は自分の仕事に関して嘘はつかない」

「でも、エドガー＝コリンズだなんて……うわぁ、いいなぁ……」

夢見るような表情で、セシリアはほうっと息をついた。

「コリンズのファンなのか？」

「ええ！　トリックの仕掛けにも驚かされるし、登場人物が皆とっても個性的で、ちょっと人情噺《ばなし》っぽいところも大好きです。きっと作家さん本人も、すごく誠実で魅力的な人なんだろうなって」

「それはどうかな……」

ラルフが首を傾《かし》げるが、夢中になって語るセシリアの目には入らない。

「ご本人に会うなんていうのは畏《おそ》れ多いけど、生《なま》原稿は見てみたいなぁ……『ロンドン橋に降る雪』が特に大好きなんです。謎がすべて解けたあと、生き別れになった父親と娘が再会するシーンなんて涙が止まらなくて」

「セシリア」

ラルフがやや疲れたような様子で遮《さえぎ》った。

「無駄話はそこまでだ。君は机に向かえ」

「はい！」

「今日はいつになく素直だな」

「ええ？　そんなことないですよ？」

否定しながらも、うきうきしている自分を認めないわけにはいかなかった。憧《あこが》れの作家を担当した編集者に原稿を見てもらえるのだと思えば、自然とやる気になるというものだ。

（我ながら現金だと思うけど）

内心で苦笑しながら、セシリアは原稿の続きを書くべく、ドレスの袖《そで》をまくってインク壺《つぼ》にペンを浸《ひた》した。

そうして紆余曲 折《うよきよくせつ》を経《へ》ながら、おおよその手直しを終えたのが、このホテルに滞在するようになって、ちょうど五日が過ぎた頃だ。

あとはラストシーンと、セシリアにとっては未知の挑戦になる官能シーンを大幅に書き足す作業が残っている。

（でも、どんなふうに書けばいいのか、ちっともわからないわ……）

オイルランプを灯《とも》した深夜の部屋。机に向かいながら、セシリアはすでに二時間以上、うんうんと唸《うな》り続けていた。

ここまできたら腹をくくって書くしかないとわかっていても、ペンを握った手が動かない。もちろん恥ずかしいということもあるが、男女の具体的な行為について、セシリアはやはりまだよくわかっていなかった。

母の小説は流し読みをしてしまっていたし、ラルフに見せられた春画やクラブでの光景は刺激が強すぎて、逆に記憶のフィルターがかかってしまっている。

（キスをして……服を脱いで……それから？　む、胸とかを触るのかしら……）

探り探り、ぎこちない文章を紡《つむ》いでいくセシリアに、気配もなく背後に忍び寄ったラルフが、唐突《とうとつ》に声をかけた。

「どこまで書けた？　セシリア」

驚いた拍子《ひょうし》にペンを取り落とし、原稿の上にインクの染みが広がった。慌《あわ》てて拭《ふ》き取ろうとしていると、書けたところまでを声に出して読んでみろと命令された。

だが、二時間の努力の結晶に対して、ラルフの評価はにべもない。

「端的に言うと、この文章には良いところがひとつもない」

挙句《あげく》の果てに、「君自身がヒロインの気持ちになってみろ」と背後から抱きすくめられ、セシリアは体を強張らせた。

「何をするんですか、ガーランドさん！」

「ラルフと呼べ、と教えただろう？」

最近はずっと訂正されることもなかったのに、ラルフは苛立《いらだ》たしげにそう言った。

「**全身に快感の波が広がった**――と君は書いた。快感とは、どんな感覚のことだ？」

ところどころ小説の文章を読み上げて駄目出しをしつつ、ラルフはドレスの襟元《えりもと》からその手を忍び込ませてくる。セシリアは激しく混乱した。

（嘘、こんな……！）

まさか、本当にこんなことまで。

クラブでの夜にも相当際どいことをされたけれど、あのときはドレスの上から体を撫《な》でるだけだったし、決定的な場所には触れられなかった。

なのに今や、ラルフの手はシュミーズの内側に潜《もぐ》り込み、膨《ふく》らみ全体を下からすくいあげてしまう。柔《やわ》らかな肌に長い指がやんわりと食い込んで、なんてことをされているのかと焦《あせ》れば焦るほど、体の自由はきかなくなっていくようだった。

「っ……手、放して……」

決して激しいわけではないのに、ラルフの愛撫《あいぶ》は容赦《ようしゃ》がなかった。丸みを帯びた輪郭《りんかく》を丹念《たんねん》に何度もなぞりあげて、セシリアの暴れる鼓動《こどう》が掌《てのひら》に伝わるのを愉《たの》しんでいる。

（やめて……もう、やめて……）

これ以上彼の好きにさせていては、本当にとんでもないことになりそうで。

「ラ……ラルフさんっ！」

言うとおりに名前で呼べば、この狼藉《ろうぜき》をやめてくれるだろうか。

浅はかに考えたセシリアが振り返って目にしたのは、ぞくりとするほど酷薄《こくはく》な笑みを唇《くちびる》に乗せたラルフだった。

「そうだ。ちゃんと呼べるじゃないか」

（失敗した――）

後悔に苛《さいな》まれるセシリアに、ラルフは傲慢《ごうまん》に告げた。

「作家にいい作品を書かせるために、俺は手段を選ばない。恋さえ知らない君にも、英国中の女性が夢中になるロマンス小説を書かせてみせる。俺の小説指南《アドバイス》には絶対服従するんだ――いいな、セシリア？」

途端、ラルフの腕の中でセシリアの体がのけぞった。恐《おそ》れと快感がないまぜになって、硬く尖《とが》り立ってしまった乳首《ちくび》を、ラルフの指が悪戯《いたずら》に挟《はさ》み込んで揺らしたのだ。

「は、あっ……んんっ！」

「いい声だ。……我慢《がまん》しないでいい」

体中のどこよりも敏感《びんかん》になってしまった場所を、ラルフは執拗《しつよう》に責めたててくる。指先で撫で、押し潰し、そのまま円を描くように刺激されると、コルセットに覆《おお》われたセシリアの下腹部が窮屈《きゅうくつ》にひくひくと波打った。

「っ、いや……やめて、ちゃんと書くから、もうやめてぇ……！」

「ちゃんと書く。真面目《まじめ》にやる。そう言って、今日は何時間無駄にした？」

冷ややかに切り返されて、セシリアは追いつめられた。

「頭で考えたり、資料や取材だけではわからないことなら、実際に体験するしかない。多くの作家がそうやって名作を生み出してきたんだ」

「だからって、こんなことまで……」

セシリアは堪《こら》えきれずに啜《すす》り泣いた。

処女のままでは、官能シーンは書けない。他の人はわからないけれど、セシリアにとっては確かにそうなのかもしれない。

それでも、こんな形で純潔《じゅんけつ》が失われるなんてあんまりだった。セシリアだって人並みの少女らしく、愛する人と心から信頼しあった結果、ロマンチックに結ばれたいと願っていたのだ。

もちろん周囲に祝福された結婚をした、その初夜の床で。

「そうやって、君はすぐに泣く」

ラルフがうんざりしたように言い、セシリアの正面に回り込んだ。

「すべての男が、女性の涙に弱いものだと思うな。……まったく」

苛立《いらだ》った口調とは裏腹に、ラルフはセシリアの頬《ほお》にそっと触れ、静かに顔を寄せた。形の良い彼の唇が、涙に濡れた眦《まなじり》に重なる。

（え……）

反射的に閉じた瞼《まぶた》の上にも、ラルフは羽根のような口づけを落とした。そのまま額《ひたい》に、頬に、こめかみに――かすめるような唇の感触に、セシリアの涙は驚いて引っ込み、代わりにまた心臓がどきどきしてきた。

「俺にこうされるのは嫌か？」

「え……いえ……」

間近に迫った青灰色《せいかいしょく》の瞳に、どうしてか嘘《うそ》がつけない気持ちになる。

嫌ではないけれど、こんなことをされる意味がわからないし、自分たちはそんなふうに親しい間柄でもない。

拒《こば》む理由はあるのに、それを言葉にできなかった。ラルフの口づけがとても優しく、さきほどまでのような荒々しい気配がないからだろうか。

「……だったら、これは？」

親指で唇をなぞられて、あ――と思ったときには、本当のキスをされていた。

重ねるだけの、穏やかな口づけ。セシリア自身の涙に濡れたラルフの唇は、少しだけしょっぱい。

「ふ……」

思わず洩《も》れた吐息に、ラルフが小さく笑ってセシリアの頤《おとがい》を持ち上げた。

「拒まないんだな」

拒まなければ――頭ではそう思うのに、ラルフにリードされるように、セシリアは次のステップに進まされていた。

息を止めたセシリアに、呼吸を思い出させるように、ラルフの舌《した》が唇を割って開かせる。新鮮な空気と一緒に彼の吐息が吹き込まれ、かすかに刺激的でいがらっぽい気配がした。――セシリアが見ていないところで、ラルフは葉巻《はまき》を吸うのだろうか。

その発見は、けれど、嫌悪感《けんおかん》を伴うものではなかった。ラルフが纏《まと》う葉巻の香りは、いかにも大人の男を象徴するようなものだった。たった一回のキスで、幼《おさな》い自分までも、彼の側の世界に取り込まれてしまう気がした。

「ん……んっ……」

ラルフの舌がセシリアの口蓋《こうがい》をゆっくりとなぞる。そのたびにセシリアの肩はぴくんと跳ねた。押し返そうとラルフの胸にかけた指が、スーツの襟元を、皺《しわ》ができるほどに握りしめる。

（あ、駄目……あとでアイロンをかけないと……）

場違いなことを思う間にも、ラルフのゆるやかな攻勢はやまずに、セシリアのもっと奥までを蹂躙《じゅうりん》してくる。舌と舌を絡《から》められ、くすぐるように愛撫されて、体の芯《しん》がどんどん変な感じになっていって──。

「はぁ……ん……」

ラルフが唇を離した瞬間、セシリアは糸の切れた人形のように崩《くず》れ落ちた。ライティングデスクの上に突っ伏して、原稿がくしゃくしゃになる。

「わかったか?」

ラルフが何かを言っているが、ぼんやりとしか聞こえてこない。

「事に及ぶ前には、こうしてじっくりキスをする。そうすると女性の気持ちがほぐれて、受け入れられやすくなる。パトリックもそれくらいのことは知っている男だと思うんだがな」

「あ……ええと……すみません、今なんて……?」

「キスだけでそこまで感じたのか」

惚《ほう》けたようにのろのろと首をもたげるセシリアに、ラルフがどこか満足そうに呟《つぶや》いた。

(あれ、怒られない……?)

原稿に関することで、何かを言われたような気がするのだけど。ちゃんと聞いていないのがわかっただろうに、怒鳴ったり睨《にら》んだりしないなんて、不思議なこともあるものだ。

「原稿の上に突っ伏すな。こっちに来い」

ラルフはセシリアの手を取って移動し、強引にソファに座らせた。そのまま真向かいに立ち、何をするのかと思えば、ドレスの裾《すそ》を膝上《ひざうえ》までまくりあげたのだ。

「やっ……！」

踝《くるぶし》より先の脚を男性に見せるなど、未婚の女性にはあるまじきことだ。とっさにスカートを下ろそうとしたが、

「動くな」

切りつけるような厳《きび》しい声が、セシリアをすくませる。

「俺の言葉には絶対服従だと言ったはずだ。言うことをきいていれば、最後までするこことだけは許してやる」

「……本当に？　本当に、最後まではしない……ですか？」

セシリアはおずおずと尋《たず》ねた。

「言っただろう。仕事に関することで、俺は嘘はつかない」

（仕事――）

その言葉が、こんなに硬質《こうしつ》に響《ひび》いたことはなかった。初めてのキスにふわふわとしていた余《よ》韻《いん》も、霧が晴れるように散ってしまう。

そう。ラルフにとっては、セシリアに関わることはすべて仕事だ。

仕事だから四六時中一緒にいるのだし、原稿を完成させるためならセシリアを抱くことさえ厭《いと》わない――ラルフにとって、自分のような子供は好みでもなんでもないはずなのに。

「脚を開け」

ラルフが命じて、セシリアはみじめさに顔を背《そむ》けたまま、膝と膝の間をわずかに広げた。

「もっとだ」

「っ……」

逆らえば本当に貞操《ていそう》を奪われてしまうかもしれない。

それだけは避けたい一心で、セシリアは両足を開いた。ちょうどその間にラルフの体がすっかり収まってしまうくらいまで。

「靴を脱いで踵《かかと》をソファに載《の》せろ」

「え……」

「早くするんだ」

セシリアは息を詰《つ》め、目をつぶって従った。ラルフから見て、自分がどんな姿をしているのか、想像したくもなかった。

途端、右の足首にしゅるりと何かが絡《から》みついた。

「な……何して……!?」

あっさりと目を開けてしまったセシリアが見たのは、絹のハンカチを使って、セシリアの足首をソファの肘掛《ひじか》けに縛りつけるラルフの姿だった。

「暴れて蹴《け》られるのは御免《ごめん》こうむりたいからな」

逆の足首は、するりと引き抜いたラルフ自身のネクタイで固定される。くつろげられた襟元から男らしい鎖骨《さこつ》が覗《のぞ》いて、セシリアはどきりとした。いつでも隙のない格好《かっこう》をしているラルフの素肌は、そういえばほとんど見たことがない。

「何を見ている？」

ラルフが怪訝《けげん》そうに言った。

「いえ……ガーランドさんが、ネクタイを外すところが珍《めずら》しくて……」

「余裕だな。自分がどんな格好をしているのか、自覚がないのか？」

「言わないでください……！」

セシリアは真っ赤になった。

浅く座っていたせいで、ソファから落ちてしまいそうなほど、腰が前方に突き出されている。膝を立てた両脚は大きく広げられて縛《いまし》められ、まるで間の抜けた蛙《かえる》だ。たっぷりとしたスカートは腿《もも》の付け根あたりまでめくれ落ちて、レースをあしらった純白のドロワーズがすっかりさらけ出されてしまっていた。

恥ずかしくて、情けなくて、行儀《ぎょうぎ》が悪くて……セシリアは自分がとても弱々しく、頼りない存在にされた気がした。両手だけは自由だけれど、セシリアが渾身《こんしん》の力でぶったところで、ラルフを止められるどころか、お返しにますますひどいことをされてしまいそうだ。

「こ……怖いことは、しないでください……」

「怖いこと？　そんなことはしない」

この注射はちっとも痛くないんだと、泣き喚《わめ》く子供をなだめる医者のようにラルフは嘯《うそぶ》く。

「小説を書くために、君がまだ知らないことを教えるだけだ。君はまったくもって手のかかる作家だからな」

「小説のため……ですよね」

「ああ、もちろん小説のためだ」

だったら、ラルフは別のロマンス小説家にも、場合によってはこんなことをするのだろうか。

そう考えたセシリアは、ふいに心臓がきゅっときしむような感覚を覚えた。あまりにも唐突《とうとつ》な痛みに、驚いて胸を押さえる。

「どうかしたか？」

「あの……ここがなんだか痛くて……」

「痛い？」

ラルフが瞳を細めた。

「さっきは、そんなに強く触ったつもりはなかったが……見せてみろ」

「え、違っ……」

そんな種類の痛みじゃない。

そう告げる間もなく、背中に回されたラルフの指が、ドレスの後ろボタンを外していた。こういったことに慣れているとしか思えない手早さで、セシリアの腕を袖から抜き、コルセットの紐《ひも》を解《ほど》いて、上半身を完全な裸《はだか》にしてしまう。

「や、やだっ……！」

セシリアはとっさに両腕で胸を覆《おお》ったが、

「隠すな。痛いんだろう？」

その腕をやすやすと引きはがして、ラルフはセシリアの乳房を間近で検分した。

生真面目《きまじめ》な視線は本当に医者のようで、いやらしい目的で見られているのではないとわかったが、だからといって冷静でいられるわけはない。

「どこにも傷はついていないが……」

さきほど弄《もてあそ》んだ右の胸に、ラルフはそっと触れた。痛みの有無を調べるようにあちこちを押されて、セシリアはまたおかしな気持ちになってきた。

「も……もういいの。もう痛くないですから、触るの、やめて……っ」

上擦《うわず》る声に潜んだ甘やかな響きに、ラルフは耳聡《さと》く気づいたらしい。冷静だった眼差しが、打って変わって色を帯びたものになった。

「そうか？　ここをこんなに赤く腫《は》らしているのに？」

「ひぁっ……抓《つま》んじゃ嫌ぁ……！」

乳房の頂《いただき》で震えているのは、淡いコーラルピンクに染まった可憐《かれん》な蕾《つぼみ》だ。常よりも膨れて、触ってほしいと言わんばかりに尖《とが》ったそこを、ラルフは親指と人差し指でやんわりと抓み、きゅっと絞《しぼ》るように捻《ひね》りを加えた。

「やめて……やめて……」

セシリアは泣きそうな顔でかぶりを振ったが、ラルフは彼女の前髪を搔《か》きあげ、諭《さと》すように言い聞かせた。

「痛くはないんだろう？　怖いことでもないはずだ」

「怖い、です……っ」

自分の中に、存在を認めてはいけない淫《みだ》らな獣《けもの》がいる。ラルフに触れられるたび、その獣は歓喜《かんき》に鳴いて、いつかこの身を食い破ってきそうな気がする。

そんな恐れをうまく言葉にできなくて、セシリアは濡れた目でラルフを見つめ、「やめてください」と懇願《こんがん》するしかなかった。

「ひとつ教えておこうか、セシリア」

ラルフは人の悪い笑みを浮かべ、逆側の乳房にも手を伸ばした。

「そんな目で、そんな恰好で、いじらしげに『やめて』と訴《うった》えるのは——男の欲望に火をつける結果にしかならない」

「ああ、ぁぁん……！」

両方の乳首を同じように、時には違う強さで弄《なぶ》られて、刺激が倍増する。だが、快感が鋭すぎてどうにかなってしまいそうになると、ラルフは乳首から指を離し、胸全体を揉みしだく動きに変えてしまう。

そんなことを何度も繰り返されて、セシリアは気が遠くなりそうだった。

「もう嫌……ああっ……いやぁ……」

はっはっと短い吐息が零《こぼ》れて、全身がしっとりと汗ばんでいく。ラルフの手の中で執拗《しつよう》に捏《こ》ねられる乳房は、頑《かたく》ななセシリアの心とは裏腹に、柔らかく自在に形を変えた。

「本当に嫌？　ここは、とても美味《おい》しそうに実っているが？」

左側の乳首を、悪戯《いたずら》に指で弾《はじ》かれる。

次の瞬間、そこは温かく濡れた感触に包まれた。床に膝をついたラルフが、小さくて淫らな果実を盗み食らうように吸いついたのだ。

「ひぁ……！」

見下ろした先の光景が信じられなくて眩暈《めまい》がした。

内実はともかく、見た目だけは紳士《しんし》然としたラルフが、床に直に跪《ひざまず》いて、セシリアの胸を吸っている。

わざとのように音を立て、上目遣《づか》いにこっちを見てくる姿が、とても卑猥《ひわい》で浅ましくて……けれど蔑《さげす》むよりも先に、自分はこの男に支配されるのだと、セシリアは諦《あきら》めのように思った。

敏感になった乳首に熱い舌が纏《まと》わりついて、むず痒《がゆ》いような、もっとして欲しいような気持ちになることも、否定しないで認めてしまえば、いっそ楽になるのだろうか――ラルフが楽にしてくれるだろうか。

「ん、んっ……」

セシリアの足元では、さっきからずっと木材の軋《きし》む音がしていた。

脚の間の、触れられてもいない場所が、いつかのように潤《うる》んで疼《うず》いている。その感覚を鎮《しず》めたくて腿《もも》を擦り合わせようとするが、両足首を固定されているせいで叶わない。

そのたびにマホガニー材の肘掛けが、ぎちぎちと断続的に軋むのだった。その音こそがラルフの愛撫に感じてしまっている証《あかし》のようで、恥ずかしいのに止まらない。

揺れる膝頭にラルフが触れて、ドロワーズごしに内腿を撫で下ろした。

「こっちも触ってほしそうだな？」

（気づかれた……）

思いを見透かされたセシリアは、それでも必死で首を横に振った。

認められるわけがない。いくらキスをされ、巧《たく》みな指で胸を弄《もてあそ》ばれたからといって……処女なのにあそこをぐずぐずに濡らして、まるで期待しているような、そんなこと。

「これは、脱がないと染みになってしまうな」

ラルフが言っているのは、愛液を吸って肌に張りついたドロワーズのことだった。腰回りで結わえた紐をするりと解かれ、ずらそうと手をかけられる。

「少しだけ腰を浮かすんだ」

「っ、嫌……」

「約束を破られたいのか、セシリア？」

言うことをきかなければ処女を奪う。

暗にそう脅されて、セシリアはまたしても泣く泣く従った。両足を縛られているために、脱がされたドロワーズはすべてを取り去ることができず、膝の下あたりで半端に留まっている。

開かれた脚の付け根の、乳房以上にいやらしい場所が、ラルフの目に晒《さら》された。ふっくらとした恥丘《ちきゅう》も、そこを薄く覆う和毛《にこげ》も、すっかり濡れそぼって充血した秘裂《ひれつ》まで、すべて。

（恥ずかしい……っ）

しゃがみこんだままのラルフが、言葉もなくそこに視線を注いでいた。見つめられるだけでセシリアの肌は熱く火照《ほて》り、その半面、ずっと黙り込んでいるラルフに、羞恥だけでなく不安を覚えた。

「あの……変、ですか……？」

沈黙に耐えきれず、おずおずと尋ねる。そんなにじっと見つめられるだなんて、まさか。

「わ……私の……どこか、おかしいんでしょうか……？」

「――？」

「だ、だから、形とか……色、とか……」

消え入りそうな声になる。

真っ赤になったセシリアを見上げ、言わんとすることを察して、ラルフの喉が「くっ」と鳴った。そのまま肩を揺らして笑いだす。

「何を言い出すのかと思ったら……ふ、ははっ……」

「わ、笑うなんてひどいです……！」

思わず抗議しながらも、セシリアは憤《いきどお》る以上にびっくりしていた。

ラルフが声をあげて笑うなんて。

苦笑や冷笑とも、意地悪ににやりとするのとも違う。本当におかしそうに――楽しそうに、笑うなんて。

「悪かった」

やっと声を抑《おさ》えたものの、謝るラルフの表情には、まだ笑いの名残《なごり》があった。

「少し驚いていたんだ。……こんな様子は初めて見たから」

「それって、どういう」

「綺麗《きれい》だ」

出し抜けに言われて、意味を取り損ねる。

「こんなに穢《けが》れのない場所を今までに見たことがない」

その口調には、心底《そこ》からの感嘆の響きがあった。

やっと理解が追いついて、頭に血がのぼる。セシリアははくはくと唇を動かした。

「う……嬉しくないです！　誰と比べてるんですか、最低……！」

「嫉妬《しっと》か？　書く小説は未熟なのに、いっぱしに焼きもちは焼くのか」

「未熟とか、こんなときにまで言わないでください！」

思わず手を振りあげたものの、端正なラルフの顔に打ち下ろすことがどうしてもできない。できるものならやってみろとばかりに、平然と構えているラルフにもつくづく腹が立つ。

「ガーランドさんなんて大嫌い……！」

結局、子供の喧嘩《けんか》のような台詞を吐いて、ぷいと横を向いてしまう。そんなセシリアに、ラルフは傲慢《ごうまん》な口調を取り戻して言った。

「これを言うのは最後にさせることだな。俺のことはラルフと呼ぶんだ」

「なんで……」

呼び名なんて、そこまでこだわるほどのことにも思えないのに。

「そんなに『怖いこと』をされたいのか？」

すごむように睨《にら》まれて、セシリアはぞっとした。さっきまで笑っていた人と同一人物だとは思えない。

「わ……わかりました。ラルフ……さん」

「そう、いい子だ」

ラルフが伸びあがり、セシリアの唇についばむようなキスをした。

まるで恋人同士がするようなキスに、セシリアはますますわけがわからなくなった。

ラルフは一方的で、卑怯《ひきょう》で、いやらしくて――だけど、ときどきさりげなく優しかったり、知らない表情で笑ったり――そして多分、かなり優秀な編集者だ。変態だけれど。

（どの姿が本当のこの人？）

ラルフに興味を抱き始めている自分を、セシリアはもう否定できなかった。深みに嵌《は》まっていく予感が恐ろしいのに、この人のことをもっと知りたい。

（おかしいのは、きっと私もだわ……）

自分の心の動きに困惑《こんわく》するセシリアに、ラルフはもう一度深いキスをした。

三度目の口づけに、セシリアは自然とラルフの舌を受け入れていた。ちゅ、くちゅ……と水音がするほど、情熱的に侵入されてくらくらする。

そうしながらラルフはセシリアの秘められた場所に手を伸ばし、丹念に少しずつ暴いていった。

「っ……ふぁっ……!?」

皮膚《ひふ》と粘膜の境目をなぞられて、勝手に変な声が漏《も》れる。

(いや……ラルフさんの指、が……)

男性にしては優美な輪郭《りんかく》を持つ指先が、誰にも触れられたことのないセシリアの柔肉《やわにく》を翻弄《ほんろう》していた。ひやりとして感じられるのは、自分のそこが勝手にどんどん熱を孕《はら》んでいくからだ。

「やぁぁ……そこ……っ」

背筋を甘いざわめきが走り、内腿がきゅっと張りつめる。自分で触れているわけでもないのに、そこがぬるついた愛液でじゅくじゅくと濡れそぼっているのがわかった。

(これが、気持ちいいっていう、こと……?)

愛撫の段取りを知識として知ってはいても、自分の体が本当にこんな反応を示すだなんて。自分がとてつもなく淫《みだ》らな娘なのではないかと不安になるセシリアに、ラルフはかすかな笑みを含んだ声で囁いた。

「まだほんの周辺しか触っていないぞ?」

とろとろと蜜《みつ》を零す秘口にはあえて触れずに、左右を守る淡い色の花弁を、縦の輪郭に沿ってラルフはなぞる。それだけでセシリアの腰はびくんと揺れた。両の花弁が寄り合わさった先端で、密やかに眠っていた粒真珠《つぶしんじゅ》のような膨らみが、すでに姿を現しかけている。

ラルフの親指が、セシリアのそこに添わされた。性急に擦りたてることはせず、初めての刺激に慣れさせるように、ただやんわりと押さえる。

「ん、ぅん……っ……！」

じっとしていられないのはセシリアのほうだった。

秘処の中の秘処を探り当てられて、下腹部の奥がじわりと熱を孕む。拘束されたままの脚が戦慄《わなな》いて、ソファの肘掛けがまた軋んだ。

「俺の指が押し返されているよ、セシリア」

快感に凝《こ》り固まった花芽は、ラルフの指先にも伝わるくらいに存在を増してしまっていた。

「こうしたらどうかな？」

「ん！　あっ、あ、あぁーっ……！」

くるりと指の腹で円を描かれ、支点にされた場所に火が灯《とも》されたかと思った。セシリアの細い喉《のど》が反《そ》り、剝きだしのままの乳房が大きく弾むように揺れた。

それを皮切りに、ラルフの攻めは次第に遠慮のないものになった。親指での刺激を与え続けながら、その下でひくつく蜜口《みつくち》に、中指がそろりと忍びこむ。

愛液でぬめりきった内部は、骨ばった指の第二関節までは容易《たやす》く呑みこんだ。けれどその先を探られると、鈍《にぶ》く引き攣《つ》れるような感覚があって、セシリアは顔をしかめる。

「痛いか？」

「痛い……というか、苦しい、です……」

他人の一部が体内に入りこんでいる違和感は、男の人にはきっとわからない。

浅く呼吸し、懸命《けんめい》に耐え忍ぶセシリアに、ラルフは考え込むように首を傾《かし》げた。

「これだけで？　どうにも前途多難だな……」

それでもラルフは指を抜かずに、セシリアに無理をさせない範囲でくちくちと内部を探った。柔らかく押したり、爪《つめ》をたてないように引っ掻いたり、小さな魚が泳ぐようにぱたぱたと上下に揺らしたり。

「あっ――」

最後のそれが、嵌《は》まった。

「これがいい？」

セシリアの反応が変わったことに気づいて、ラルフが指の動きを定める。セシリアは反射的にこくんと頷《うなず》いていた。

いい、というのが今の感覚のことをいうのなら、きっとこれがそうだ。膣《ちつ》の最奥《さいおう》がかっと熱くなって、何かが蕩《とろ》け出してしまいそうな――今にも転覆《てんぷく》しそうに揺れる船に乗せられているのに、恐怖よりも高揚《こうよう》が先だってしまうような。

「あ……ああ、変です……わたし……」

「おかしくない。そのまま感じていればいい」

ぴちゃぴちゃと、本当に魚が跳《は》ねているような音が、ひっきりなしに響いていた。お尻《しり》の間にまで伝っていく愛液の感触がくすぐったくて、自分がどれほど濡らしてしまっているのかを知る。ドロワーズは脱いだけれど、これではソファの布地に染みを作ってしまいそうだ。

高価な備品を駄目にしてしまうことに、普段のセシリアならきっと気づいて抵抗した。けれど今は何も考えられない。むず痒いような、痺《しび》れるような、初めて味わう種類の快楽に追い上げられて——追いつめられて。

（これ以上何かされたら、ほんとに変になっちゃう……）

思った瞬間、秘裂の中で蠢《うごめ》く指が抉《えぐ》るような動きに変わった。螺旋《らせん》を描くように掻き回されて、つんと尖った陰核も親指でくりくりと擦られる。

「ふぁ……んくっ！」

新たな攻めにセシリアは悶《もだ》えた。両手で口を塞《ふさ》いでも、普段よりずっと高い声がとめどもなく漏れていく。

「中と外、どちらを弄《いじ》られるのが感じる？」

紅茶の好みを尋ねるように訊かれた。

「わか、りませ……どっちも……」

「両方とも気持ちいい？」

「ふ……」

「なるほど。小説のほうはともかく、君にはこちらの才能はあるようだ」

冗談まじりにしても、あまりの言い草だと思った。

「ひど、い……ラルフ……さんが、してるのに……！」

「俺のせいか？　ここがこんなにいやらしくぷつんと腫《は》れているのも？　俺の手首まで垂れて

くるくらいに、とろとろの蜜を溢《あふ》れさせているのも？」

「言わないで、いやぁ……」

「ああ、悪い。状況を言葉にして紡《つむ》ぐのは君の仕事だったな」

「ラ、ラルフさんは悪趣味、です……っ！」

「よく言われる」

平然と認めて、ラルフはセシリアの胸に再び吸いついた。下肢《かし》を弄る指に加え、舌先で乳首をころころと転がされて、会話などしている余裕は失われた。

「ひぅ……あ、あっ！」

自分の体が自分のものでなくなってしまったかのようだった。

どこもかしこも感じるけれど、溢れた蜜を潤滑油《じゅんかつゆ》にして花芽を親指で擦られるのが、一番鋭い刺激だった。根本に近いところを掘り起こすようにされると、どうしようもなく腰が揺れた。

(何……ここ、何……？)

普段は意識もしないような場所が、こんなにも罪深い感覚を生む器官だったなんて。知らない間に飲まされた毒が、ふいに全身を蝕《むしば》み始めたかのようで。

けれど、その毒はなんて、甘美《かんび》で魅惑《みわく》的な味わいなのだろう――。

「もう、だめ……助け、て……っ」

「セシリア」

思わず零《こぼ》れた言葉に、膝立ちになったラルフが片腕で上体を抱きしめてくれた。すがれるも

のができた安堵《あんど》に、セシリアはなりふり構わず広い背中にしがみついた。

「ラ、ラルフさ……ぁん、ああんっ……！」

強制されてではなく自然に、彼の名を何度も呼んでしまう。

汗ばんだ髪を撫でたラルフが、セシリアを優しく残酷《ざんこく》な陥落《かんらく》に導いた。

「そうだ、そのまま……ほら」

ぬるついた指が、膨れきった秘芽を潰すように抓みあげた、途端。

「あああ、はっ……だめ……きゃあ、ぁんっ……！」

腰が別の生き物のようにがくがくと大きく跳ねて、セシリアは絶頂に達していた。

目に見えない何かに全身を貫かれたように思った。憚《はばか》りのない声とともに下腹が激しく痙攣《けいれん》し、差し込まれたラルフの指を、濡れた襞《ひだ》がきゅうっと締めつける。

荒い呼吸を繰り返すセシリアを見下ろし、ラルフが満足そうに呟いた。

「——達《い》けたな」

「あ……」

乱れたドレスから覗《のぞ》く肌をうっすらと桜色に染め、セシリアは焦点の合わない瞳でラルフを見上げた。

波間に漂うような頼りない気持ちに、もう少しだけ彼に触れていてほしくなる。だが、無意識に手を伸ばした瞬間、ラルフはすっと身を引いた。

「今の感覚を忘れるな。明日には文章に起こしてもらおう」

「そんな……」

「そのための協力だろう？」

　こともなげに言われて、セシリアは唇を震わせた。

　協力。仕事。編集者としての義務。

　彼がくれた快楽は、そんな無味乾燥な動機からのものだったのだと改めて思い知らされる。

　あんなに恥ずかしい姿を見せて、はしたない声を聞かれたのに――誰とでもできるわけではないことをしたのに。

「立てるか？」

　足首の縛《いまし》めを解かれ、セシリアはようやく脚を下ろすことができた。不自然な形で拘束されていたせいか、無意識に力を込めすぎたためか、内腿が張って痛かった。

「今夜はもう寝ろ。明日もいつも通りの時間に」

「……はい」

　よろめきながら立ちあがり、セシリアは寝室に向かった。

　絶頂を知ったばかりの体はいまだに熱く火照っていたが、その胸は石で塞がれたように重く、肌を晒《さら》す前よりもっと、ラルフの存在が遠い気がした。

5 「俺に駄目出しをされないように書こうと思うな」

「さて、どう書く？」

ここ数日の朝はいつも、ラルフのこの台詞《せりふ》から始まる。

綿密《めんみつ》な計算に基づいた執筆計画《スケジュール》から、今日一日に書かなければいけない枚数《ノルマ》を告げられ、主だった場面について口頭での打ち合わせをするのだが。

（なんだか、昨日のことなんて何もなかったみたい……）

セシリアは落ちつかなげに視線を泳がせた。

合わせる顔がないのはどうやらセシリア一人のようで、淫《みだ》らな「指導」を施《ほどこ》したソファに、ラルフは平然と座っている。

「聞いているのか、セシリア？」

「あ……はい、ラルフさん」

反射的に答えてから、はっと口元を押さえた。

また彼を名前で呼んでしまった。どうしてだか、一度口にしてみると、そっちのほうがずっと馴染《なじ》むのだ。

（昨日の今日で、馴《な》れ馴れしいって思われるかも……）

　今まで何度も「ラルフと呼べ」と言われていながら従わなかったのに、あんなことをしたからといって、何か勘違《かんちが》いをしているのだと思われるのは困る。ラルフはあくまで、編集者として必要だと信じることをしただけなのだから。

「すみません、ガーランドさん……」

「朝食には黍《きび》や稗《ひえ》を用意させればいいか？」

「は？」

「君の物覚えの悪さは鳥と同程度のようだから、それに合わせた食事にするか？」

「い……いえ」

　ラルフの厭味《いやみ》に、慌《あわ》てて首を横に振る。どうやら呼び名問題については、これ以上蒸し返さないほうがよさそうだった。

「それで。どう書く」

（どう、って言われても……）

　セシリアは、ローテーブルの上に広げた数枚の紙に目を落とした。ラルフと相談を重ねて作った、プロットと呼ばれるものだ。

　作家によっていろいろな作り方があるらしいが、セシリアの場合はごくシンプルに、各章ごとに起こる出来事を短い文章にまとめている。人によってはまったくプロットを書かなかったり、台詞だけで大まかな流れを先に決めてしまったり、一応のプロットは作るものの、執筆中に設定が二転三転して、まったく違う作品になってしまう場合もあるらしい。

自己流で書いていた頃のセシリアは、プロットというものの存在すら知らなかった。頭に浮かぶシーンを思いつくままに書き連ねていただけで、だからラルフに「引きがない」だの「冗長すぎる」だのさんざん指摘されたのだが、今になればその意味がわかる。全体の流れを把握《はあく》し、それぞれのシーンで読者に何を見せたいのかを意識するのに、プロットは実に重要だ。

(そうなんだけど……これはあくまで枠組みなのよね)

セシリアは溜《た》め息をついた。

プロットには数箇所に赤インクの二重丸が書き込まれている。書いたのはラルフで、そこに官能シーンを入れろという印だった。それ以上の具体的なことは何も記されていない。

セシリアの頭を悩ませているのは、ひとつめの二重丸。丸一日を費やしても何も書けなかった、初めての官能シーン――執務中のパトリックに呼ばれて夜食を届けにきたロザリーが、彼から秘めた想《おも》いを告げられ、困惑《こんわく》しながらも受け入れるという場面だ。

(どう書けばいい？　どんなふうに書けば、ラルフさんに怒られないですむ？)

ついそんなふうに考えていたときだ。

「俺に駄目《だめ》出しをされないように書こうと思うな」

唐突《とうとつ》に言われて、セシリアは驚きに顔を上げた。ラルフは読心術《どくしんじゅつ》ができるのだろうか。

「作家が潰れていくパターンのひとつがそれだ。編集者とのやりとりに疲弊《ひへい》して、とにかく叱《しか》られないように書こうと守りに入る。本当に書きたかったことや、読者に伝えたかったことを、そうやって忘れていくんだ」

「でも……いくら読者に伝えたいことがあっても、作品を刊行するためにはとりあえず、編集者を納得させなくちゃいけないですよね？」

「ああ、納得させてほしいな。おもねるのではなく、こっちの意表を突いて打ち倒す気持ちで」

「……打ち倒す」

というには、ラルフはあまりに堅固な壁だ。

しゅんとしているセシリアの前で、ラルフはかつんとテーブルの表面を弾《はじ》いた。

「セシリア。君がこの作品で書きたいことはなんだ」

「え？」

「俺のことも読者のこともひとまず忘れろ。この原稿を書こうと思った、初めのきっかけはなんだった？」

「きっかけなんて……」

ただ、なんとなく。

子供の頃から常に何かを書いているのが習慣だったから。

そのときに読んでいたたくさんの恋愛小説に影響されて。

どれも間違いではないが、決定的な理由ではない気がする。セシリアは考えて、考えて――ふいにあることに思い至《いた》って、一人で頰《ほお》を赤らめた。

「なんだ。言ってみろ」

「……笑いませんか？」

「さぁな。君はときどきとんでもなく面白《おもしろ》いことを言うから」

ラルフがわざとらしく肩をすくめた。

一瞬なんのことを言われてるのかわからなかったが、昨夜、彼を大声で笑わせてしまった経《いき》緯《さつ》が蘇《よみがえ》り、セシリアはますます赤くなった。

（何もなかったみたいな涼しい顔してるくせに、なんなの……）

けれど、それで逆に腹が据《す》わった。あんな痴態《ちたい》を見られているのに、言い淀《よど》むなんて今更だ。

「――恋をしたかったんです」

ラルフに何かを言われる前に、セシリアは早口で続けた。

「正確に言えば、恋をするっていうのはどういう感じなのかを知りたかったんです。恋愛小説を読んで切なくなったり、どきどきしたりはしますけど、現実でそんな気持ちになったことはないから。だけど、本当に男の人とお付き合いをするには、私は……こんなだし」

「こんな？」

「地味だし……男の人じゃなくても、初対面の人にはすごく緊張するし……小説ばっかり読んだり書いたりしてるような暗い性格だし」

女学校でも言われたし、自分でも本当に暗いと思う。

何かあれば物語の世界に逃避して、現実の男性と向き合う努力もしないで。

「恋をしたいなんて言いながら、結局それが叶《かな》うのは小説の中でしかなくて……気持ち悪い、ですよね。すごく」

セシリアは自嘲気味《じちょうぎみ》に笑ったが、ラルフは眉《まゆ》ひとつ動かさなかった。

「すべての作家がそうだとは言わないが、自分の願望を物語にするのは、創作の動機としては珍《めずら》しくもないだろう」

「そ……そうですか？」

「要は、その願望の描き方に説得力があるかどうかだ。他人を共感させ、引きずり込み、続きを読みたいと思わせる――下世話に言えば、金を取れる妄想《もうそう》にまで仕立てあげれば、それは立派な商品だ」

お金の取れる妄想。

身も蓋《ふた》もないが、その言葉はすとんとセシリアの胸に落ちた。確かに小説なんて、個人の妄想や願望を究極《きゅうきょく》まで煮詰《につ》めたスープのようなものだ。

その味わいが甘いものになるか、辛《から》いものになるか、えぐみだらけで吐き出してしまうようなものになるかは、それぞれの調理法によるのだろう。そしてまた、世の中にはいろいろな味を好む読者がいて、そのときの気分によっても欲するものは変わる。

「万人に受け入れられる小説を書こうなんて思わなくていい」

セシリアの考えを裏づけるように、ラルフは言った。

「ルイーズ＝アディントンの真似《まね》をしなければと考えるのも、ひとまずやめていい。文章の癖《くせ》が似ていても、君とアディントン先生は別の人間だ。真似るなら、その姿勢だけを見習え」

「お母さんの……姿勢？」

「アディントン先生は、いつでも自分が本当に書きたいと思ったものだけを書く」

だから気分屋なルイーズらしく、数多い著作に統一感はまるでない。ロマンス小説という枠はあっても、舞台になる国も時代も、登場人物の立場も性格も、一作品ごとにがらりと変わるのだという。

変わらないのは、そのすべてが、息もつかせぬほどに面白いということだけ。

「これは君の作品だ。俺は君を助けるが、舵取《かじと》りまでは委《ゆだ》ねるな」

「……はい」

君の作品。

その言葉を聞いて、セシリアはすっと背筋が伸びるような気がした。

（そうよ。これまでだってずっと、私は書いてきたんじゃない）

未熟でも、自分が書きたいものを書きたいままに。

誰にも褒《ほ》められず、頼まれたわけでもない小説を、睡眠時間を削《けず》ってまで夢中になって。

思い出すべきなのは、きっとその情熱だ。

商品にするにはそれだけでは駄目だということを思い知ったが、そつなくまとめようとするあまり、主人公と一緒に物語を辿《たど》る喜びを忘れてしまっていた。

（私がロザリーだったら、多分ここは……）

セシリアは考えをまとめ、ラルフに向き直った。

「このシーンの展開を決めました。ロザリーとパトリックは、ここでは最後まではしないことにします」

「何故《なぜ》？」

ラルフの問いに、セシリアはきっぱりと答えた。

「ラルフさんにも指摘されたように、ロザリーは牧師の娘で、身持ちの固い女の子です。パトリックのことをいくら好きでも、いきなり結ばれるのはやっぱり怖いと思うんです」

ラルフは反論しなかった。いつになくしっかり話すセシリアの言葉に、黙って耳を傾《かたむ》けている。

「パトリックは、ロザリーが怯《おび》えていることに気づいて、激情に流されそうになるのを思い留まるんです。そうやって、途中までやめてくれるパトリックのことを、ロザリーは信頼してもっと好きになるんです」

「なるほど。——途中までやめると、逆に株があがるのか」

なんとなく含みを持たせた言い方だった。

「しょ、小説の中での話ですよ？」

昨夜のことをほのめかされているような気がして、セシリアはまたしどろもどろになったが。

「当たり前だ。打ち合わせで話すことなど、他に何もないだろう」

さらりと返されて言葉に詰まる。やはりラルフは昨日のことなど、なんとも思っていないのだろうか。

（あんなにすごいことをされたのに……）

セシリアにとっては大げさではなく、世界が変わるような体験だったのに。最後まではされなかったものの、「お嫁《よめ》に行けなくなった」と訴《うった》えてもいいくらいのことだと思うのに。

（でも今は、そんなことを気にしてる場合じゃないんだわ）

締め切りまでは、あと一週間ほどしかないのだ。ここまで来たら、なりふり構っている場合じゃない。昨夜のことも、後悔しないためには執筆に役立ててしまうしかない。

「……じゃあ書きますね」

思い出すと恥ずかしくて仕方なかったが、セシリアは意を決して机に向かった。

うっすらと朱に染まった目元に、ラルフがじっと視線を注いでいることに、彼女は気づかないままだった。


「ん……あ、ぅ……」

ロザリーの唇《くちびる》からはひっきりなしに、慎《つつし》みのない声が零《こぼ》れていく。

スカートの中に潜り込んだパトリックの手は、思いもしない奔放《ほんぽう》さと的確さで、ロザリーの快感の泉を捉えていた。

時間をかけてほぐされた秘処は、愛する男を受け入れるための蜜《みつ》を湛《たた》えて、淫《みだ》らに濡れそぼっている。

カウチの上でもつれ合う二人の影《かげ》が、暖炉の炎に照らされて淫靡《いんび》に揺れた。

「……ロザリー」

パトリックの囁《ささや》きは、興奮のためにかすかに上擦《うわず》っていた。

「このまま、君のすべてを奪いたくなる——そんな顔を見せられたら」

「パトリック様……」

ロザリーは涙に濡《ぬ》れた目で彼を見上げた。

そこに潜む怯《おび》えと懇願《こんがん》の色に、パトリックは少し寂《さび》しそうに微笑《ほほえ》んで、ロザリーの額《ひたい》にキスを落とした。

「わかってる。約束は守るよ。君を怖がらせることはしない」

パトリックがこちらを見つめる目は優しく、心底慈《いつく》しまれていることを感じて、ロザリーはこわごわと体の力を抜いた。

その気になればパトリックは、ロザリーの意志など無視して、彼女を強引に奪ってしまえるだけの力と立場を持っているのに。

その彼が恭《うやうや》しく、壊れ物を扱うように、丹念に自分に触れている——入口に浅く沈んだ指の感触に、ロザリーは上体をのけ反《ぞ》らせた。

「ああっ……」

「ごめん。これは嫌だった？」

思わず声をあげたロザリーに、パトリックが宥《なだ》めるように唇を重ねた。

彼にされるキスは、本当に好きだとロザリーは思った。それ以上のことには戸惑ってしまうけれど、それは未知の出来事を本能的に恐れるだけで、パトリックのことが嫌なわけではない。

「もう少しだけこうして君を感じていたいんだ。……許してくれるね?」

「はい……」

ロザリーが小さく頷くと、パトリックはもう片方の手で、彼女の胸の膨《ふく》らみをそっと押さえた。メイド服の上からさするように撫でられ、ロザリーの呼吸はたちまち乱れた。

「は……あぁ……」

パトリックの巧《たく》みな愛撫《あいぶ》に、ロザリーの体は快楽の波に打ち震えた。その感覚が徐々《じょじょ》に高まり、やがて彼女は、脳裏《のうり》に真っ白な光が瞬《またた》くのを感じた——。


(わぁ、お日様が眩《まぶ》しい……!)

ホテルから一歩踏み出したセシリアは、正午過ぎの日差しにくらりとして、目の上に手をかざした。

曇天《どんてん》の都と呼ばれることの多いロンドンだが、この日は珍しい晴れ模様だった。ずっとホテルにこもりっきりだったセシリアの網膜《もうまく》は、太陽の刺激にちかちかして、しばらくまともに歩けないくらいだった。

それでも。

(やっと外に出してもらえたんだわ!)

清浄な高原の空気を吸い込むように、セシリアは腕を広げて深呼吸した。人通りの多い往来でなければ、スキップしてどこまでも跳ねていきたいくらいだ。

「解放感を満喫《まんきつ》するにはまだ早いぞ」

　全身をうずうずさせているセシリアを、ラルフが呆《あき》れたようにたしなめた。

「書かなければいけないシーンは、まだ山積みなんだからな」

「でも、さっきの原稿には及第点をくれましたよね？　だからこうして、気分転換のお散歩も許してもらえるんですよね！」

　セシリアはきらきらした瞳でラルフを見上げた。ご褒美《ほうび》を与えられた子犬が、尻尾《しっぽ》をぶんぶん振って飼い主にまとわりつくかのようだ。

「あくまで及第点だ。合格点にはまだ遠い」

　ラルフは愛想なく言ったが、その実、セシリアの上機嫌ぶりにやや気圧《けお》されているようでもある。

「パトリックがロザリーのどこをどんなふうに触っているのかは、できるだけ微細《びさい》に描写すべきだし、もっと擬音《ぎおん》や喘《あえ》ぎ声を多用するなど読者の興奮を煽《あお》る工夫が必要で……」

「ラルフさんったら！　ここは往来なんですよ？」

　セシリアは歩みを止め、慌てて耳打ちした。小説のこととなると、時と場所をわきまえず話し出すラルフからは到底《とうてい》目が離せない。

「だが少なくとも、君が真剣に取り組もうとしていることはわかった。昨日に比べて何かが吹っ切れた文章だった」

（それは、良くも悪くもラルフさんのおかげです……）

セシリアは感謝半分、恨《うら》めしさ半分の気持ちで目を伏せた。

小説を書く上で、昨夜の出来事が少なからず影響していることを、自分でも認めないわけにはいかなかった。

セシリアの肌を甘く這《は》った彼の指。そのたびに生まれたさざめくような快感――できるだけ冷静に書いたつもりだけれど、ふとした拍子にあの感覚が蘇《よみがえ》って、机に向かっていても落ち着かなくなる瞬間があった。

それでも、そうして書いたものがラルフのお眼鏡《めがね》にかなったのなら、あの体験も意味のあるものだったのだろう。現に今も、ラルフは珍しく肯定《こうてい》的なことを言ってくれる。

「穏やかで自制心もあるが、少しだけ強引なパトリックの性格も、あれで摑《つか》みやすくなっていたしな。セックスを書くということは、人間性を描くことに通じるから」

そんなふうに言われて、嬉《うれ》しくないわけではないのだけれど。

「だから、そういうことを普通に外で言わないでください……」

「わかったわかった。行くぞ」

複雑な顔をするセシリアの先に立って、ラルフが再び歩き出した。昼日中《ひるひなか》ということもあるのか、今日はさすがに手錠はない。

もっともそんなものがなくても、セシリアはもう逃げ出すつもりはなかった。ここまで来て原稿を完成させずに終わるなんて、そんな中途半端なことはしたくないし——それに。

前を歩くラルフの背中に、セシリアの視線は吸い寄せられた。

（どうしてかしら。ラルフさんと一緒だとやっぱり、小説を書くのが楽しいの……）

怒られることが九割で、褒《ほ》められることは一割——せいぜい「悪くはない」と言われるのが関の山という有様だが、その分、彼に認めてもらえたときは、本当に嬉しくて舞い上がってしまう。

都合よく飼い慣らされている自覚はあるものの、自己流で書いていた頃と比べて格段に磨《みが》かれていく原稿を見るのは、セシリアにとって何よりの喜びだった。官能シーンを書くのは今でももちろん恥ずかしいが、それも自分の作品の一部なのだから、ラルフがアドバイスをくれる限りは全力で食らいついていきたいと思うのだ。

「昼食がまだだったな。ついでだから、どこかに寄っていくか？」

「はい！」

振り返って尋《たず》ねるラルフに、セシリアは勢い込んで頷《うなず》いた。

「何が食べたい？」

「ええと、できればちゃんとしすぎていないものを」

「……もっと具体的に言ってくれ」

むっとして呟《つぶや》くラルフに、セシリアは「すみません」と笑った。

「ずっと食事はルームサービスや、ホテル内のレストランでだったでしょう？　もちろん美味《おい》しかったんですけど、なんだか豪勢《ごうせい》すぎて、ちょっと肩が凝《こ》っちゃって」

正直なところ、一皿ごとの値段も気になってひやひやした。テーブルマナーはどうにかこなしたものの、純銀のカトラリーを優雅に操るラルフの前では、緊張してろくに食べた気もしなかった。

「あ、向こうに公園がありますよ。何か屋台も出てるみたい。行きましょう！」

小走りになるセシリアを、やれやれと言いたげな様子のラルフが追いかける。

五分後、二人は噴水広場のベンチに座り、揃《そろ》ってホットドックを手にしていた。周囲には仕事の休憩中らしい労働者や、散歩を楽しむ老夫婦の姿が見える。

「本当にこんなものでいいのか？」

こういったジャンクフードは食べ慣れていないのか、ラルフは妙に不器用な手つきでホットドッグを齧《かじ》っていた。対するセシリアは満面の笑顔だ。

「ええ、すごく美味しいです。ラルフさんのお口には合いませんか？」

「……いや、案外いける味だ」

「よかった！　あ、手がマスタードで汚れてますよ」

互いにホットドッグを食べ終えて、セシリアがハンカチを差し出すと、ラルフは不本意そうな顔つきで受け取った。そんな彼を見つめながら、セシリアはふふっと声を洩《も》らす。

「どうしてそんなに機嫌がいいんだ」

「え？　どうしてって、お天気もいいし、ホットドッグは美味しいし」

「君はずいぶん簡単なことで喜ぶんだな」

厭味《いやみ》にもとれる言葉だったが、ラルフの口調に棘《とげ》はなかった。だからセシリアもいつになく自然に尋ねることができた。

「じゃあ、ラルフさんが楽しいとか嬉しいって思うのはどんなときですか？」

「楽しい……？」

ラルフは首を捻《ひね》った。

「それはまぁ、作家から出来のいい原稿を受け取ったときだな」

「他には？」

「その原稿がベストセラーになって、重版につぐ重版がかかったときだ」

「……そうですか」

どこまで仕事大好き人間なのだろう。

溜《た》め息をつくセシリアの耳に、独《ひと》り言《ごと》のようなラルフの呟きが聞こえた。

「あとは──育てがいのある作家の卵を見つけたときかな」

「え……？」

顔をあげたセシリアとラルフの視線が交《まじ》わった。

ラルフが瞳を細めた。なんだか微笑《ほほえ》んだようにも見えたが、きっと彼も久しぶりの日差しに目が眩《くら》んだだけだろう。

思わずどきりとした事実に焦《あせ》って、セシリアは自分に言い聞かせた。そのとき。

「ラルフじゃないか！　どうしてこんなところにいるんだ？」

周囲の注目を集める大声があがった。

噴水を回り込んで近づいてくる声の主は、ラルフと同世代に見えるスーツ姿の男性だった。癖《くせ》のあるダークブラウンの髪と、くりんとした鳶色《とびいろ》の瞳には、人好きのする印象がある。小脇に革製《かわ》の書類鞄《かばん》を抱えており、どこかの社に戻る途中の会社員といった風情だ。

「……アラン」

ラルフが面倒臭《めんどうくさ》そうに呟いた。知り合いではあるが、それほど親しくはない相手――といったところだろうか。

そんなラルフに怯《ひる》むこともなく、アランと呼ばれた青年は、にこやかに話しかけてくる。

「二週間もの休暇を取るから、バカンスにでも出かけたんだと思ってたのに、こんなところで何してるんだ？　本当に業務に支障《ししょう》はないんだろうなって、編集長がやきもきしてたぞ」

「一切問題はないと伝えたはずだ」

「相変わらずお前は偉《えら》そうだなぁ」

アランは苦笑し、セシリアに目を向けた。

「そちらのお嬢さんは？」

どうやらアランは、デンゼル社でのラルフの同僚のようだ。

母が世話になっている出版社の社員でもあることだし、挨拶《あいさつ》しようと立ち上がりかけた瞬間、ラルフがセシリアの腕を引いた。そのままアランを睨《にら》みつけて告げる。

「彼女は俺の婚約者だ」

（こ……婚約者⁉）

突拍子《とつぴようし》もない言葉に、セシリアは目を見開いた。彼がそんな嘘《うそ》をつく意味がわからない。

「へぇ、婚約者……？」

アランも驚いた様子で、セシリアをまじまじと見つめた。

「それにしたって、挨拶くらいさせてくれてもいいだろう。初めまして、可愛《かわい》いお嬢さん。僕はアラン＝クロフォード。社歴だけでいえばこれでも、ラルフの三年先輩にあたるんだけどね」

意外だろう？　というようにアランは肩をそびやかした。彼に対するラルフの横柄な態度を見れば、確かに二人は先輩後輩の間柄《あいだがら》だとは思えない。

「どうぞよろしくお見知りおきを」

おどけたように言って、握手の形に右手を差し出す。その手首でちかりと何かがきらめいた。

（――カフスボタン？）

セシリアは、アランのシャツの袖《そで》に目を留めた。

スクエア型の、やや大ぶりな白蝶貝《しろちようがい》のボタンだ。「A・C」と、金箔《きんぱく》を用いた流麗《りゆうれい》な装飾文字まで入っている。イニシャル入りのボタンをオーダーメイドするなんて、アランはなかなかの洒落者《しやれもの》なのだろう。

「初めまして、クロフォードさん。私は……」

セシリアも会釈《えしゃく》し、改めて名乗ろうとした。その瞬間、ラルフに握られた手首に、痛いほどの力を込められて言葉を止める。

（なんで？）

さっきからラルフは、セシリアが名乗りかけるたびに、それを妨害している。

「名前も教えてもらえないのか？　お前は案外独占欲の強いタイプだったんだな」

アランはからかうように笑ったが、実際は気を悪くしたようだった。目元が神経質にひくついている。

「それとも、やすやすと素姓《すじょう》を明かせないくらいに高貴なところのお嬢さんなのかな。お前の家柄を考えれば、それも当たり前か……」

アランの言葉を遮《さえぎ》って、ラルフがセシリアに告げた。

「行こう。散歩の時間は終わりだ」

「え、もう？」

強引に立ち上がらされて、セシリアは名残惜《なごりお》しげな声をあげた。ラルフはそんなにまで、アランと顔を合わせているのが嫌なのだろうか。

（それに、気になる。ラルフさんの家柄って……何？）

アランの話しぶりからすれば、なかなかに上流の出身であることをほのめかすような感じだったが――。

「ラルフ！　ルイーズ＝アディントン先生の新作の原稿はどうなってる？」

立ち去りかけるラルフに、アランが声をかけた。

ラルフは肩越しに振り返り、傍《はた》から見てもぞくりとするような眼差《まなざ》しを向けた。

「俺の仕事だ。お前には関係ない」

「言っただろう、編集長が気を揉《も》んでるんだ。経過報告をするのも仕事のうちだぞ？　聞くところによれば、アディントン先生は旅行に出てるらしいじゃないか」

「そんなことまで調べたのか」

「後輩の仕事をフォローするのも、先輩の役目なんでね」

ラルフが口元を歪《ゆが》めた。舌打《したう》ちをしたそうだったが、そんな品のない真似《まね》をするのは自尊心が許さないといった様子だった。

「繰り返すが、問題はない。アディントン先生は旅行先から、書けた分の原稿を少しずつ送ってきてくれている」

「……へぇ。そうなのか」

アランが一瞬口ごもり、呟いた。何かおかしいと勘《かん》づかれているのではないかと、セシリアははらはらした。

「ちなみにアディントン先生はどちらに？」

「それはプライベートに関わることだから、担当者以外には洩《も》らせないな」

にべもなく切り捨てたラルフは、今度こそセシリアを連れて歩き出した。セシリアはおとなしく従ったが、アランのもの言いたげな眼差しを背中に痛いほど感じていた。

「……あれで誤魔化《ごまか》せたでしょうか？」

公園の敷地を抜け、充分な距離を取ってから、セシリアはラルフに尋ねた。

「あの、私が名乗るのを止めたのは、ルイーズ＝アディントンの娘だって知られないほうがよかったからですか？」

普通に考えれば、担当作家の娘と編集者が一緒にいる理由などない。そこからいろいろと勘《かん》繰《ぐ》られて、ゴーストライターの件がばれるとまずいと思ったからだろうか。

ラルフがようやくぼそりと答えた。

「それもあるが――あいつは無類の女好きなんだ」

「へ？」

「あいつが君を見る目はいやらしかった。もしこの先会うことがあっても、徹底的に無視しろ」

「は……はい」

セシリアには、そんな目で見られていた自覚はない。だがラルフにはそう思えたから、婚約者だなんて嘘をついたのだろうか。

（もしかして、ラルフさんは庇《かば》ってくれた……の？）

戸惑う気持ちの裏側で、胸が次第にくすぐったくなる。短い息抜きの時間は終わり、ホテルに戻らなければいけないというのに、セシリアの口元は我知らずゆるんだ。

アランが言っていた、ラルフの家柄に関する話がちらりと頭をかすめたが、そのうちまた尋ねる機会もあるだろうと、そのことはすぐに忘れてしまった。

6 「そろそろ君を本気で泣かせたくなった」

「違う！　何度言ったらわかるんだ？」

ラルフの苛立《いらだ》った声が深夜の部屋に響《ひび》き渡る。

机の前に座ったセシリアは、びくんと大きく肩をすくめた。彼に罵《ののし》られることにはいい加減慣《な》れてもよさそうなのに、一生懸命《けんめい》書いた原稿に間髪《かんはつ》入れず駄目《だめ》出しをされると、胃の底がきゅっと縮《ちぢ》みあがる。

「俺は何度も教えたな？　常に読者に『絵』を見せるように書けと。ここで、パトリックがロザリーを押し倒す。君の原稿ではその次にどうなっている？」

「キスをして……体に触れて……それから、その、結ばれるんです……」

「どんな体勢で」

「ど、どんなって……普通に」

「君の考える普通とはなんだ？　ロザリーがパトリックにすべてを許す覚悟をした心理描写と、甘い台詞《せりふ》のやりとりだけで、この場面で二人がどんなふうに抱き合っているのか、君の書いた文章からはまったく伝わってこない」

「すみません……」

セシリアは小さくなって謝った。自分でも、よくわからないところを誤魔化《ごまか》そうとして、曖《あい》昧《まい》な表現に逃げてしまったという自覚があった。

「謝られても意味がない。来い」

セシリアもそうだが、ほとんど徹夜《てつや》に近い日々を送っているラルフの瞳《ひとみ》は血走っていた。手を引かれるまま寝室に連れ込まれ、天蓋《てんがい》つきのベッドに押し倒されたセシリアは悲鳴をあげた。

「やっ……ラルフさん、何を⁉」

「官能シーンを書くからには、どんな体位があるのかくらいひと通り覚えろ」

「ちょ、ちょっと、やだ、嫌ですっ！」

服を着たままとはいえ、膝《ひざ》を広げられ、両足首を持ち上げられて、とんでもない恰好《かっこう》にさせられそうになる。全力で抵抗すると、ラルフは動きを止めたが、その代わり吐き捨てるような溜《た》め息をついた。

「やはり君にはまともな小説など書けそうにないな」

「え……」

「想像力が足りない上に、それを補うための努力もしようとしない。そんな書き手に、これ以上を期待しても無駄《むだ》だ」

冷ややかな言葉に、心臓が止まるかと思った。

青ざめるセシリアから身を離し、ラルフはベッドの端に腰掛けた。前髪を掻《か》きあげながら、深く悔《く》やむように目を閉じる。

「……俺が間違っていた。素人《しろうと》に二週間で、出版可能な出来の原稿を書かせようだなんて、そもそもが無謀《むぼう》な試《こころ》みだった」

「ラ、ラルフさん、あの」

「悪かったな、セシリア」

憑《つ》き物が落ちたような瞳で見つめられるのが、逆に怖い。

「君にはずいぶん無理を言って、失礼なこともした。許してほしい」

「いえ、それは」

「今すぐにここを出て行ってくれ」

「……！」

セシリアは弾《はじ》かれたように身を起こした。

「これから急いで次のゴーストライターを探さなければいけない。官能シーンを器用に書けそうな作家なら、幸い心当たりもある。そうだな……たとえば、アデーレとか」

「アデーレさん？　あの人は作家さんだったんですか？」

秘密クラブで会った、ラルフと親密そうだった女性だ。あんな色っぽい女性が官能小説を書くというのは、確かに納得できる気もするが。

「言っていなかったか？　アデーレは俺が以前に担当していた作家だ。彼女はとても熱心な書き手だぞ。作品の糧《かて》になると思えば、どんなことでも積極的に経験しようとする」

暗に、「君と違って」と言い放たれているようだった。

その瞬間、セシリアの脳裏《のうり》にアデーレの言葉が蘇《よみがえ》った。セシリアと相対した彼女は、含みを持たせるようにラルフに尋《たず》ねたのだ。

『私にしたみたいな手ほどきを、この子にもしてあげるの？』

（あれは、官能シーンを書くために、ラルフさんと実際にいろいろしたってこと……!?）

ただならぬ雰囲気《ふんいき》だとは思っていたが、まさかそんな関係だったとは。

セシリアは目の前が暗くなるのを感じた。やはりラルフは、作家に作品を書かせるためなら体で協力することも厭《いと》わないのだ。

たとえ、その相手が誰であっても。

「さぁ、早く荷物をまとめてくれ。駅までの馬車は呼んでやる」

「待ってください……！」

立ち上がろうとするラルフの背中に、セシリアは思わずすがりついた。

「嫌です。アデーレさんを呼ばれるのは、嫌です……」

「そうはいっても、このままじゃ原稿が完成しない」

ラルフはあくまで冷淡にあしらう。セシリアは無我夢中で言い募《つの》った。

「これは私の作品だって言ってくれたじゃないですか。こんなところで取り上げないで。他の人なんかに渡さないで。書かせてください、最後まで私に……！」

「だったら」

ラルフが振り返って、セシリアを至近距離から覗《のぞ》きこんだ。

「俺が教えることに、四の五の言わず従え」

「……わかりました」

「意味がわかって言ってるんだな？」

低い声で脅《おど》しつけ、ラルフがセシリアの頤《おとがい》を持ち上げる。触れそうで触れない距離を保った唇《くちびる》は、セシリアが答えを出す猶予《ゆうよ》を与えてくれているのだろうか。

（……後悔しないわ）

セシリアはひたむきな眼差《まなざ》しでラルフを見上げた。

自分でもどうかしていると思う。たかが小説のためにそんなことまで、と良識のある人なら呆《あき》れ返るだろう。

それでも今のセシリアには、この原稿を他人に引き継ぐなんてできなかった。

ラルフのもとで、彼と一緒に作品を作る喜びを、最後まで感じていたい。厳《きび》しいことも言うけれど、セシリアの書くものをこんなに何度も読み込んで、少しでも良い出来にするために寝食を削《けず》ってくれる人が、他にどこにいるだろう。

「お願いします」

懇願《こんがん》する声が、さすがに震えた。

「教えてください。ラルフさんが全部、私に——」

ラルフは何も言わなかった。

深く、激しく、眩暈《めまい》を起こすほどに熱い口づけが、彼のくれた返事だった。


「ん、うっ……や、ぁあん……」

帳《とばり》を下ろした寝台の内に、途切れ途切れの甘やかな声が響《ひび》く。

生まれたままの姿で横たわるセシリアの全身を、ラルフはその指と唇《くちびる》で、余すところなく愛《あい》撫《ぶ》していた。

オイルランプの灯《あか》りは絞《しぼ》られ、部屋は全体的に薄暗かった。だが裸《はだか》の自分に対し、ラルフはいまだに上着を脱いだきりなのが、セシリアには少し恨《うら》めしい。

セシリアだけが恥ずかしい思いをして、一方的に感じさせられているようで……けれど、こっちから「服を脱いでほしい」と言うこともできずに、セシリアはただ、ラルフの熟練《じゅくれん》した手つきに翻弄《ほんろう》されるしかなかった。

「う……ふ、ぁん……」

ラルフの掌《てのひら》に揉《も》み込まれるたび、乳房《ちぶさ》の内側いっぱいに、もどかしいような快感が広がる。

背中をのけぞらせるとラルフはすっと目を細め、親指で両方の乳首《ちくび》をくりくりと押し潰《つぶ》した。

「あ……！」

「たった一回、絶頂を知っただけで欲張りになって」

「や……そんなこと、な……」

「作家が嘘《うそ》をつくのは、原稿の上だけでいい。たくさん触ってほしいから、こうして自分から胸を突き出しているんだろう?」

「違……そんな、激し……ひぁ、う、あんっ!」

淫《みだ》らに硬くなった突起《とっき》を指でしごき、爪先《つまさき》で弾き、細かく揺すりたてられて、セシリアは憚《はばか》りのない声をあげた。

「じゃあ、今度は君が好きなことをしてみるか」

ラルフが何かを企《たくら》むように囁《ささや》いた。

「リクエストにはなんでも応《こた》えよう。君が知りたいことや、試したいことをはっきり言葉にして言ってみろ」

「そんな……」

「言えるだろう?　小説家たるもの、好奇心は旺盛《おうせい》じゃないと務まらない」

小説にかこつければ、セシリアが言うことをきくと思っているのだ。実際その通りなので、ラルフの目論見《もくろみ》は当たっているのだが。

「じゃあ、あの……キス、してください……」

セシリアがぎこちなく口にすると、ラルフは意外そうに瞳を瞬《まばた》かせた。

「キス?　それはずいぶん可愛《かわい》らしいお願いだな」

「だって……好きなことをっていうから」

「俺とのキスがそんなに好きか？」

セシリアは恥じ入りながら頷《うなず》いた。

キスがあんなに気持ちのいいものだなんて、ラルフに教えられて初めて知った。単に心地よいだけではなく、心が通い合っているような気がして安心できる。

——それももちろん、錯覚《さっかく》でしかないのだけれど。

「なら、今日は少し違うキスをしよう」

ラルフが中指の背でセシリアの唇をなぞった。

「舌《した》を出して」

「え、舌……？」

「そう。難しいことじゃないだろう？」

難しいことはないけれど、恥ずかしい。

それでもおずおずと差し出すと、同じようにしたラルフが、セシリアの舌の先端を舐《な》めた。

そのまま強弱をつけて裏表をこすりつけ、ちゅうっと音が立つように吸い上げられる。

目に見えるようにわざと、舌同士を絡ませ合う光景はひどく卑猥《ひわい》で、とても落ち着いていられなかった。

「ふ……ぁあ……これも、キスの一種なんですか……？」

「そうだ。気に入らないか？」

「いえ……でも……」

重なりそうで重ならない唇が、少し寂《さび》しい。思わず自分から追いかけて、普通のキスをしたくなる。

そんなセシリアの思いを見透かしたように、ラルフが唇を押しつけた。

触れた瞬間に離れ、また短く何度もキスされる。そのたびに小さな水音が立ち、セシリアの柔らかな唇は紅《べに》を刷《は》いたように色づいた。

「口を開けて」

「ん……はい……」

「もっとだ」

麻薬のような快楽に絡《から》めとられ、逆らうことなど思いもよらない。

喘《あえ》ぐように唇を開いた先から、斜《なな》めに顔を伏せたラルフの舌が、深い奥までを蹂躙《じゅうりん》した。口の中をすべて舐め尽くすような貪欲《どんよく》な愛撫に、セシリアはいっそう我を忘れた。

「ん、んっ……ん！」

溺《おぼ》れてしまいそうになるのが怖くて、ラルフの首に腕を回す。

口づけを続けながら、ラルフはまたセシリアの体を撫で回した。男らしい大きな手が脇腹を辿《たど》り、下腹を越えて、なだらかに盛り上がった恥丘《ちきゅう》を覆《おお》う。促《うなが》すようにそこをさすられて、セシリアはそろそろと脚《あし》を開いた。

「今日の君はなかなか出来た生徒だ」

からかうように言われても、反論できない。

はしたない。未婚の娘のすることじゃない――頭ではそう思うけれど、ラルフの手ほどきは心憎いくらいに周到で、次に何をされるのか、つい待ち望んでしまう。

「もう充分すぎるくらいに濡《ぬ》れているな……」

囁《ささや》きつつ、ラルフが秘唇の割れ目をゆるゆると探った。

「昨日より深いところを触るぞ？　力を抜いていろ」

「はい……ぅ、くっ……」

つぷり、という感触がして、ラルフの中指が侵入してきた。内部の弾力を確かめるように、ゆっくりと搔《か》き回していく。

「やっ、やぁ……そこぉっ……」

押したり引いたりを繰り返しながら、昨日よりもずっと深い奥まで、ラルフは時間をかけて到達した。彼の指のほとんどすべてが、潤《うる》んだ媚肉《びにく》の狭間《はざま》に収められている。その感覚をセシリアは、半《なか》ば呆然《ぼうぜん》として受け止めた。

（指……ほんとに入っちゃうのね……だったら……）

この先を想像し、セシリアの鼓動《こどう》はたちまち乱れた。

男の人のそれがどんなものかも知らないし、指と比べてどれほど大きいのかもわからない。けれど、ラルフがこうして慎重にほぐしてくれているのは、ちゃんと受け入れることができるように――なのだろう。

だから。

「狭《せま》いな……」

思わず、というような呟《つぶや》きに、セシリアはぎくりとした。

「だ、だめですか……？」

動揺の滲《にじ》んだ声で尋《たず》ねる。

「狭すぎると、だめなんですか？　だめなんです、よね……？」

「そんなに不安そうにするな」

ラルフが目元だけで笑った。こんなときに微笑むラルフが、とても優しく見えるのは何故《なぜ》なのだろう。

「初めてなんだから、こなれないのは当たり前だ。安心しろ。なるべく痛くはさせないから」

「よ……よろしくお願いします……」

「君は本当に生真面目《きまじめ》だな」

こういう場面でセシリアが的外《まとはず》れなことを言うたび、彼の機嫌は上向いていくようだった。

（……変な人）

出会ったときからわかっていたことだけれど。

それでも、普段は鉄仮面めいたラルフの、感情の変化がわかるのは嬉《うれ》しかった。彼の笑顔を見たければ、こんなふうにいやらしいことをたくさんすればいいのだろうか。

そう思った瞬間、セシリアは一人で狼狽《ろうばい》した。

(何考えてるの、私……)

これは小説のために必要なことで、それ以上でも以下でもない行為なのに。

けれど、なんとなくラルフもこうすることを望んでくれているように思うのは、セシリアに触れる彼の仕種《しぐさ》が、とても丁寧《ていねい》だからなのだった。ぞんざいに扱われれば誤解なんてする余地もないのに、まるで本当の恋人にするように、段階を踏んでくれている——と感じる。

もう一時間近くも、あちこちをじっくり愛撫されて、セシリアはすでにくたくたなくらいだった。それでもやめてほしいとは思わない。

(私……きっと知りたいんだわ)

男女の営《いとな》みについてだけでなく、ラルフがそのときにどんな表情を見せるのか。どんな声で、体温で、裸のセシリアを包み込んでくれるのか。

「あ……」

セシリアの内部にくぐりこんでいた指が引き抜かれた。体の中に一瞬空洞《くうどう》が生まれたようで、セシリアは何故か切ない気持ちになった。

次の瞬間、彼女は高い悲鳴をあげた。

「やっ……何するんですか!?」

ラルフが体を下方にずらし、セシリアの両膝《ひざ》を割り広げた。

そうして、あからさまに露出《ろしゅつ》されたそこに、彼は躊躇《ためら》いもなく顔を伏せ、ぬめる蜜《みつ》をこぼす場所に舌を伸ばしてきたのだった。

「な、んで、そんなこと……あ、だ、だめぇっ……！」

セシリアの一番恥ずかしい場所を、ラルフがちゅくちゅくと音を立てて舐めている。ビロードのような感触の舌は、愛液にてらついた秘唇《ひしん》を掻き分け、その上に宿る花芯《かしん》をひたりと正確に捉《とら》えた。

「ひゃうっ……!?」

舌先がそこを軽くつつくだけで、両脚が突っ張り、腰が浮く。

セシリアは必死で口元を押さえた。それでもラルフにそこをやんわり吸われると、あどけない顔立ちに似合わない、艶《つや》めいた嬌声《きょうせい》が洩《も》れてしまう。

「いや、あ、ああっ……嘘っ……！」

「何が嘘なんだ？」

「だってこんなの、気持ち、よすぎて……」

ラルフが低く笑った。

「気に入ってくれたのなら何よりだ」

「でも、怖いの……こんなに感じて、ああっ、おかしく、ない、ですか……？」

ラルフの指で絶頂に導かれた昨夜は、こんなにすごい快楽が本当に存在するのかと思った。

けれどこんなふうに、ラルフの唇と舌であやすように可愛《かわい》がられていると、それ以上に脚の間がうずうずして、胸がきゅうっと苦しくなって――。

「お腹の奥……熱い、のぉ……」

「このへんか?」

臍《へそ》よりもわずかに下のあたりを、ラルフが押さえた。

「子宮《しきゅう》の位置だな」

「しきゅ……?」

「セックスをして、子供ができる場所だ」

(子供——)

そうだ。本来ならこれは、愛する人と子供を作る神聖な行為なのだ。

それを、夫どころか、恋人でさえない男性とするなんて。

「いけないことだわ……」

呟《つぶや》いたセシリアに、ラルフが眉根《まゆね》を寄せて動きを止めた。

だがそれも一瞬で、セシリアの罪悪感を拭《ぬぐ》い去るように、いっそう激《はげ》しく舌を躍《おど》らせ始める。

敏感な尖《とが》りを強く弾かれ、逃れようと腰をよじっても、ラルフは容赦《ようしゃ》なく秘芽を啜《すす》りあげ、二度、三度、甘噛《あまが》みさえ加えた。

与えられる刺激が鋭すぎて、下腹部から何かがぐんぐんと迫り上がってくる。危うい崖《がけ》の上から突き落とされるような恐怖に、セシリアは「あっ、あっ」と壊れたような悲鳴をあげた。

気持ちいいのか怖いのか、もう自分でもわからない。

ぎゅっと閉じた眼裏《まなうら》に光がちらつく。陰核《いんかく》が弾け飛びそうに膨れて、足の爪先までが突っ張るようにがくがくと震えた。

「ん、あぁぁ……だめ、です……嫌ぁ……！」

体中の血がさぁっと音を立てて引き、また一気にどっと流れ出す。

「――達《い》ったか？」

獲物を仕留めた肉食獣のように、ラルフの瞳が獰猛《どうもう》にきらめく。

惚《ほう》けた表情のまま、セシリアはのろのろと頷いた。全身から粒のような汗が噴き出して、敷布をぬるく湿らせていた。

「なら、もっとだ」

全身を弛緩《しかん》させたセシリアに、ラルフはさらに深々と食らいついた。絶頂の余韻《よいん》に痙攣《けいれん》している蜜口《みつくち》にまで舌を差し込み、じゅくりとまんべんなく舐め回す。ぐぷぐぷと聞くに堪《た》えない卑猥《ひわい》な音が、セシリアの官能をより煽《あお》った。

「ひ！　あ、あぁ、やだぁぁ……！」

達したての局部は強く痺《しび》れたようになっていて、そんなことをされてはひとたまりもない。

「やぁ……そんな、中っ、舐めないでぇ！」

ぬるりとした舌先で秘裂《ひれつ》をくじられ、セシリアは泣き声をあげた。

どんな味がするのかもわからないそこに、美味《おい》しそうにむしゃぶりつくラルフが信じられない。湿った茂みに彼の鼻先が触れ、汗以外の匂いを嗅《か》ぐような仕種を感じて眩暈《めまい》がした。

「やめてください、恥ずかしいっ……！」

「君のここは甘い」

絶対にそんなわけはないのに、ラルフは低い笑いを洩《も》らした。

「いつまでもこうして舐めていたくなる。どれだけでも蕩《とろ》けて、どんどん味を濃くして……」

じゅるっとわざとのように下品な音を立てて、滴《したた》る蜜をラルフが啜る。

一旦《いったん》顔をあげて、セシリアと目を合わせてから、彼は見せつけるように喉仏《のどぼとけ》を上下させた。セシリアの体内から溢れたものを、唾液《だえき》に絡《から》めて飲み下したのだ。

「いやぁ……っ！」

これ以上ない辱《はずかし》めに、セシリアは両手で顔を覆《おお》った。

（なんで？　こんなの、こんなの……）

いっそもう、情け容赦《ようしゃ》なく処女を奪われたほうがマシだとさえ思う。

愛液に濡れたラルフの唇が、再びセシリアの秘部をちゅくちゅくと食《は》んだ。尖った舌を出し入れされ、小刻みに揺すり立てられて、沁《し》み渡る快感が内側からセシリアを崩壊させてしまう。

「だめ、また……あぁぁん、またぁっ……！」

腰をがくがくと激しく揺らし、セシリアは立て続けにエクスタシーを迎えた。あと一回でも同じことをされたら、感じすぎて神経が焼き切れてしまいそうだ。

「何度でも達せる。清楚《せいそ》な見た目とは裏腹に、君の体は貪欲《どんよく》だな」

「っ……」

「そんなに悲しそうな顔をするな。君が泣いて許してというまで、もっと苛《いじ》めてやりたくなるだろう？」

実際は、セシリアが本当にそうしたとしても、決してやめてくれないのだろうに。

「意地悪……っ」

「そんな意地悪な男のすることに、こんなに感じているのは誰だ？」

顔を背《そむ》けたセシリアの頰《ほお》を撫で、ラルフはむずかる子供をなだめるように、こめかみに軽く口づけた。

だが、そんな優しい仕種をしながらも、口にする台詞はやはり剣呑《けんのん》なもので。

「そろそろ君を本気で泣かせたくなった」

ネクタイの結び目に手をかけ、解いたそれを、ラルフは無造作に放り出した。

昨夜のように縛られるのではないとわかってほっとしたが、シャツのボタンを外し出す動作に、改めてどきりとする。さっきまではラルフにも脱いでほしいと思っていたのに、実際に彼の体を目にするのはとても恥ずかしくて――。

（だって、ずるい。男の人なのに……綺麗《きれい》すぎる――）

ぱさっと音を立ててシャツが投げ出され、ラルフの上半身が露《あらわ》になった。

オイルランプの光が、均整の取れた筋肉をくっきりとした陰影で彩《いろど》っている。何度か抱きしめられたことのある胸板はたくましく、適度な厚みを持っていて、無駄なく引きしまった下腹部のラインは、よくできたギリシア彫刻の見本のようだ。

セシリアはもじもじと脚を閉じ、胸を両手で覆った。いまさら隠したところで、ラルフには何もかもを見られているのだけれど、彼の精悍《せいかん》さに見合うだけのプロポーションをしている自信がなくて、そうせずにはいられなかった。

「どうして赤くなる?」

ラルフが上体を屈め、戯《たわむ》れのようにセシリアの脇にキスした。

「ひゃんっ!」

くすぐったさに身をよじった隙《すき》に、胸を覆う手を外されてしまう。ラルフはそのままセシリアにのしかかり、細い肩を閉じ込めるように抱きしめた。

「あ……」

直に触れあう肌の感触に、セシリアは思いがけず陶然《とうぜん》とした。ラルフの皮膚《ひふ》はなめし革《がわ》のように滑《すべ》らかで、自然と身を任せたくなるように温かかった。

彼も熱い血の通う人間なのだという、当たり前のことにほっとする。外から見ているだけではあまりも端正で近づきがたく、陶器でできた人形のように冷徹な印象だったから。

「どうした? 急に積極的になったな」

思わず彼の背に腕を回すと、面白《おもしろ》そうに囁かれる。

「くっついていたい……です。だめですか……?」

「そんな誘い文句は教えていないぞ」

ラルフはにやっと笑い、甘いおねだりを紡《つむ》いだ唇に、ご褒美《ほうび》を与えるようにキスしてきた。

セシリアはもはや躊躇《ためら》わず、それに応えた。かすかにセシリア自身の蜜の味がしたが、そんなこともどうでもよくなるくらい、彼の唇が欲しかった。

「ふぁ、ん……」

口づけをしながら、ラルフがトラウザーズの前をくつろげている気配を感じた。

いよいよなのだろうか――怖くなって目を閉じると、唇を離したラルフが低い声で命じた。

「目を開けろ、セシリア」

「……無理です」

「見たこともないものを表現できるほど、君は器用な書き手じゃないだろう」

また小説を引きあいに出されて、セシリアはおずおずと視線を下方に向けた。その途端、あまりの衝撃に小さく息を呑《の》んでしまう。

ラルフの下肢《かし》からそそり立ったそれは、血の気が引くほどに凶悪だった。

一番太い部分は、セシリアの手首ほどもあるのではないだろうか。

さきほど彼の体をギリシア彫刻のようだと思ったが、彫刻の男性のその箇所は、もっと慎《つつ》ましやかだった。こんなふうに腹につくほど上を向いて、卑猥《ひわい》にひくついていたりしなかった。

それなのに目が離せない。怖いもの見たさとはこのことだ。本当にこんなものが、自分の中に入るのだろうか。――刺し殺されたりはしないのだろうか。

「どうした？」

ラルフがてらいもせずに言った。

「そんなにじっと見つめて、俺はどこかおかしいか？　他の男と比べて」

やけに強調して告げられた言葉に、セシリアは一瞬困惑《こんわく》したが、昨夜の自分の台詞《せりふ》を鸚鵡《おうむ》返しにされているのだとわかって真っ赤になった。

「知りません……！」

ラルフと違って、セシリアは他の相手なんて知らない。こんなに淫らなことは、ラルフとしかしたことがない――彼以外とできるわけがないのに。

ふいにラルフが、セシリアの手首を摑んで己《おのれ》の下肢に引き寄せた。

「触ってみろ」

「えっ？」

「よく知らないものだから怖いんだ」

ラルフに上体を起こされて、セシリアは導かれ、触れた。びっくりするほど熱くて、硬い芯を持つ彼自身に。

「あ……」

想像以上に、それは滑らかな感触をしていた。張り出した先端が特につるりとしていて、石のようにがちがちなのかと思っていたが、それなりの弾力もある。

「どうだ？」

「なんだか、不思議なものですね……」

初めはラルフに強要されてだったが、いつしかセシリアは、自分からそろそろと彼の一部を撫でていた。赤黒い肉塊《にくかい》に少女の白い指が絡《から》む様は、セシリアが思う以上に淫靡《いんび》で、ラルフが凝視していることにも気づかないまま、勇壮な幹の裏を指先でなぞりあげる。

（もしかして、こうするとラルフさんも気持ちいいの……？）

彼に自分の秘処を弄《いじ》られたときの感覚を思い出して、ついいろいろな角度から触れているうち、

「ずいぶん熱心に可愛がってくれるんだな」

「え……あっ」

揶揄《やゆ》するような言葉に、セシリアは弾かれたように手を放した。みるみる顔が熱くなる。

「すみません……もしかして痛かったですか」

おろおろするセシリアに、ラルフは顔を近づけて囁いた。

「好きなだけ触ってくれて構わないぞ？　描写の基本は観察だからな」

「いえ、もう結構です……」

「なら、次に進んでいいということだな？　先生」

「次って……やっ⁉」

抵抗する間もなく再び押し倒されて、セシリアは青ざめた。弾みで開いた膝の間に、ラルフがすかさず腰を据える。

さっきまで指で撫でていた先端が、セシリアの大事な場所にぴったりと添わされていた。何ひとつ隔てるものなく触れ合う感触が怖くて、勝手に表情が強張《こわば》ってしまう。

「……やめてやらないと言っただろう」

この期《ご》に及んで怖気《おじけ》づくセシリアに、ラルフがむっとしたように言った。

「わかってます、ごめんなさい……」

「だったら、ことあるごとにびくついた顔をするな。萎《な》える」

萎える、などという割には、ラルフの肉茎《にくけい》は隆々と力を漲《みなぎ》らせて、中には入り込まないまま、セシリアの秘処を前後に往復した。

「っふ、ぁあ……それっ……」

「こんなことをされても感じているくせに」

「ぁ、やん、ああんっ……！」

「セシリア。君はいやらしいことをするのが好きなんだ」

暗示をかけるように言われた。

「処女のまま、俺の指や舌で何度も達《い》って。本当は興味があるくせに、そんな素振りを必死で隠す。嘘つきで、はしたなくて、どうしようもない淫らな子だ」

「そう……なの……？」

セシリアは涙目でラルフを見上げた。

ひどいことを言われていると思う反面、露骨《ろこつ》な言葉で貶《おとし》められるたび、腰のあたりにずくりとした疼《うず》きが溜まる。

「私、いやらしいの……？　すごく……？」

「ああ。俺をこんなに猛《たけ》らせるくらいな」

下肢にそびえたものを一さすりしたラルフは、どこか余裕をなくしたようにセシリアの胸に吸いついた。前歯で乳首を挟み込まれ、ざりざりと擦りつけるようにしごかれる。

「あん、痛い……！」

「痛いのも悪くないんだろう？　下のほうがどんどん濡れてきてる」

「ん……はい。いい、です……気持ち、いっ……」

認めてしまえば、それは本当に気持ちのいいことだった。

乳首を乱暴に苛められ、ラルフの艶《つや》っぽい声で揶揄《やゆ》されながら、脚の間に熱い猛りをぐりぐりと擦りつけられる。セシリアの蜜にぬるついて滑る屹立《きつりつ》は、ふとした拍子《ひょうし》に処女膜を破って潜り込んでしまいそうで、その危うささえぞくぞくした。

ラルフのすることならもはやなんでも、セシリアは快感として受け止められた。ほんの数日前までは貞淑《ていしゅく》な乙女《おとめ》そのものだった体が、淫らな指導に馴《な》らされて、躾《しつ》けられて、彼好みの肢体に作り変えられてしまっていた。

「この先のことも、きっと君は好きになる」

「はい……」

「力を抜いていろ。――挿《い》れるぞ」

ラルフが己のものに手を添え、セシリアの入口に位置を定めた。

こつ、こつん、とノックをするようにつつかれるうち、先端が花弁のような襞《ひだ》を割って、狭い蜜口を押し広げる。

(あ……少しずつ、中に……)

きりきりとねじ込まれる感覚は、まだはっきりとした痛みではなかった。ただ焼けつくような熱と圧迫感を感じて──やがて。

「ひっ……!」

ラルフが一気に腰を進めた。ぶつん、と何かが突き破られるような衝撃に自然と足が大きく開き、セシリアは唇を嚙み締めてのけぞった。

(入ってる……ラルフさんのが、私の中に──)

それでもまだ、きっと半分ほど。

痛みに強張《こわば》る狭間《はざま》から、愛液とは違うものが滴《したた》り落ちる感触を覚えた。その色を目にしたくなくて、セシリアはぎゅっと瞳を閉じた。

「……大丈夫か?」

震える肩にラルフが目を留め、じんじんと痺《しび》れる局部に指を伸ばした。破瓜《はか》の苦しみを散らすように、親指が花芯を捉え、触れるか触れないかの刺激を与える。

「んっ……」

セシリアの喉から洩れた声に、快楽の兆《きざ》しを感じとったのだろう。ラルフの指がリズミカルに、小粒な芽を柔らかく弾いた。

「は……あぁ……」

セシリアは喘いだ。痛いのに、出血しているのに、ラルフが触れる場所から生《しょう》じた甘い波は、全身を蕩《とろ》かしていく。

力の抜けたところに、ラルフの雄がさらに深く分け入った。余すところなくみっしりと収められて、セシリアの体は内側からさざめいた。

（こんなに、いっぱい……）

自分の体なのに、あんな大きな塊《かたまり》を受け入れられるよう作られていたことにびっくりする。内臓を押し上げられるようにきついのに、ラルフの質量になじもうと、内壁が必死にうねっているのを感じる。

「セシリア――」

ラルフが腰を止め、汗ばんだ彼女の額《ひたい》に手を当てた。

「まだつらいか」

尋ね方は無愛想だが、青灰色《せいかいしょく》の瞳の奥に、セシリアを労《いた》わる感情がほの見えた気がした。

それだけでセシリアの緊張は、自分でも意外なほどゆるんだ。

「つらいと言えばつらいですけど……あの、なんだか少しずつ……」

「少しずつ？」

「慣れて……きてるんだと思います。その……ラルフさんの、に」

「俺のこれを咥《くわ》え込むのに？」

「あっ」

深く繋《つな》がったまま、ラルフが軽く腰を揺らした。

「こんなふうにしても？　ここは？」

「あ、あっ、きゃあっ……！」

「慣れてきてるんだろう？　ほぐれて……絡《から》みついてくる」

ゆるゆるとした律動に、セシリアは断続的な喘ぎ声を洩《も》らした。

信じられない。さっきまであんなに痛くて、裂かれて死んでしまうかと思ったのに——膣《ちつ》の奥に鈍《にぶ》い疼きが湧きあがった途端、ラルフの太すぎる肉茎《にくけい》に擦られて、たちまち明確な快感に変わる。

「やぁ、ん……あ、嫌ぁ……」

「何が嫌なんだ」

「お、大きいの……大きすぎて、怖いの……」

狭い隧道《ずいどう》を巨大なものに前後されると、内臓ごと引きずり出されそうな錯覚《さっかく》を覚えて、気持ちよさと不安が交互に押し寄せてくるのだ。

「大きいのが嫌なのか」

ラルフが口元を笑わせた。

「悪いな。これぱっかりは、君の好みに合わせられない」

初めはひっかかるような感覚もあったのが、次第になめらかな摩擦《まさつ》になって、セシリアの脚の間からはじゅぷじゅぷとあからさまな水音が立ち始めた。ラルフの腰の動きも抉《えぐ》り込むようなものに変わり、ずんずんと奥の奥までを突き上げる。

「あぁ、これ、あぁぁん、あぁ……！」

痛みも恐れも塗《ぬ》り込められて、もう気持ちよさしか感じない。

ラルフのたくましい体躯《たいく》に組み伏せられて、淫らな恰好で足を開いて、敏感すぎる最奥《さいおう》をぐちゃぐちゃに濡らし、男の欲望に猛《たけ》った肉の楔《くさび》を繰り返し叩きつけられる。

（私、ラルフさんとセックスしてる……）

改めて考えると、とても現実のこととは思えなかった。セシリアがラルフと出会ってからは、まだ十日も経《た》っていない。

けれど、体中の細胞を染め変えていくような快感が、幻《まぼろし》であるはずもない。この感覚を知らなかった頃の無垢《むく》な自分になんて、もはや戻れるわけもなかった。

「ラルフさん……あぁ、あふっ……」

名前を呼んで手を伸ばせば、ラルフが指を絡めて唇へのキスをくれる。

舌を吸い、腰を深く沈めたまま、ラルフがセシリアの恥骨《ちこつ》を押し上げた。ぷっくりと腫《は》れた陰核が擦れる愉悦《ゆえつ》に、セシリアはあられもなく身悶《みもだ》えた。

「っく……そこ……そこぉ……」

「これが好きなのか、セシリア？」

「ええ、好き……」

好き、と口にした途端、セシリアの胸をふいに切ない痛みが貫いた。

違う。

好きなのは彼とするセックスだけじゃない。

(どうして気づかなかったの――)

こんなことを許せるのは、何も成り行きに従ったせいだけではなかった。

自分はラルフに惹《ひ》かれている――彼ともっと一緒にいたいと思っている。セシリアにとって、もっとも大切なことを分かち合い、導いてくれる、厳《きび》しくも有能な編集者と。

「好きです……」

そう言っても、今なら別の意味に受け取られるだろうから。

セシリアはラルフに全身でしがみつき、かすれる声で呟いた。ラルフが一瞬目を瞠《みは》ったが、彼の肩に額をつけたセシリアは気づかない。

ちゃんと覚えておこう、と思う。

この行為にラルフの心がなくても。彼の体はどこまでも熱く昂《たか》ぶって、セシリアの一番深いところに消えない軌跡を残したことを。

「セシリア――?」

ラルフが動きを止め、何かを確かめるようにセシリアの瞳を覗《のぞ》き込む。眉根《まゆね》を寄せた彼の表情に、セシリアの胸は冷えた。

(……気づかれた?)

「好き」と告げた真の意味をラルフは察して、そんな面倒《めんどう》な気持ちを向けられたくないと思ったのだろうか。

「っ……」

喉《のど》がつまり、嗚咽《おえつ》が洩れそうになった。だがセシリアは震える唇を嚙みしめ、わざと淫らにねだるような言葉を口にした。

「もっと……」

恋心なんて気の迷いだと、ラルフに思わせなければいけなかった。

希望のない恋にすがる愚《おろ》かな娘だと哀《あわ》れまれるよりは、初めての快楽に耽溺《たんでき》する淫蕩《いんとう》な女だと思われるほうがまだマシだ。

「ねぇ、もっと……もっといっぱい、気持ちよくして……？」

「──ああ」

頷くなり、ラルフは容赦《ようしゃ》なく腰を打ち込んだ。その一突きだけで、セシリアの子宮は煮崩れそうになった。

もう充分深いと思っていたのに、まだ蹂躙《じゅうりん》される余地が残っていたなんて。

「あ、やぁ、奥……んくっ……！」

がつがつと往復する屹立がとろとろの蜜を掻き出しても、新たに分泌される愛液が獰猛《どうもう》な律動を手助けする。栓の壊れた水管のようにセシリアのそこはびしょびしょで、ささやかな茂みは湿って肌に張りついていた。

ラルフの背に回した指先が、肩甲骨《けんこうこつ》の躍動《やくどう》を感じ取る。彼の肌も熱を孕《はら》み、しっとりと汗ばんでいた。短い吐息が耳元で弾けて、硬い肉芯《にくしん》を突き立てる勢いはますます激しくなっていく。

突き上げられるごとにセシリアの内部も慄《おのの》き、遠慮会釈《えしやく》なく挿入《そうにゆう》される雄の杭《くい》を巻き込むように蠢《うごめ》いた。

「あぁ――は、あん、あぅ……！」

「セシリア……」

意味なんて何もないとしても、ラルフに名前を呼ばれることが嬉しい。

セシリアの膣道はもはや、最初から彼を受け入れるために作られた場所のように、肉棒《にくぼう》を深々と呑み込んで、絶頂を予感させる収縮を始めていた。

「ラルフ、さん――あぁ、私、わたし、もう……っ」

「達《い》きそうなのか？　なんて締めつけだ――」

「は……あっ、く、ふぁぁ……っ！」

達かせて。

何もかもどうでもよくなるくらいに、壊して。

濡れた瞳で懇願《こんがん》すれば、ラルフは心得たようにセシリアの腰を強く摑み、荒々しい抜き差しを繰り返した。

浅い場所ばかりを執拗《しつよう》に擦ったかと思ったら、突如《とつじよ》ずんと奥まで突かれて、予測のできない彼の動きに、快感がいっそう深くなる。粘膜同士が濡れて擦れるずちゅずちゅという淫らな音に、耳の孔《あな》まで犯される。

「あ、ほんとにだめ……もうだめ、ですっ……」

「いいぞ、セシリア」

囁く声は優しげなのに、ひどくぞくりとするものだった。

「このまま俺の目の前で達くんだ——達けるだろう？」

「はい……あ、あっ？」

ふいに足首を持ち上げられて、そのままぐっと体重をかけられた。

ラルフの肩に膝裏を合わせるような恰好で、体を深く折りたたまれる。窮屈《きゅうくつ》な姿勢が苦しいのに、真上から打ちつけられる熱塊《ねっかい》の動きは、今まで以上に直接的だった。セシリアの充血した秘口に、筋の浮いた太い肉棒《にくぼう》がぬぷぬぷと出入りしているのが見える。

目でも耳でも、自分たちのしていることのいやらしさを認識させられて、わずかに残された理性さえ溶けていく。

荒ぶる熱が下腹部に溜まって、加速度的に高まる快感が、ふいに臨界点を超えた。

「やぁ、だめ……あっ、は、ぁぁあん————……！」

しがみついたラルフの肩に引っかき傷を残して。

天井《てんじょう》に向けた足の爪先まで長々と痙攣《けいれん》させて。

際限のないような絶頂に、セシリアは高い声をあげて身を任せた。達している最中にもラルフは腰を止めないから、強すぎる快感の波は途切れない。

「っ、く——」

ラルフが喉の奥で声を洩らした瞬間、じゅぽんと音がして、大きな質量が引き抜かれた。

隙間なく埋められていた場所を急に空洞にされて、あっと思う間もなく、下腹部に熱い飛沫《しぶき》が降り注ぐ。ラルフが己のものを握って擦り立て、セシリアの臍《へそ》のあたりに突き付けた先端から、白濁《はくだく》した液体をどくどくと撒《ま》き散らしたのだ。

深い息をつく彼を見上げながら、快感に痺《しび》れた体とは裏腹に、セシリアはたまらない寂しさに襲《おそ》われた。

ラルフが吐き出したものが精液で、それを子宮に注がれると子供ができるのだということは理解している。

結婚もしていないのに孕《はら》むわけにはいかないから、そうするしかないのだとわかってはいても、彼が最も昂《たか》ぶる瞬間をセシリアの体外で迎えたことが悲しかった。

滴った白濁の中には、セシリア自身が流した血が、紅《あか》い糸《いと》を流し込んだように混ざっていた。失われた純血を惜しむわけではなかったが、ラルフを愛おしく思う気持ちを無惨《むざん》に踏みにじられたようで、眦《まなじり》から静かに涙が伝った。

「……初めに言ったはずだ。途中でやめてはやらないと」

今の行為を、セシリアが後悔しているのだと思ったのだろうか。涙に気づいたラルフが、不機嫌そうに呟いた。

「ええ……わかってます」

セシリアは微笑んだが、うまく笑えた自信はなかった。

ラルフが黙々と後始末をしてくれる間も何も言うことができなくて、火照《ほて》りが引いていくに従い、重く淀《よど》む胸を押さえる。
ここに宿るものは、なんて虚《むな》しい——始まりもなく終わっていく恋。

7 「俺のやり方にもうそんなに馴染んだか」

翌朝、セシリアは頭まで布団《ふとん》をかぶり、ぐずぐずとベッドに潜り込んでいた。

(起きたくない……)

いつも通り隣室のソファで休んだはずのラルフに、どんな顔で会えばいいのかわからない。

それでなくとも体がつらい。夢中で抱かれているときには感じなかったが、初めて男性を迎え入れた場所は今朝になると腫《は》れぼったく、鈍痛《どんつう》混《ま》じりの熱を持っていた。苦痛をまぎらわせるように、ナイトドレスの中でもぞりと膝《ひざ》を擦《こす》り合わせる。

(でも、起きなきゃ……原稿を書かなきゃ)

こうしている間にも締切が迫ってくる。ラルフはまた、昨夜の経験を元にして原稿を書けと言うのだろう。

(そんなの嫌……)

セシリアは初めて明確にそう思った。原稿を書くのがではなく、ラルフとの濃密な時間を追体験するように、文章に起こしていくのがだ。

ラルフが小説のためにセシリアを抱いたのであっても、彼がくれた口づけも愛撫《あいぶ》もセシリアだけのものにしておきたかった。――それに。

（小説とは全然違うもの。ロザリーとパトリックは愛し合って結ばれるけど、私は……）

ラルフのすることに体が馴染《なじ》めば馴染むほど、何も生み出さない交《まじ》わりが切なくなる。それでも気持ちよくなってしまう自分は、ラルフの言うようにいやらしい娘なのだろう。

（昨日のラルフさん、すごく激しかったな……）

思い出すと胸がどきどきした。

禁欲的に着こなしたスーツの内側には、あんなに熱くてたくましい肉体が隠されていたなんて。いつでも冷静な素振りを崩《くず》さない彼に、剝《む》き出しの男の衝動《しょうどう》をぶつけられて眩暈《めまい》がした。

あの時の彼の姿を知るのが、自分だけならいいのに。

これまでのことは仕方がなくても、この先はずっと自分だけが――そのためならラルフの望むことはなんでもするし、何をされたっていいのに。

（……どうかしてるわ）

かぶりを振ってとめどない思考を打ち切り、セシリアはベッドサイドに置かれた時計を眺めた。もう七時半近くにもなる。さっきまでは顔を合わせたくないとぐずついていたが、時間に厳《きび》しいラルフが起こしに来ないなんて、何かあったのだろうか。

（もしかして、やっぱり私じゃ駄目だと思った？　原稿を持って、アデーレさんのところに行ったとか……）

不穏《ふおん》な考えに取り憑《つ》かれ、じっとしていられずに身を起こす。ちょうどそのとき、寝室の扉がノックされた。

「起きているか、セシリア？」

「は……はい！」

反射的に答えると、一拍の間を置いてラルフが入ってきた。寝台の上のセシリアをじっと見つめ、しばらくは何も言わない。

「おはようございます。あの、寝坊してごめんなさい……」

無表情な顔つきからは何も読みとれなかったが、彼が怒っているのではないかと、どぎまぎしてセシリアは言った。

「いや、俺も今戻ってきたところだ」

戻ってきた？　とセシリアは首を傾《かし》げた。まだ朝も早いのに、ラルフはどこかに出かけていたのだろうか。

「今すぐ荷物をまとめてくれるか」

「え……」

やっぱり出ていけと言われるのかと、セシリアは青ざめる。だが、ラルフは「違う」と首を横に振った。

「ここを出て、場所を移動するんだ。——少しばかりトラブルが起きた」

トラブル。

というのが何なのか、ラルフからの説明はなかった。セシリアもしばらくは食い下がったが、元より小説に関すること以外は言葉足らずなラルフのことだ。

（深刻なことじゃないといいけど……）

気になって仕方なかったが、ラルフに話すつもりがないのを見て取って、消化不良な気持ちのまま身支度を整える。

バスルームを使ってさっぱりし、襟元《えりもと》に生《き》なりのレースがあしらわれた若草色のドレスに袖《そで》を通した。シャボンで洗いながら見下ろした体は、一見して何かが表れているわけではないのだが、昨日までの自分とはどこか違うような気がした。

革鞄《かわかばん》に残りの衣服を詰《つ》め、原稿と執筆道具をしまうと、あっけなくホテルを引き払う準備ができた。部屋を出ようとしかけて、セシリアは一度足を止めた。

この部屋でラルフと小説を書いて、彼の手で女性としての悦《よろこ》びを知らされた。つらいと思うこともあったけれど、後悔《こうかい》しているかと問われれば答えはノーだ。

（……ここに来られてよかった）

デスクの表面をそっと撫《な》で、誰にともなく感謝の念を捧げる。それ以上ラルフを待たせるのも気が引けて、セシリアは名残惜《なごりお》しさを振り切って部屋を出た。

フロントのある階に降り、従業員に丁重《ていちょう》に見送られながらエントランスに向かう。そこでセシリアは、思いがけないものを目にして驚いた。

馬車だ。

ロンドンで馬車など珍《めずら》しくもないが、そこらを流しで走っている二輪馬車《ハンサム・キャブ》とも、乗合馬車《オムニバス》とも違う。二頭立てで、どこかの屋敷の紋章《もんしょう》が入った、屋根付きの立派な箱型馬車《ブルーム》だ。

扉を開けて待っている駆者《ぎょしゃ》は、丈《たけ》の長い外套《がいとう》にトップハットをかぶった身なりのよい男性で、ラルフと目が合うと恭《うやうや》しい礼を取った。

「ラルフさん、これ……」

セシリアはラルフを見上げたが、彼の答えはいつも通りに素っ気ない。

「知人からの借り物だ」

「借り物って」

普通、こんな乗り物は、上流階級の家庭ごとに所有するのであって、簡単に貸し借りするようなものじゃない。

躊躇《ためら》うセシリアの背中を押して、ラルフは強引にステップを上らせた。クッションの敷《し》かれたふかふかの座席に、セシリアはおっかなびっくり腰を下ろす。

筐体《きょうたい》の内部は外から見る以上に広々としていて、ラルフと向かい合わせに座っても、充分に足を伸ばす余裕があった。両サイドには大きな窓もあったが、品のいいモスグリーンのカーテンが降りていて、不躾《ぶしつけ》に覗《のぞ》かれない工夫がされているようだった。

そんなことにいちいち感嘆《かんたん》している間に、馬車は静かに滑り出した。車体に仕込まれたスプリングがきいているのか、セシリアが乗ったことのあるどの馬車よりも揺れが少なくて快適だ。

「素敵な乗り心地ですね……」

まるで貴族の令嬢か、王女様になったみたいだ。うっとりするセシリアにラルフが尋《たず》ねた。

「体は痛まないか」

「？　……ええ」

「ならいい」

短く言って黙りこむ。少し遅れてセシリアは気づいた。

昨晩、彼を受け入れたばかりのセシリアの体を、ラルフは気にしてくれているのだ。

（本当は少し痛いの。だけど……）

無表情の裏で気遣《きづか》われているのだと思えば、その痛みすら愛《いと》おしい。同時に恥《は》ずかしさが改めて押し寄せ、セシリアは深く俯《うつむ》いてしまう。

いつもなら、こんなときにぎくしゃくするのはセシリアだけのはずなのに、今日はラルフもどことなく落ち着かないようだった。小さな咳払《せきばら》いをしたり、長い脚《あし》を組みかえたり――例の『トラブル』のことを気にしているのだろうか。

「あの」

「ああ、そうだ」

声を出したのは同時で、二人の視線が空中で交《まじ》わる。

「……なんだ」

「いえ、ラルフさんからどうぞ」

「君からでいい」

セシリアは困った。会話がないのが気まずいだけで、何か明確なことを言おうとしたわけではないのだ。

「別に大したことじゃないので……」

口ごもり、煮《に》え切らない態度は、苛々《いらいら》するものだろうと自分でもわかる。

ラルフが仏頂面《ぶっちょうづら》になり、傍《かたわ》らの自分の鞄を探った。無言のまま突き出されたものを受け取り、セシリアは瞳《ひとみ》を瞬《まばた》かせた。デンゼル社の社名が印刷された大判の封筒だ。

「これは？」

「『ロンドン橋に降る雪』――エドガー＝コリンズの生《なま》原稿だ」

「嘘《うそ》っ！」

思わず声が跳《は》ねあがる。

わずかな間ももどかしく中身を引きずり出せば、それは確かに手書きの原稿だった。

敬愛する作家の、もっともお気に入りの推理小説。その直筆原稿に触れているのだと思うと、緊張に手が震える。

それでも、恐る恐るページを繰《く》らずにはいられなかった。

（本当に本物だわ――）

すべてのシーンに、台詞《せりふ》に、覚えがある。ところどころ元の文章を線で消して、書き直した形跡がある。エドガー＝コリンズほどの大作家でもそんなことをするのかと思えば、自分と同じ人間が書いているのだとわかって、泣きたいほどに勇気づけられた。

何度も読みこんだラストシーンは、直筆の文字で見るといっそう感動的だった。ここばかりはコリンズも筆が乗っていたのか、書き直しは一箇所もない。ペンにインクを浸《ひた》す間も惜しいとばかりに、かすれて乱れた勢いの筆致が、いきいきと躍《おど》っているようだ。

それでも、コリンズの筆跡は全体的に優美だった。女性的と言ってもいいかもしれない。

「すごい……眩《まぶ》しい……生きててよかった……！」

「大げさだな」

「ラルフさん……どうしてこれを？」

夢中になって一通りページをめくってから、セシリアは我《われ》に返って顔をあげた。

「俺の部屋に置いてあったのを思い出したんだ。今度、新装版を出版するために、ちょうど預かっていたところだった」

「そうじゃなくて」

わざわざ部屋に戻ってまで取りに行ってくれた、その理由を訊《き》いているのだ。

「──読みたいと言っていたのは君だろう」

隠していた悪事を白状するように、ラルフは渋々と言った。

セシリアの頬《ほお》が、生原稿を手にした興奮とは違う意味で紅潮《こうちょう》した。そんな些細《ささい》な一言を、覚えてくれていただなんて。

「ありがとうございます！　すごく嬉《うれ》しい……」

「作家のモチベーションをあげるのも編集者の仕事だからな」

早口で言い募《つの》り、ラルフはまた咳払いした。顔色はちっとも変わっていないけれど、もしかして照れているのだろうか？

（ラルフさんでも、照れるなんてことがあるのね）

嬉しさに口角をむずむずさせるセシリアを、ラルフが横目で見やる。

「……そんなににやにやするくらい嬉しいのか」

「はい！」

「なら、こっちに来い」

「ええ……えっ？」

ラルフがぽんと叩いて示したのは、彼自身の膝《ひざ》の上で——意図するところがわからない。戸惑《とまど》うセシリアの腰を、ラルフが腕を伸ばしてさらった。小さな悲鳴をあげたセシリアは、彼の胸に向かって倒れ込むような形になる。コリンズの原稿がばさばさと床に散った。

「あっ、だめ！」

「そんなものは、あとで拾い集めればいい」

編集者とも思えない言葉を吐いて、ラルフはセシリアを抱き寄せた。

開いた脚《あし》はラルフの腰を挟んで、小さなお尻《しり》は彼の腿《もも》の上に据えられる。向かい合わせになった顔が近すぎて、反射的に横を向こうとするのを、彼の手が顎《あご》を掴《つか》んで止めた。

そのまま強引に口づけられる。

「んっ……!?」

いきなり深く舌《した》を臨《のぞ》まされ、セシリアは目を見開いた。熱く濡れた感触がじっくりと口の中を這《は》い回り、怯《おび》えて縮《ち》こまるセシリアの舌を誘い出すように掬《すく》い取る。

「は……あ、……どうして……?」

ようやく唇《くちびる》を離して尋《たず》ねれば、ラルフは平然と言った。

「復習は忘れないうちにするのが大切だからな」

「ふ、復習って……ん!」

その間にもラルフの手はするするとドレスの上を這い、胸の膨《ふく》らみを揉《も》みしだき始めた。襟元のボタンを外され、シュミーズを引き下げられると、乳房《ちぶさ》が丸見えになってしまう。

「あっ……そこ、触っちゃ……あっ!」

まろやかな乳白色の乳房の中で、そこだけ紅薔薇《べにばら》の花弁を宿したような乳暈《にゅううん》の際《きわ》を、ラルフの指先がくるりとなぞる。

外出用の手袋をしたままだったので、なんだか変な感じだ。上質な革《かわ》の感触は、柔らかいけれどどこかよそよそしくて、触れられてもいない乳首が、不満を訴えるようにぷっくりと勃《た》ち上がってきた。

「あっというまにここを硬くするようになったな?」

忍び笑うラルフは、乳首の周囲を緩慢にさするだけで、肝心《かんじん》なところには触れてくれない。もどかしさに、セシリアの腰はもじもじと揺れた。

そこを触って欲しい——もっと言えば、舐《な》めて欲しい。

爛《ただ》れた願いに取り憑《つ》かれるが、そんなことは口が裂けても言えない。これがラルフの気まぐれな悪戯《いたずら》なのだとしたら、本当に火がつく前にどうか許してほしかった。

「やめてください……こんな、馬車の中なんかで……」

「ああ。君が感じて声をあげたら、駅者にも、外を歩く人間にも聞こえるかもしれないな」

「い、嫌です、そんなの」

「このカーテンも開けてしまおうか。君が胸を揺らして悶《もだ》えるいやらしい姿を、ロンドン中の人々に見せつけてやろうか」

「やめて！」

ラルフが本当にカーテンをめくろうとするので、セシリアはせっぱつまった声をあげた。

「じゃあ、その代わりに君が望むことを口にするんだ」

「え……」

「あるだろう？　俺にしてほしいことが」

持ち上げた乳房を、たぷんたぷんと掌《てのひら》で弾《はず》ませながら、ラルフは意地悪に尋ねる。

セシリアは唇を嚙《か》んだ。どうしてこんな嫌がらせをされるのかがわからなくて、泣きそうだ。

けれど、こんな恥ずかしい姿を、見ず知らずの人たちに晒《さら》すことだけは避けたい。

「触って……」

蚊《か》の鳴くような声でしか言えなかった。

「よく聞こえないな」

「っ……触って、ください――」

「何を？」

「む……胸を……」

「胸のどこを？」

「胸の……真ん中、です……」

「真ん中というと、ここかな」

「違っ……」

乳房の谷間を人差し指でなぞられて、セシリアの眉が情けなく下がった。

「ああ、違うのか。君がはっきり言ってくれないからわからない」

取り澄ましたその顔が憎らしい。

憎らしいのに大好きな顔だ。

「俺はどこを触ればいい？　教えてくれないか、セシリア」

優しそうに名前なんて呼ばないで。

少しくらいは慈《いつく》しまれているんじゃないかと、勘違いしそうになる。

「ラルフさんが……昨日も触ってくれたところ、です……」

「いろんなところをたくさん触りすぎて忘れたな」

ラルフはどうあっても、セシリアの口から卑猥《ひわい》な言葉を言わせたいらしい。

思い通りになるのが悔《くや》しく、それ以上に恥ずかしくて、セシリアはラルフを睨《にら》んだ。そんなもので怯《ひる》む彼でないこともわかっていたが、何もかも言いなりになるなんて思わないで欲しい。

「――赤ちゃんがお母さんからの栄養を受け取るところです」

できるだけ毅然《きぜん》と言い放った言葉に、ラルフは一瞬目を瞠《みは》り、俯《うつむ》いて肩を震わせた。

「なるほど。それは確かに誤解のしようがない……ははっ」

「な、なんで笑うんですか！」

「いや、さすがに作家志望だ。言葉を言い換える技術も身についてきたな。色気はないが」

楽しそうににやりとしながら、親指の腹でセシリアの乳首をきゅっと押し潰《つぶ》す。

「ひぁっ……！」

「どうした？　約束通り、君の好きな場所を触っているが」

「っ……それ、ぐりぐりって……嫌ぁ……」

「触り方にまで好みがあるのか。注文の多い作家先生だな」

セシリアは慌てて首を横に振った。この上、どんなふうに触って欲しいかまで指示しろと言われたらとんでもない。

「好きに……ラルフさんの、好きなようにしてください……」

口にしてから、「しまった」と思った。

「ふん？　俺のやり方にもうそんなに馴染《なじ》んだか」

ラルフの瞳が禍々《まがまが》しくきらめき、両方の乳首を指先でくにくにと揉み立て始めたのだ。

「あ、あふっ……ん、や……」

「ここは何かに似ているな。セシリア、君ならどんな比喩《ひゆ》で喩《たと》える？　茱萸《ぐみ》か、木苺《きいちご》かな」

「や、だぁ……あ、ああ……」

「どこまで硬くなるのか不思議だな。試していいか？」

しゅっしゅっと小さな突起《とっき》をしごき立てられて、何かを噴き出してしまいそうな錯覚《さっかく》に陥《おちい》る。胸の先から生まれた快感は乳房全体に行き渡り、のけぞる背骨を伝い降りて、腰周りを鈍《にぶ》く痺《しび》れさせた。

「ラ……ラルフさん、あっ……」

毒のように甘いうねりに押し流されてしまいそうで、彼の肩にかけた手に力を込めれば、ラルフがしみじみと嘆息した。

「なんて表情をするんだろうな――君は」

そのままラルフは片手を伸ばし、セシリアの耳の後ろを探った。編み込みの中に隠していたピンが引き抜かれ、ゆるやかにカールした髪が剝《む》き出しの肩に流れ落ちた。

「何を……？」

「このほうがいい。君の目の色によく映《は》える」

すべてのピンを取り去り、ふわりと空気を孕《はら》んだ蜂蜜《はちみつ》色の髪を、ラルフが長い指に絡《から》める。

セシリアは恥じらい、勿忘草《わすれなぐさ》色の瞳《ひとみ》を伏せた。

年頃の娘が、髪を結わずに人前に出るのは無作法なことだ。それこそ、家族か恋人の前でしか見せたりはしないものなのに。

「だが、ここが隠れてしまうのはいただけないな」

「あ……！」

長い髪に覆《おお》われた乳房をすくい出し、ラルフがその頂《いただき》にキスをした。指でさんざん弄《いじ》られたせいで、芽吹きを待つ蕾《つぼみ》のように硬くなったそこは、さらなる刺激を期待してじんと疼《うず》く。

「っ……ん！」

唇で軽く咥《くわ》えられるだけで、腰が蕩《とろ》けそうになった。セシリアは無意識にラルフの頭に手を伸ばし、柔らかな乳房に彼の顔を押しつけるような仕種をしていた。

「……欲張りめ」

逆側の乳首を、ラルフがお仕置きのように強く抓《つま》んだ。

「赤ん坊が栄養を摂取《せっしゅ》するための場所なんだろう？　それがどうしてこんなに腫《は》れて、俺に吸って欲しそうに尖《とが》るんだ？」

「や、あんっ……！」

ちゅく——と吸われながら甘噛《あまが》みされて、セシリアは解いた髪を振り乱し、喘《あえ》いだ。

ラルフの言うとおりだ。どうしてこんなところに快感が生《しょう》じるようになっているのか、自分でもわからない。

「ふ、んぁ、あぁぁん……！」

「大きな声を出すなよ……駁者に聞こえる」

「っ、無理……出ちゃ、うの、あぁっ――――！」

「仕方のない子だ」

嬌声《きょうせい》を零《こぼ》すセシリアの唇に、ラルフは手袋を脱いだ指を差し入れた。

声は塞《ふさ》がれたが、口内の熱い粘膜《ねんまく》を指でなぞられ、掻き回されてぞくぞくする。はしたなく開いた唇の隙間《すきま》から唾液《だえき》が滴《したた》りそうになった瞬間、ラルフは顔を近づけてそれを舐めた。

「ところで、何か濡れたものが当たるんだが？」

ラルフが脚を揺すって、セシリアは羞恥《しゅうち》に身をすくめた。

愛撫《あいぶ》を受けるうち、体の中に熱い泉が生まれて、外に向かってじわりと溢《あふ》れ出していく。ドロワーズを越えて滲《にじ》んだそれは、ラルフのトラウザーズまでをもしとどに濡らしていた。

だが、何かが当たるというのなら、セシリアの下腹部にもラルフの硬くなったものがずっと擦れているのだった。ラルフの表情は涼しげだが、青灰色《せいかいしょく》の瞳だけは露骨な欲望を帯びて、快感に乱れるセシリアを見つめている。

「昨日の今日だ。あまり無茶をさせるつもりはなかったが……君の体が、こんなに欲しがっているんじゃどうしようもないな」

両膝をぐいと立てられて、はっとしたときにはドロワーズに手をかけられていた。脱がされる拍子《ひょうし》に脚が跳《は》ねあがり、後ろにひっくり返ってしまいそうになって、慌《あわ》ててラルフにしがみつく。

それを積極的になった姿勢と思ったのか、ラルフは凶悪な笑みを浮かべ、手早く解放した自身のものを一息にめり込ませてきたのだった。

「やぁぁあ……！」

串刺《くしざ》しにされるような思いに、セシリアは白い喉《のど》をのけぞらせた。

信じられない――馬車の中で。座ったまま。扉一枚を隔《へだ》てた先では、ロンドンの人々が大勢行きかっているというのに。

「さすがにきついな……」

ラルフが眉《まゆ》をひそめた。愛液に濡れているとはいえ、指でほぐされてすらいない場所は、彼の巨大なものを迎え入れるには狭すぎる。

「っ、あ……おなか、苦し……」

なんてひどいことをされるのかと、セシリアの瞳に涙がにじんだ。

ラルフに腰をしっかり抱かれているせいで、逃げることも叶わない。そしてこの体勢でいる限り、セシリア自身の重みがその一点にかかって、挿入《そうにゅう》はどこまでも深くなっていくばかりだ。

「抜い、て……こんなの、嫌ぁ……」

「わかった。しばらくこのまま動かないでいるから」

それはちっともセシリアの要望を叶《かな》えることにはなっていない。

だが、屹立《きつりつ》をすっぽりと呑《の》みこまされたまま、ぐずる子供をなだめるように髪や背中を撫でられているうち、セシリアの内部は次第に変化を始めていた。ラルフの形を覚えるように、肉襞《ひだ》が少しずつほころんで、彼のものにぬちゅりと絡《から》みつく。

「おい、そんなに締めつけるな」

「し……してません」

「堪《こら》えがきかなくなるだろうが。本当に、なんて素質だ……」

ぼやくように呟かれた言葉の意味はよくわからなかった。

だがセシリアはさっきから、落ち着かない感覚を覚えていた。

普通の馬車に比べれば静かだとはいえ、箱型馬車にもやはり震動はある。車輪から伝わるその揺れが、ラルフに貫かれた部分に響いて、なんともいえない気分になっていく。

「ふ、ぅん……」

思わずもぞりと腰を揺らすと、それはすぐにラルフにばれた。

「もう突いて欲しくなったのか？」

「違っ……」

「自分で動いても構わないんだぞ。好きなように腰を振りたくってみろ」

「できませんっ」

「なら、お願いしてみろ。『動いてください』と」

「な……」

「ああ、それとも『犯してください』のほうがいいかな。男を煽《あお》る淫《みだ》らなおねだりも、この機会に覚えておいてもらおうか」

「な、何のために……」

「作家志望たるもの、どんな経験も無駄にはならないものだと思うがな」

言葉を引き出そうとするように唇をなぞられ、セシリアは真っ赤になって横を向いた。

「反抗的だな。別に俺は目的地に着くまで、このままでも構わないぞ。君の中はとても心地よくて、いっこうに萎《な》える気配もないが」

「目的地って……どこですか。どれくらい……」

「さぁ。少なくとも、一時間やそこらで着く場所じゃないことは確かだな」

セシリアは青ざめた。そんなに長い間、ラルフは本当にこの硬度を保ち続けていられるのだろうか。――なんとなく、この男ならできそうな気もする。

「いや……嫌ぁ、なんで、こんなことするの……？」

セシリアは半泣きになって訴えた。途端、体の中心に刺さったものがいっそう嵩《かさ》を増した気がした。

「君が悪いんだろう、セシリア」

「どうして……」

「素直にならないからだ。望むものを認めて口にすれば、俺はどれだけでも君を満足させてやれるのに」

掌で頬を撫でられ、じっと覗き込まれる。彼の瞳に映る自分の姿に、セシリアはうろたえた。

――なんて物欲しそうな顔をしているのだろう。髪を乱し、裸《はだか》の胸をはだけて、半開きの口は何かを咥《くわ》えたがっているようにだらしなく緩《ゆる》んで。

どれだけ取り繕《つくろ》っても一目瞭然《りょうぜん》だ。頭ではなんと思ったところで、体が裏切る。ラルフに与えて欲しがるものを、自分の女の部分が知っている。

「っ……して……」

言いかけて、セシリアは唇を噛みしめた。さらなる刺激を求めて、下腹部がまたずくりと疼いた。

「犯……して……ラルフさんに、気持ちよくされたい、です……っ」

「昨日まで処女だったとは思えない言葉だな」

くくっと笑われて、セシリアはひどく傷ついた。

「ラルフさんが言えって——！」

「わかったから、耳元で喚《わめ》くな。してやるさ——さんざんに気持ちよく」

言葉と同時に、真下から激しく腰を突き上げられる。

「あぁ……！」

ラルフが身動きするたびに、繋《つな》がれたセシリアの体も揺れて、真っ白な乳房が波打つように震えた。

ぐちゅぐちゅと濡れた音と淫《みだ》らな吐息が、二人きりの車内にこもる。スカートの中に潜《もぐ》り込んだラルフの手が、剝《む》き出しのお尻を鷲摑《わしづか》みにして持ち上げた。セシリアの腰を浮かせて生じ《しょう》た隙間《すきま》を、愛液にてらついた肉楔がずるずると行き来する。

何度も浅く抜き刺しされ、柔肉《やわにく》をくぱりと割られ続ける行為は、深いところを突かれるのとはまた違った快感があった。出入りする様子がよくわかって、他の誰でもないラルフに犯されているのだと実感する。

「あっあっ、あ、あっ……」

「声を出すなと言っただろう」

キスで口を塞いでくるラルフに、セシリアは必死にすがりついた。挿入がぐっと深いものになり、今度は腫れあがった陰核《いんかく》を押し潰《つぶ》される気持ちよさを知ってしまう。

頭の中がどんどん霞《かす》みがかっていくようだった。全身が熱くて汗ばんで、半端に脱がされた衣服がもどかしい。昨夜のようにすべて脱いでラルフと抱き合いたいと思う反面、着衣のまま交わっているという背徳的な状況にも心が騒ぐ。

舌を舐め尽くすキスをしながら、ラルフはセシリアの乳房にも手を伸ばした。揺れる乳房を根元から掴んで、双丘の頂に向かって搾《しぼ》り立てるように捏《こ》ねあげる。硬く尖ったままの乳首を指で挟まれ、斜《なな》めにねじられ、セシリアはどうにかなってしまいそうだった。

「っく……だめ、ぇ……感じ、て……っぁ!」

「俺もだ、セシリア」

「ほ……本当です、か……?」

「ああ——このまま君の中に出したい」

密着した腰を揺すられながら、秘密を告げるように耳元に囁かれて、セシリアは胸がきゅうっと締めつけられるのを感じた。

いなんて。

こんなのは、爛《ただ》れた欲望だけの行為なのに。ラルフが自分の体で感じてくれているのが嬉《うれ》し
馬鹿《ばか》みたいだ。

「ラルフさん、私……」

「わかってる。そんなに困った顔をするな」

中に出されることを恐れているのだと思ったのか、ラルフが苦笑した。

「しないから。君はこのまま感じていればいい」

そう言って、ラルフは一気に突き上げを速くした。何かを振り切ったような荒々しい抽挿《ちゅうそう》に、セシリアはたちまち快楽の渦《うず》に巻き込まれた。

座席が軋《きし》み、車体が跳ねる。

こんなに激しく動いていては、絶対に外からも変だと思われる。

けれど「やめて」という声が出てこない。当然だ。そんなことは微塵《みじん》も思っていないのだから。

「あっ、いい、です、気持ち、いっ……！」

「ああ、わかる。食いちぎられそうだ――っ」

端正な顔を歪めたラルフは、セシリアの尻たぶに痕《あと》がつくほど指を食い込ませた。その痛みにすら感じて、セシリアは身も世もなく悶《もだ》える。いつしか自分からも、ぎこちなく腰を揺らしていることにも気づかないで。

「ふっ、あ、ああ、やあああっ――――！」

ぶるるっと背骨に熱い震えが走り、眼裏《まなうら》に眩《まぶ》しい光が弾ける。

意志とは無関係に、ぐちゃぐちゃに濡れた膣肉《ちつにく》が雄芯を喰《く》らい尽くすかのように蠢《うごめ》いた。射精の衝動をやり過ごすように、ラルフがぐっと息を詰める。

「――達《い》ったな」

緊張のあとの弛緩《しかん》にくたりともたれかかるセシリアを、ラルフが抱き止めて呟いた。

「は……い……」

息を弾ませながらセシリアは答え、今度は彼が満足するまで付き合わされるのだろうと覚悟した。

だがラルフは、大きく一つ息をつくと、セシリアの中から自身を引き抜き、乱れたドレスと自分の衣服を何事もなかったように整えた。馬車の床に落ちていたコリンズの原稿を拾い集め、当惑の表情を浮かべるセシリアに手渡す。

「あの……いいんですか」

思わず尋ねたセシリアに、ラルフは胡乱《うろん》な目を向けた。

「何がだ」

「その、最後まで……しなくて……」

「ドレスを汚されたり、顔だの胸だのにぶちまけられたいならそうするが？」

セシリアは慌てて首を横に振った。ホテルのベッドの上とは違って、こんな場所では確かに後始末が大変そうだ。

（でも。だったら、最初からこんなことしなくたっていいのに……）

自分だけがいやらしく乱され、派手に達してしまったことが恥ずかしい。気まずい空気に耐えきれず、セシリアは原稿をページ数順に並び変える作業に没頭《ぼっとう》した。

それが終わって顔をあげると、呆《あき》れたことに、ラルフは腕を組んだ姿勢のまま、目を閉じてうたた寝をしていた。

「信じられない……」

セシリアは嘆息した。

勝手に襲いかかり、人にさんざんな痴態《ちたい》を演じさせておいて、あとは知らないとばかりに眠ってしまうなんてあんまりだ。

（頬《ほ》っぺたでもつねってやろうかしら）

セシリアは手を伸ばしたが、ラルフの無防備な寝顔にふと魅入《みい》られて動きを止めた。

考えてみれば、彼の眠る姿を見るのは、これが初めてのことだ。

原稿を書いている間、ラルフはセシリアより遅くに休み、いつだって先に起きていた。休むといっても窮屈《きゅうくつ》なソファの上でだ。長身な彼は、ろくに寛《くつろ》ぐこともできなかったに違いない。

（疲れてたのよね……当たり前だわ）

セシリアは手を引っ込めて、代わりにそろそろと身を乗り出した。伏せられた瞼《まぶた》の睫毛《まつげ》が思いのほか長くて、妬《ねた》ましいほど秀麗《しゅうれい》なことにどきりとする。

（こんなふうに、油断した姿を見せるラルフさんが悪いんだから――）

何かを盗み出すような罪悪感を覚えながら、彼の頬にそっと口づける。

さっきまでもっとすごいことをしていたというのに、セシリアはそれだけで真っ赤になって、あたふたと座り直した。

そうしてふと思い立ち、窓にかかったカーテンを開ける。さっきから馬車がスピードを速めているような気がしたのだ。他の馬車と道を譲り合う様子も、道を曲がることもなく、まっすぐに疾走《しっそう》しているようで。

「――え？」

窓の外を眺めたセシリアは、驚いて瞳を瞬《またた》いた。

そこにもう、ロンドンの街並みはない。

いつの間に都市部を抜けたのか、曇った空の下に広がるのは見渡す限りの草原で、遠くには黒く茂る森さえ見えた。

（何これ？）

焦《あせ》ってラルフを振り返るが、彼は相変わらず静かな寝息を立てていて、セシリアの疑問には答えてくれない。

（私たち、一体どこに向かってるの――？）

8　「このシーンを書き終えたら、またたっぷり可愛がってやる」

「ラルフさん、これ……」

「知人からの借り物だ」

「借り物って」

唐突《とうとつ》にロンドンを発《た》ち、行き先も知らない馬車に乗せられて、およそ五時間。ようやく停車したどこかで降り、そこに広がる光景に唖然《あぜん》としたセシリアは、既視感《きしかん》のあるやりとりをひとしきり繰り返した。

「これは……『物』なんて規模じゃありませんよ？」

セシリアが呆然《ぼうぜん》と見上げているのは、白漆喰《しろしっくい》の外壁も瀟洒《しょうしゃ》な一軒の邸宅だった。

二階建ての建物は切妻造《きりづまづくり》で、三角屋根の表面は、藍《あい》色と深緑の釉薬瓦《ゆうやくがわら》でモザイクを描くように覆《おお》われていた。上階からは広いバルコニーが張り出していて、手すりの外側に並んで吊《つ》られたプランターには、白やオレンジの可憐《かれん》な花が植わっている。

その手前には、さして広くはないものの、堅苦しくない雰囲気《ふんいき》の庭園がしつらえられていた。ちょうどセシリアの背丈ほどの生け垣には、野生種らしい黄色の薔薇《ばら》が絡《から》みついており、真《しん》鍮《ちゅう》のベンチの置かれた小さな四阿《あずまや》が可愛《かわい》らしい。

まるで、童話《どうわ》の中の秘密の隠れ家のようだ。あるいは。

「お金持ちが道楽で建てた別荘みたい――」

「当たりだ」

さらりと答えられて、セシリアはラルフを振り仰《あお》いだ。

「俺の知人はなかなかの金持ちなんだ。一声かければ、作家の缶詰《かんづ》め場所として、この別荘をぽんと提供してくれるくらいにはな」

スーツのポケットからじゃらりと音を立て、何本かの鍵束を抜き出す。その知人とやらから、今朝のうちに借り受けてきたのだろうか。

「別荘なんですか……それで」

セシリアは背後を振り返った。

馬車で乗り入れてきた小路《こみち》の周囲には、糸杉の木立が広がっており、その先には澄んだ水を湛《たた》えた大きな湖が見える。

森閑《しんかん》とした湖畔《こはん》に佇《たたず》む、富豪が所有する別荘。ロンドンの中心にある高級ホテルも素晴らしかったが、これはこれで執筆に専念できそうな環境だ。

「でも、こんな場所まで来なくちゃいけないなんて……トラブルって本当に大したことじゃないんですか？」

「そんなことを君は気にしなくていい」

案の定ラルフは素っ気なく答えた。別荘の入口に向かいながら、肩越しに振り向く。

「どんな場所に移ろうと、君がやるべきことはひとつだ。そうだろう?」


二人の逢《あ》い引きの場所は、深夜の書斎であることが多かった。

小さな燭台《しょくだい》を掲げて廊下を歩き、辿《たど》り着いた先の扉を、ロザリーは息を潜《ひそ》めて押し開ける。

蝶番《ちょうつがい》のきしむかすかな音にさえ、誰かに気づかれるのではないかと胸が早鐘《はやがね》を打った。

「ロザリー」

訪れを待ち詫《わ》びていたらしいパトリックが、弾《はじ》かれたように椅子《いす》から立ち上がる。

「遅かったね。……仕事が長引いた?」

ロザリーの背を柔《やわ》らかく抱きしめるパトリックの瞳《ひとみ》には、いたわりと気遣《きづか》いが満ちている。

それから、少なくはない痛ましさのようなものが。

「君にいつまでもメイドの仕事をさせておきたくはないよ」

水仕事で荒れたロザリーの手を、パトリックは稀少《きしょう》な宝石でも押し戴《いただ》くかのように、己《おのれ》の胸に引き寄せた。かさついた感触を知られるのは恥ずかしかったが、触れあった場所から彼の優しさが流れ込んでくるかのようで、眩暈《めまい》がするほど幸福だった。

けれど、勘違《かんちが》いしてはいけない。

自分がメイドを辞《や》めることなど決してないし、まして、パトリックの隣に並んで公然《こうぜん》と愛される未来などあるはずもないのだ。

「パトリック様。私、今夜は大事なお話をしにきたんです」

胸が潰《つぶ》れるような思いで切り出す。

「使用人たちの噂《うわさ》話で聞きました。――パトリック様は、来年の春には、ベネット家のご令嬢を奥方にお迎えになるのでしょう？」

「それは……！」

パトリックが顔色を変えた。

「父が勝手に話を進めているだけだ。僕は断るつもりでいるよ」

「いいえ、いけません」

一介のメイドが、主家の嫡男《ちゃくなん》に諭《さと》すような物言いをすること自体、不敬には違いなかった。けれどこれだけは、譲るわけにはいかないことだ。

「パトリック様。貴方《あなた》はこのシンクレア家の繁栄のために、誰からも祝福されるご結婚をなさるべきです。私のことなど、どうか――」

何度も悩んで決意した末の言葉なのに、ロザリーの声はかすれた。

「どうか今宵《こよい》限り、お忘れになってくださいませ」


夜中の遅くまで原稿を直し、いつも通り六時に起きた翌朝。

――ガシャ、ガシャーン！

階下からけたたましい粉砕《ふんさい》音が聞こえて、バスルームで顔を洗っていたセシリアは驚きに飛び上がった。

(何？　泥棒《どろぼう》!?)

慌《あわ》てて部屋を飛び出し、回廊《かいろう》から階下に向けて身を乗り出す。

ぱっと見てわかる異変はないし、それきり気になる音はしない。隣の部屋で休んでいるはずのラルフも、姿を見せる様子はない。

(というか……あの音って、もしかしてラルフさん？)

闖入者《ちんにゅうしゃ》がいるのでないとすれば、この別荘の住人は、今のところラルフとセシリアだけだ。

セシリアはナイトドレスの上からショールを羽織《はお》り、階段をそろそろと降りていった。音がしたのは食堂のほうだったと見当をつけて進んでいくと、果たしてそこにラルフがいた。

いつも通り隙《すき》のないスーツ姿だが、床に膝《ひざ》をついて何かをしている。

「ラルフさん？」

「あぁ……君か」

こちらを向いたラルフは、まずいところを見られたというように顔をしかめた。

「もしかして、お皿割っちゃったんですか？」

床の上で粉々になっているのは、鮮やかな絵付けをされていたらしい陶器の破片だ。図星を指されたのか、ラルフが目をそらして呟《つぶや》く。

「……朝食を用意しようと思ったんだ」

「え？」

思いがけない言葉にセシリアは面食らった。ラルフが自《みずか》ら朝食の準備？

だが確かに、奥にある厨房《ちゅうぼう》からは何かを焼いたような匂いが漂ってくる。――何かを、少しどころじゃなく焼きすぎたような匂いが。

「あぁ、これじゃ駄目《だめ》ですよ……」

厨房に駆け込んだセシリアは、箱型レンジの前に立ち、嘆《なげ》きの声を上げた。

コンロ部分に載《の》せたフライパンの上で、卵とベーコンの残骸《ざんがい》がぶすぶすと黒い煙をあげている。隣の鍋《なべ》にはスープらしいものが煮えているのだが、ニンジンやジャガイモなどの具材を大きく切りすぎていて、これでは火が通りきらない。

「どうして自分でやろうなんて思ったんですか」

「……通いの管理人はいるんだ。この近くに住んでる夫婦者だ」

ラルフのもとに戻って尋《たず》ねると、彼はやさぐれたように言った。

別荘の中が綺麗《きれい》に掃除されていたのも、ある程度の食材が揃《そろ》っていたのも、連絡を受けた管理人夫妻が、昨日の内に手を入れてくれていたためだという。

「彼らに食事の支度を頼むこともできるが、俺たちの生活は不規則だろう」

確かに執筆にのめりこんでしまうと、決まった時間の食事は不可能になる。昨日も夕飯を取ることを忘れて、ロザリーがパトリックに別れを告げるシーンを改稿していたくらいだ。

自分たちに合わせて管理人に来てもらうのは気の毒だし、かといって冷めた料理を食べるのも嬉《うれ》しくない。そう考えたラルフが、自力で料理をしようと思ったところまではわかるのだが。

「ふふっ……」

自然と顔がほころんでしまう。

「何がおかしい」

「いえ、完全無欠みたいなラルフさんにも、苦手なことがあるんだなぁって……」

「いつもは人にやらせているからな」

ラルフは開き直ったように答えた。

途端、セシリアは自分の呑気《のんき》さに気づいてうろたえた。

ラルフが独身だなんて、どうして思い込んでしまっていたのだろう。いや、結婚していると は限らないが、彼もそれなりの年齢の男性で、見た目だけは文句なく麗《うるわ》しいのだ。身の回りの世話をしてくれる女性が近くにいてもおかしくない。

「あ……あの、私も片付けます！」

セシリアは取り繕《つくろ》うようにラルフの隣にしゃがみこんだ。割れた皿を拾い集めようとしたのだが、焦《あせ》っていたせいで真上から破片に手をついてしまう。

「痛っ！」

「セシリア！」

ラルフが顔色を変えた。セシリアの左手の中指が切れて、じわじわと血が滲《にじ》み出す。

「だ、大丈夫です。見た目ほど深く切ってないし……」

「馬鹿《ばか》」

ひらひら振って見せた手首を力任せに摑《つか》まれ、次の瞬間、セシリアは狼狽《ろうばい》した。

「ひゃっ……⁉」

傷ついた指先を引き寄せ、ラルフが当たり前のように唇《くちびる》に含んだのだ。

恋愛小説の中では珍《めずら》しくもない王道展開《パターン》だが、現実に自分の身に起こると、信じられないくらい動揺する。物語のヒーローがやるようなことでも、すんなり似合ってしまうラルフだからなおさらだ。

「も……もう平気ですから……」

傷口を丹念に舐《な》められていると変な気分になりそうで、セシリアはおずおずと指を引く。ラルフが睨《にら》むようにセシリアを見つめた。

「軽率《けいそつ》なことをするな。作家の手に、取り返しのつかない傷がついたらどうするんだ」

「左手なんだから、そんなに心配しなくたって」

「たまたまそうだっただけだろう。もし右手が使い物にならなくなったら、口述筆記をしてもらうからな」

「そ、それは嫌です！　……気をつけます」

大概《たいがい》の恥ずかしいことはしてきたが、この上官能シーンの口述筆記まで加わるのは勘弁《かんべん》願いたかった。

「でも、あの、気をつけますから……お料理は私に作らせてもらえませんか？」

ラルフは「何を聞いていたんだ」と言いたげにむっとした。

「君のすべき仕事は執筆だけだ。それ以外のことに、時間も気もつかわなくていい」

「そんなに凝《こ》ったメニューじゃなきゃ、食事の支度くらい大した手間じゃないですから。とりあえず、朝ごはん作っちゃいますね！」

セシリアはぱっと立ち上がって笑った。セシリアを執筆に専念させるために、ラルフが気を回してくれたとわかったのが嬉しかった。

そのことだけを考えていようと思った。彼に普段食事を作っているのが、誰なのかなんて詮索したくない。

ラルフが諦《あきら》めたように息をついた。

「──どっちにしろ、先にその格好《かっこう》をどうにかしろ」

「え？　……あっ！」

セシリアは自分のナイトドレス姿を見下ろしてあたふたした。身支度の最中で降りてきたから、髪の毛に櫛《くし》さえ通していない。

「すみません、すぐ戻ります」

ばたばたと二階に駆けあがろうとして、「待て」というラルフの声に振り返る。

「髪は結わなくていい」

「え……」

「いいといったらいいんだ」

何の説明もない命令だったが、セシリアはぽうっとして頷《うなず》いた。

自分のどこかひとつでも、ラルフが気に入ってくれているのなら、彼の望むままにあることが、この上ない喜びだと思えた。

セシリアが執筆のために与えられたのは、別荘の二階にあるこじんまりとした部屋だった。木目《むもく》の美しい家具に、手織り風のラグやタペストリーが飾られた、温かみのある空間だ。天井《てんじょう》には剝き出しの梁《はり》が渡っており、そこから吊《つ》るされたガラスランプは釣鐘草《つりがねそう》を模《も》した愛らしいデザインで、セシリアはとても気に入った。

食事は相変わらず不規則で、一日に二回、ひどいときは一回。

自分で言った通り、さして凝ったものは作れなかったが、舌《した》の肥《こ》えていそうなラルフが、セシリアの手料理を文句も言わずに食べてくれるのが嬉しかった。それどころか、聞き逃してしまうくらいの小さな声で、「美味《うま》かった」と呟いたことさえあった。

小説を書く以外にも、彼のためにできることがあったのだと、その日のセシリアは一日中うきうきしていた。晴れた日には手早く洗濯をし、庭の花を摘んできて家中に飾ることもした。

ラルフもラルフで、思いの外よく働いた。暖炉にくべるための石炭を運んだり、食事のあとの食器を洗ったり、足りない食材を近くの村まで買いに行ってくれたりだ。

そんな日々を、セシリアはままごとのようだと思った。

二人きり。自分たちがここにいることを、他の誰も知らない。

まるでラルフの新妻《にいづま》になったような気分で——それは冷静になればひどく虚《むな》しく、思いあがった想像なのだが——終わりの近い彼との暮らしを、精一杯楽しむことに決めたのだった。

もちろん、原稿を進めることが最優先事項だったのは変わらない。

一日の大半を執筆部屋にこもって、セシリアは机に向かい続けていた。

締め切りまではもうほとんど間がなかった。例によって、空白の官能シーンを埋めていくことにセシリアは必死になっていたが、時間がなくともラルフは決して妥協せず、書き込みの甘さや臨場感《りんじようかん》の欠如《けつじよ》を容赦《ようしや》なく指摘するのだった。

——別荘暮らしが始まって、三日目の夕暮れ。

「セシリア！」

鋭い叱咤《しつた》に、セシリアはうとうとしていた意識をはっと取り戻した。

いつの間にか、ペンを握ったまま机に突っ伏しかけていた。ここ連日の睡眠時間は、長くて三、四時間しかないのだから、もう限界が近い。

「起きろ。せめてこのシーンを書き終えるまでは寝るな」

「う……ふぁい……」

「重症だな」

とろんとした目でラルフを見上げれば、彼は溜《た》め息をつき、ふいに何を思ったのか、机の抽《ひき》斗《だし》を開けて羽根ペンを取り出した。

鵞鳥《がちょう》か白鳥のものだろうか。艶《つや》のある白い羽根の部分で、いきなりセシリアの喉元《のどもと》をくすぐりだす。

「ひゃっ！　や、やめて……くすぐったい、です、ゃあんっ！」

「目が醒《さ》めたか？」

「は、はいっ。起きましたから、やめて、もうやだっ！」

セシリアは椅子《いす》から逃れ、ラルフの攻撃をかわそうと床にうずくまった。それでも彼は、セシリアの耳朶《じだ》や項《うなじ》にしつこく羽根を這《は》わせ続ける。

「あははは、や、もうほんとにやめて……！」

セシリアは身をよじって、くすぐったさに笑い続けた。笑っていられたのは、ただ眠気を醒ますために、悪戯《いたずら》をされているだけだと思っていたからだ。

だから。

「え……あの、ラルフさん？」

腕を取られて立たされ、何をされるのかと困惑《こんわく》した。

さっきまでセシリアが使っていた椅子に、今度はラルフが腰を下ろし、膝《ひざ》の上にセシリアを座らせてしまう。まるで、父親が幼《おさな》い娘を抱きしめるような格好《かっこう》で。

「さぁ、続きを書け」

「こ、このままですか？」

「このままだ。君がまた居眠りするようなら、すぐに起こしてやれるようにな」

落ち着かないことこの上ないが、強引なラルフ相手に逆らうという選択肢《せんたくし》はない。セシリアは再び自分のペンを取ったが、数行書いて詰《つ》まってしまった。

もともと、さして速筆というわけでもない。慣れない官能シーンならなおさら進みも遅く、肩越しに覗《のぞ》き込んでいるラルフの視線も気になってしまう。

「まだ寝ぼけているようだな」

「ち、違います……きゃっ！」

顎《あご》の下を再び羽根ペンでくすぐられて、セシリアは悲鳴をあげた。

ラルフはそのままペンを滑らせ、あろうことかドレスの胸元にくぐらせた。見た目よりも硬い羽根の感触が、コルセットで盛り上がった乳房《ちぶさ》の谷間を往復する。くすぐったさとは微妙に違う感覚が肌に広がり、セシリアは息を弾ませた。

「い、悪戯《いたずら》はやめてください……」

「じゃあ、悪戯で終わらないことをしようか」

「ちょっと……！」

もう何度こんなことをされてきたのだろう。

果物《くだもの》の皮でも剝《む》くように、セシリアの上半身をするりとはだけさせて、外気に触れた乳房の輪郭《りんかく》を、ラルフは羽根ペンでさわさわとなぞり始めた。

「ま……まだ明るいのに……」

執筆部屋には、机の脇に当たる位置に広い窓がとられていた。喘《あえ》ぐたびに波打つ白い肌を、茜《あかね》色の西日がちらちらと鮮やかに彩《いろど》る。

「仕方ないだろう。君が居眠りをするのが悪い」

ラルフが片方の乳房をすくい上げ、その頂《いただき》に毛羽《けば》立った感触を突きつける。撫《な》でるように何度か往復されると、慎《つつ》ましく縮《ちぢ》こまっていた乳頭がたちまちぷくんと膨《ふく》れあがった。

「それに、君の小説にはまだ色香が足りないからな。君自身が感じた淫《みだ》らな気持ちを、そのまま文章にする訓練だ」

「やっ……あん、そんな……そんなのっ……！」

乳首から羽根が離れたと思ったら、今度は脇腹をつつっ……となぞられた。上から下へ、下から上へ――普段はそんなことをされたら絶対にくすぐったいだけなのに、何故《なぜ》か今は甘いざわめきに取り憑《つ》かれる。

「どこを可愛《かわい》がられると嬉しいんだ？」

試してみよう、とラルフは低く笑った。

鎖骨の窪《くぼ》みをさわさわとなぞられ、「ひゃん……！」と叫んで首をすくめる。その項に、ラルフの熱い舌がねっとりと押し付けるようにして這わされた。

羽根と舌、前と後ろからの種類の違う刺激に、ぞくぞくした愉悦《ゆえつ》が駆け巡る。蜘蛛《くも》の巣に絡《から》め取られた蝶《ちょう》のように、セシリアは慄《おのの》きながらラルフの魔手に堕《お》ちていった。

「あ、ふっ……あ、ぁ、んっ」

肩甲骨《けんこうこつ》の尖《とが》りに歯を立てられ、痕《あと》がつくほどに吸われると、背中一面が粟《あわ》立った。

その間にも羽根はゆっくりと下方に向かって滑《すべ》り、臍《へそ》の窪《くぼ》み付近で円を描くように戯《たわむ》れている。セシリアは腰をよじり、息を弾ませてかぶりを振った。

「そんなとこ、やだ……やだ」

「何故だ？　淫《みだ》らな場所でもないのに感じてしまうから？」

からかうような口調で言い当てられた。頷《うなず》くことはできなくて、セシリアは唇を噛《か》む。

（背中とか、お腹……なんて）

胸や局部以外にも、こんなに感じるところがあったなんて。気をやってしまうほどの直接的な快感ではないのだが、そのもどかしさが癖《くせ》になりそうだ。あるいは、ラルフの思うがまま、気まぐれに弄《もてあそ》ばれている感じが、被虐《ひぎゃく》的な悦《よろこ》びを呼ぶのかもしれない。

ラルフの指先が背骨を伝い下り、腰とお尻《しり》の境目をいやらしくさすり始めた。セシリアの唇から熱い吐息が零《こぼ》れ、切なげに眉尻《まゆじり》が下がる。スカートをたくしあげられて真っ白な脚《あし》が露《あらわ》にされると、そこにも羽根は舞い降りた。ふくらはぎの曲線をくすぐられて、太腿《ふともも》までがびくんと震える。内腿が痙攣《けいれん》して、じんと響く疼《うず》きが、体の中心に向かって集《つど》っていく。

「っふ、ああ、あああっ……」

まぎれもない欲求が、セシリアの内側で育ちつつあった。

勿忘草の瞳はいつしかとろりと潤《うる》み、唇を閉じていても、かすれるような喘ぎが喉の奥から漏《も》れてしまう。

「はぁ……んくぅ、んぅ……！」

セシリアはひっきりなしに甘い声をあげ、ラルフの腕の中で悶《もだ》え続けた。何のためにここにいるのか、どうしてこんなことをされているのか、次第にどうでもよくなっていく。

ただ、ラルフの手であやされ、操られ、追い込まれる。快楽に弱い愚《おろ》かな自分は、そのためだけに存在しているようで。

（私はラルフさんの玩具《おもちゃ》で、お人形……）

目を閉じて、自虐《じぎゃく》的にそう思う。

好きにして。

望むがままに可愛がって。

あなたがこの遊びに飽《あ》きる、その終わりのときまでは――。

「ああ、もうこんなに濡らして」

太腿に張り付いたドロワーズの生地を、ラルフが見せつけるように引っ張った。

股間《こかん》部分もすでにびしょびしょで、セシリアの幼い秘裂《ひれつ》の形をくっきりと浮かびあがらせている。まるでお漏《も》らしをしてしまったようで、早く脱ぎたいと焦《じ》れるほどに気持ちが悪い。

その思いが伝わったのだろうか。

「自分で脱ぐんだ、セシリア」

「え……」

「できるだろう。ほら、一度立って。スカートをめくって、俺にお尻を向けて……そうだ」

命令するラルフの声はこれまでになく甘やかで、セシリアは催眠術《さいみんじゅつ》にでもかけられたように、のろのろと彼の言葉に従った。

机の天板に上体を載せ、ラルフに向かって腰を突き出す。剝《む》き出しの乳房が体の下で柔らかく潰《つぶ》れ、乳首がめりこむ感覚にぞくりとした。

そのまま、そろそろとスカートをたくしあげる。――腰紐《こしひも》を解いたドロワーズを、震える手で引き下ろしていく。

ちょうどラルフの顔の前に、秘められた乙女の部分が露《あらわ》にされる位置だった。そこがどんな状態になっているのか、まともに考えたくはない。

「すごいな……俺を誘惑してるとしか思えない」

ラルフが熱に浮かされたように呟き、セシリアの丸いお尻を両手で撫でた。

「ほら、もっと広げてよく見せろ」

「ふ……っく……」

セシリアは羞恥に歯を食いしばり、自分のお尻に手を回した。割れ目の奥まで覗《のぞ》けるように、左右にぱっくりと開いていく。

食い入るようなラルフの眼差《まなざ》しを、陰部に熱いほど感じた。視線だけで焼き尽くされるような想いに膝はがくがくと震え、内腿をねっとりした蜜《みつ》が伝っていく。

かたん、と音がして、ラルフがまた抽斗を開けた。

今度は何をされるのだろうと怯《おび》え、取り出されたものを横目に盗み見る。

(万年筆?)

そんなものを一体どうするのか――疑問の答えはすぐにわかった。

「ひっ……！」

指とは違う、冷ややかで硬い感触が、蜜に濡れた秘玉をつついた。

「んっ！　嫌、そんな、万年筆なんか、でっ……！」

キャップの先端を滑らせながら、ラルフは包皮に覆われた秘芽をくりくりと掘り出していく。

無機質な物体になんて感じたくないのに、セシリアの心を裏切ってそこは赤々と充血し、完全に勃《た》ちあがってしまった。

「こんなものにまで反応するのか」

ラルフが嬲《なぶ》るように言って、万年筆を操る速度を速めた。

「ああん、やぁ、嫌なの、あぁ……！」

モールス信号でも発するように、素早く断続的につつかれて、セシリアの腰が左右にくねった。もっと苛《いじ》めてと誘うような仕種に見えることに、セシリア本人だけが気づかない。

しばらくそうやって無慈悲《むじひ》な遊びを楽しんだあと、ラルフは万年筆を引っ込めた。セシリアがほっとしたのも束《つか》の間《ま》、彼はおもむろに命じた。

「こっちを向いて、机の上に座れ」

「え……」

「逆らうなら、次はここに突っ込んでやろうか？　前だけじゃなく後ろでも、女性は感じることができるんだ」

「や――やめて……！」

ラルフが指先を這わせたのは、蜜壺《みつつぼ》の後方にある窄《すぼ》まりだった。

それだけは避けたくて、セシリアはラルフの言葉に従った。原稿の束を脇に押しやり、裸《はだか》のお尻をおずおずと机の天板の上に据える。

ひややかな木の感触に息がつまり、原稿を書く場所で淫らな行為に耽《ふけ》る背徳感に、セシリアは真っ赤になって俯いた。

「膝を立てて、脚を開け。靴《くつ》を履《は》いたままで構わないから」

「そんな……行儀《ぎょうぎ》が悪いです……」

「これからもっと行儀の悪いことをしようというのに？」

眉をそびやかすラルフから目をそらし、セシリアはおずおずと踵《かかと》を天板の縁に載せた。わずかに膝を緩めただけでは許してもらえず、ラルフに命じられるまま、脚の付け根が痛むほどの大股開きにさせられてしまう。

「こ……こんな格好……恥ずかし……っ」

とろとろに溶けきった秘裂《ひれつ》を、覆い隠すものは何もなかった。ラルフが不敵に口元を綻《ほころ》ばせ、再び万年筆を掲げた。

「いい眺《なが》めだ」

くるりと軸を回転させ、キャップのついた箇所を下にする。何をするのかと怯えるセシリアの口元に、ラルフは万年筆を突きつけた。

「よく舐めて濡らせ」

「ど、どうして……？」

「聞きたいのか？」

何か恐ろしいことを告げられそうで、セシリアは首を横に振った。情事の最中のラルフに従わなければ痛い目を見ることは、嫌というほど思い知っている。

「ん……ふ……っ」

細く開けた唇を割って、口腔《こうこう》の内に万年筆が入ってきた。

当然ながら硬いし、なんの味もしない。それをラルフは、棒つきキャンディを味わうように舐《な》めろという。

「早く溶かしたいときのように、舌を使え。……そうだ」

「はぁ……ん、うっ……」

ラルフが時折、意地悪をするように万年筆を引き抜くから、セシリアはそれを追いかけなければならなかった。彼の視線を感じながら、犬のように浅ましく舌を使っていると、全身がどんどん熱くなってくる。

「なかなかいい動きをする。別のものをしゃぶらせたくなってくるな……」

ラルフが独《ひと》りごち、セシリアは怯えるような上目遣《うわめづか》いになった。別のものというのが何なのか、おぼろげに予想できるくらいには、淫《みだ》らな知識を仕込まれていた。

「安心しろ。今日教えるのは、また違うことだ」

「違う、こと……？」

「ああ。もうそろそろいいだろう」

唾液に濡れた万年筆に視線をやり、ラルフがその手をセシリアの脚の間に忍ばせた。

「え……やぁぁっ⁉」

カートリッジの仕込まれた軸《じく》が、蜜口《みつくち》につぷぷっ――と挿入《そうにゅう》される。柔らかな体内を無機物に犯される感覚に、セシリアは狼狽《ろうばい》して叫んだ。

「嫌、いやぁっ！　そんな、挿《い》れるの、怖い……っ！」

「暴れるな」

ぱしん、と軽くだがお尻の側面を叩かれ、セシリアの体がすくんだ。

「これくらい簡単に呑み込めるだろう？　俺のものにだって、たった一日で馴染《なじ》んだくせに」

「でも、でもっ……」

太さだけならラルフの剛直と比べ物にならないが、血の通わない硬い感触は、お腹の底いっぱいに不安をもたらす。

ぬちゅぐちゅと卑猥《ひわい》な音を立てながら、ラルフはセシリアの蜜壺を万年筆でゆるゆると掻き回した。決して乱暴な動きではないのだが、大事な場所に冷たい異物を抜き差しされるのが、怖くて怖くてたまらない。

「それともやっぱり、後ろの孔《あな》を遊んでほしいのか？」

「ひっ……！」

あながち冗談でもなさそうに、ラルフの中指がそこをつつく。とろりとした愛液が垂れ落ちたせいで、確かに万年筆くらいの細さのものなら呑み込んでしまいそうではある。

「こんなところまで、君は無垢《むく》な色をしている」

　ラルフが尻たぶをぐいと割り広げ、もう一つの秘めやかな蕾《つぼみ》を外気に晒《さら》した。セシリアは恐慌《きょうこう》状態に陥り、上擦《うわず》った泣き声をあげた。

「ご……ごめんなさい、やめて、ごめんなさいっ！　なんでもするから、それだけは嫌ぁっ！」

「なんでも？」

「します！　ラルフさんの言うことを聞きます、だから、だからぁっ……！」

　あとはもう、泣きじゃくって言葉にならない。

　ラルフがふっと息をつき、突き放すような口調で命じた。

「だったら、自分でその万年筆を動かしてみろ」

「それは……っ！」

「俺の言うことはなんでも聞くんだろう。ああ、それから胸も自分で弄《いじ》れ」

　――ラルフの目の前で自慰《じい》をしろ、と強要されているのだった。

　セシリアは生唾《なまつば》を呑み、椅子に座ったラルフを見やった。彼はもうすっかりやる気をなくしたのか、セシリアの手に万年筆を押しつけ、腕を組んで背もたれに体を預けている。

「早くやれ。達《い》くまでだ」

「自分で、なんて……したことありません……」

「君はいくつだ？　十八歳だろう。大人の女性なら、自分の感じる場所くらい、ちゃんと把握《はあく》しておくものだ」

めちゃくちゃな理屈だ。

そう思っても、もちろん反論できない。恥辱《ちじょく》に押し潰されそうになりながら、セシリアは右手に握った万年筆で、恐る恐る秘処を割った。

「う、あぁ……」

くぷ……と秘裂から生じる淫らな音が、セシリアの鼓膜《こまく》にこびりつく。

さして太いものではないのに、異物感が半端じゃない。こんなことをしたって、ちっとも気持ちよくなんかない。

——よくない、はずだと思うのに。

「ああ、挿入《はい》っていくぞ。君のここに、ずぶずぶと……もっと奥まで入れられるな？」

「は、ぁぁぁ……んっ。見ない、でぇ……」

「こんなにいやらしい光景を、無視できるわけはないだろう。そのまま出し入れさせるんだ」

「や、だ……嫌ぁ……」

嫌、とうわごとのように繰り返しながらも、ラルフの艶《つや》めいた瞳に酔わされて、セシリアは万年筆を蜜口にちゅぷちゅぷと突き立てた。陰核に軸の表面が擦れるたび、がくがくと腰を震わせてしまう。

「胸も弄れと言ったよな？」

「はい……」

命じられるまま、セシリアは自らの左手で剥き出しになった乳房を捏《こ》ねた。

ラルフがしてくれるように、乳首をくにくにと抓《つま》んでみると、そこは見る間にぷっくりと勃《た》ちあがってしまう。あまりに硬い感触に、自分でもたじろいでしまうくらいだ。

「あ……ん、んん！」

「そうだ。ちゃんとできるじゃないか」

ラルフが満足そうに呟いた。セシリアの上気した顔から、桃色に染まった乳首、くちゅくちゅと音を立てる股間にまで、彼の視線はゆっくりと落とされていく。

「出し入れするたび、真っ赤に熟《う》れた襞《ひだ》がめくれて、君のいやらしい内部がよく見える……。だが、まだ少し濡れが足りないな。いつもはもっとびしょびしょにさせているだろう？　俺の指やモノがふやけそうなくらいに」

「へ、変なこと、言わないで……」

「本当のことしか言っていない。さぁ、続けろ。俺に見られながら、万年筆で気をやるまで」

炙《あぶ》られるような視線――というのは、このことだと思い知らされた。

欲情に滾《たぎ》ったラルフの眼差《まなざ》しが、セシリアの淫《みだ》らな蜜口にじっと定められている。異物を押し込めたその下では、もっと恥ずかしい窄まりが羞恥にひくついている。

（ラルフさんが見てる……私のいやらしいあそこ、見られて……）

まともな意識を保っていては、とても耐えられない状況だ。

けれど恥ずかしいと思えば思うほど、体の奥から熱い蜜が湧いて、万年筆の出し入れがなめらかになる。ひくひくと収縮する膣道《ちつどう》は次第に、凹凸《おうとつ》のない軸の感触や、自分の指と変わりない細さを物足りなくさえ感じ始める。

（これが、ラルフさんの……だったら）

つい想像してしまうのを止められなかった。

ラルフの雄が媚肉《びにく》を割って押し入ってくる瞬間は、息が止まりそうにきついのに、圧倒的な充足感も同時に与えてくれる。

犯される。征服される。まさにそんな言葉にふさわしく、セシリアの内部を穿《うが》つ男の剛直。

あれで今、蕩《とろ》けたここを貫かれたら、どれほど気持ちがいいだろう――。

「手の動きが鈍《にぶ》っているぞ」

ラルフが咎《とが》めるように言い、我に返ったセシリアは口ごもりながら訴《うった》えた。

「だめ……無理、です……」

「何が無理なんだ。一人遊びも気持ちいいんだろう？」

「いい、けど……でも……」

「でも、なんだ」

「私……私は……ラルフさんに、されないと駄目……」

無意識に口にしてから、セシリアは改めて悟った。

この体が陥落《かんらく》するのは、生身のラルフにだけ。ラルフの指と、舌と、唇と――熱い血の滾る、たくましい屹立《きつりつ》。

「ラルフさんのじゃないと……違《ちが》うの、無理です……っ」

「──言ってくれる」

意外さと機嫌のよさが半々の口調で呟いて、ラルフがセシリアの手から万年筆を取り上げた。

かつん、と床に落ちる音とともに、後頭部を引き寄せられ、噛みつくように口づけられる。

「ん……んっ」

餓《う》えた子猫のように、セシリアも夢中でキスに応《こた》えた。

ラルフの舌の表も裏も絡《から》めて吸って、溢《あふ》れる唾液を飲み干して。唇と歯のわずかな隙間を舐められて、同じことをお返しする。

ラルフの体温。鼻腔《びこう》をくすぐる、葉巻とオーデコロンの匂い。

耳の付け根から首筋をさすってくれる大きな掌《てのひら》。彼の胸に自分の胸を重ねれば、二人ともやたらに速い鼓動がひとつになって溶けていく。

──こうしていると、何も間違ったことをしているなんて思えないのに。

ラルフは普段はとても意地悪だけれど、キスをして抱き合ったり、セシリアの髪を撫でたりする仕種だけは、切なくなるほどに優しい。

愛されてこうされているのだと、今だけ思い込むことは許されるだろうか。

本当は他の誰かのものかもしれないラルフを、このときだけは自分が独《ひと》り占めしているのだと、自惚《うぬぼ》れてはいけないだろうか。

唇を離したラルフが囁いた。

「なぁ、セシリア。もう一度、自分で弄ってみろ」

「え……」

「今度は俺も手伝ってやる」

机を降りたセシリアは、彼の膝を跨《また》いで立たされた。スカートをめくったラルフが、セシリアの手を股の間に導いて触れさせる。

「どうなってる？」

「ぬ……濡れて、ます……すごく……」

「なら、こうしても大丈夫だな？」

セシリアの中指に、自分の人差し指をぴったりと添わせるようにして。

「あ、ふっ……」

二人の指が、濡れた襞の間にぬぷりと沈んだ。圧迫感に息がつまるが、充分に濡れているせいか、ラルフに導かれているという安心感からか、痛いということはなかった。

「そのまま動かせ」

「んっ、ん……ぁ、はぁぁ……」

「ゆっくりでいい。君が一番感じる場所を探るんだ」

「は、い……」

セシリアは恥じらいに頬を染め、体内に埋めた指を少しずつ泳がせた。

自分の中のそこに踏み込むのは、本当に初めてだった。熱い媚壁《びへき》は熟《う》れきった果物のようにじゅくじゅくしていて、そのくせ、指を押し返してくるような弾力もある。複雑な層を成した襞が、何かの生き物のようにねっとりと纏《まと》わりついてきた。

「ぁ……ひ、ぁあん……」

襞と襞を掻き分けるように指先を蠢《うごめ》かせていると、思いのほか早く、セシリアは「そこ」に辿り着いた。奥ではなく、どちらかといえば入口に近い部分の上壁だ。

そこを押すとお腹の奥がきゅんと甘い痺れに満たされて、思わず前屈みになる。

「ん、あぁっ……！」

「ここか？」

セシリアの指を追いかけて、ラルフも同じ場所を探り当てた。セシリアよりもずっと的確にそこをつつき、押し回し、指の腹で素早く叩くような仕種をする。そのたびにセシリアの内部がぴちゃぴちゃと湿った音を立て、さざ波のような疼《うず》きが走った。

「っく、あ……だめ、そこ、そこぉっ……！」

お腹の中身がぐずぐずに蕩《とろ》けるような錯覚《さっかく》に陥《おちい》り、セシリアの内腿が震えた。

もう少し――もう少しですべてが崩壊し、何もかも押し流されてしまう。

思った瞬間、ラルフが唐突に指を抜いた。絶頂を遠ざけられた内壁が、残されたセシリアの指に切なげに絡みついてくる。

「やっ……なんで……」

「もうわかっただろう。そのまま俺の真似《まね》をするんだ」

「嫌……いや、一緒に、してぇ……」

「我儘《わがまま》め」

ラルフはにやりと笑い、「だったら、こっちを触っていてやる」と、眼前で揺れる乳房を揉みしだいた。

愛液をたっぷり纏《まと》わせた人差し指で、淫らな蜜を塗《ぬ》り込めるように、乳首の根元をなぞられる。濡らされた乳暈《にゅううん》がてらてらと輝き、見るだけでいやらしい気持ちを掻き立てられてしまう。

「う……んっ、んー……」

「そう。ちゃんと一人でできるじゃないか」

ぎこちなく、それでも懸命《けんめい》に、セシリアは愛する男性の前での自慰を続けた。

ご褒美のようにラルフが乳首を捏ね回し、同時に深いキスをくれる。見守っていることを伝えるように、腰からお尻にかけてのラインを何度も柔らかく撫でられた。

一人でしているけれど、孤独にさせられたとは感じなかった。蜜壺の中で蠢くこの指は、ラルフの指だと想像する。そう思い込むには量感が足りないから、人差し指と中指の二本を同時に奥に潜らせた。押し広げられる感覚が思いがけず良くて、手首を捻《ひね》るようにしながら抜き差しすると、快感はとめどなく溢れた。

セシリアの痴態《ちたい》を眺めながら、ラルフが「感じてるな」と笑う。

「な……んで、わかるんですか……?」

「ここが」

と乳首を弾かれて、

「こんなにつんと尖ってる。音もすごい。聞こえてないか？」

言われて耳をそばだてれば、くちゅくちゅぬぷぬぷというものすごい水音が部屋中に響き渡っていた。普段のセシリアなら、そこで我に返っていただろうが、いまさら引き返すこともできないくらいに体は火照《ほて》り、限界が間近に迫っていた。

「んっ……ああ……いきそう、なの……。ねぇ、達《い》っても、いいですか……？」

「ああ」

「ほんと、に……？　いやらしい子だって、笑わない……？」

瞳を潤ませて尋ねれば、ラルフは真面目《まじめ》に請け負った。

「笑わないさ。――見ていてやるから」

「っ、はい……見て……達くとこ、見ててぇ……っ」

肩幅に開いていた脚を、セシリアはもう少しだけ広げた。ラルフと視線を合わせ、しこった乳首をこりこりと弄られながら、蜜壺の中の指を出し入れさせる。

さして激しく突き回す必要はなかった。セシリアの背筋を痺《しび》れさせたのは、自分の手の刺激よりも、物ぐるおしい光を宿す、ラルフの濡れたような瞳だった。

「ん……っ、く、んん――っ！」

絶頂の瞬間、指が食いちぎられてしまうかと思うほど、濡れた隘路《あいろ》がぎゅっぎゅっと強く締まった。うねるような肉襞の動きとともに、背筋を圧倒的な快感が駆けあがり、気づいたときにはがくりと膝が崩れて、ラルフに抱きとめられているところだった。

「あ……私……」

「よく頑張った」

子供にするように言って、瞼《まぶた》の上に口づけられる。恥ずかしいことをしたのに褒《ほ》められて、セシリアの頬が赤く染まった。

「だが、もう少し頑張ってもらいたいな。見ているだけで収まらなくなった。――いいか?」

なんのことを言っているのかは、下腹部にあたる硬い感触ですぐにわかった。

セシリアは蕩《とろ》けそうな目をして頷いた。

たった今、激しく果てたばかりだというのに、セシリアの心も体も信じられないくらいに貪《どん》欲《よく》だった。ラルフの興奮をこの身の内で直に感じたい――そうしなければ終われない。

「そっちを向いて、机に手をつけ」

「……こうですか?」

言葉に従い、セシリアは再びラルフにお尻を向ける格好になった。

せわしなくベルトを外す音がして、ラルフが背後から覆いかぶさってくる。腰を掴まれたと同時に真下から熱い屹立が押し当てられ、ものも言わず一気に貫かれた。

「っ、あああぁ……!」

膨張した巨大な亀頭《きとう》が、ぬぷぬぷと蜜道に突き込まれていく。

自慰で一度達した内部はすでに柔らかくほころんでいて、性急な挿入《そうにゅう》も難なく受け入れた。これこそを待ちわびていたというかのように、薔薇《ばら》の花弁にも似た襞が、四方からラルフの肉竿に絡みつく。

蜜洞のすみずみまでを埋め尽くされる甘い陶酔《とうすい》に、セシリアは恍惚《こうこつ》と息を吐いたが。

「っ……くそ」

ラルフがらしくもない悪態をついた。苛立《いらだ》ったようなその響きに、セシリアはびくりとして振り返った。

「わ……私、何かしましたか……？」

「──具合が良すぎる」

「え？」

「焦らされたのはこっちのほうだったな……」

「え、あの……ひゃあっ！」

顔をしかめて独りごちたラルフが、いきなり容赦《ようしゃ》なく腰を打ち込んだ。硬い怒張が激しく出入りし、肉を叩きつける音がぱんぱんっと高く響く。

「ラ、ラルフさん、激し……っ。そんな、いっぱい動かない、でぇ……っ！」

「できない相談だ」

「いやぁ……ずくずくって、奥が……あぁぁん……！」

背後からの結合は、いつもとは違うところが擦《こす》れて、新しいその刺激がたまらない。抱えた腰を上下に揺すり立てられるたび、コルセットからこぼれた乳房がふるんと大きく弾んだ。

「っ……セシリア……」

「あん、あ、はぁ……や、胸、だめぇ……」

ラルフの手が前に回り、両方の乳房を鷲摑《わしづか》みにしてくる。掌いっぱいに揉み込まれ、指と指の間から、たっぷりとした柔肉が盛り上がった。

「さっきから勃ちっぱなしじゃないか」

「ん、だって、ぁ……！」

尖《とが》り立った桃色の乳首を、ラルフの指先が引っ掻くようにいたぶってくる。セシリアの背がびくんと震えてのけぞり、貫かれたままの場所にまでじんじんとした愉悦《ゆえつ》が響いた。

「吸ってやれないのが残念だ」

乳首をぐにぐにと押し回しながら、ラルフが興奮に掠《かす》れた声で囁いた。セシリアは首を横に振り、ラルフの手に自分の手を重ねる。

「指、でも、すごく気持ちいい、です……」

「だったら、もっと強くしても平気だな？」

ちぎれるのではないかと思うくらいに引っ張られて、悲鳴があがる。爪を立てられて痛いと思う端から、なだめるようにさすられて、またきゅっきゅっと絞られて——乳首で感じるのと連動して、下腹がひくひくと痙攣《けいれん》し、肉楔を締めつける襞が艶めかしく蠢《うごめ》いた。

「たまらないな——一度出すぞ」

「え、もう……っ？」

「もうとか言うな。君が悪い、──っ！」

名残惜《なごりお》しげなセシリアのお尻を抱え込み、ラルフは堰《せき》を切ったような勢いで肉棒《にくぼう》をぐちゅぐちゅと突き立ててきた。太すぎるものが濡れ襞《ひだ》をめくりあげるように素早く出入りし、蜜壺《みつつぼ》の最奥で火がつけられたかのような快感が爆《は》ぜた。

「あ、ああ……や、ッ嫌！　いやぁ──！」

びくんびくんと全身が戦慄《わなな》き、セシリアのほうが先に、あっけなく絶頂に導かれてしまう。長い痙攣《けいれん》を続ける膣の中で、ラルフの肉茎《にくけい》がひときわ大きく膨れあがり、精を吐き出すかと思った瞬間、

「っ──！」

かろうじて残った理性でか、ラルフは己《おのれ》のものを引き抜き、汗ばんだセシリアのお尻にたっぷりと濃い白濁《はくだく》を撒き散らした。

「ふ……」

セシリアは机に突っ伏して、はぉはぁと荒い息をついた。ぬるぬるした液体が、愛らしい丸みを描く輪郭《りんかく》を粘っこく伝い落ちていく。

一度目は自分で。二度目は後ろからの挿入で。

立て続けに気をやってしまい、セシリアの意識はすでに朦朧《もうろう》としていた。もともとの寝不足も手伝って、目を閉じれば一瞬で眠りに引き込まれそうだった。──が。

「まだだ。寝るな」

ラルフの精力はどこまで底なしなのだろう。

一度射精したとも思えない硬さを保ったものが、再びセシリアの中に潜りこもうと雁首《かりくび》をもたげていた。逃げようとするセシリアの腰を捕らえて、達したばかりの蜜壺をラルフは悠々《ゆうゆう》と刺し貫き、服が汚れるのも構わずに椅子の上に腰を下ろした。

「む……無理、もう無理ですっ……」

「君を寝かせないために始めたことだ。こうして刺激を与え続けていれば、さすがに起きていられるだろう？」

いやいやと首を振るセシリアに、ラルフが無理やりペンを握らせる。

「さぁ、続きを書け。このシーンを書き終えたら、またたっぷり可愛がってやる」

「そんな冗談……やだ、いやぁっ！」

嘘だと思いたかったが、そもそもこの男に冗談を言うようなユーモアなどあるはずもない。

その後、ラルフは本当にセシリアを抱いたまま小説を書かせ、少しでも手が止まると腰を突き上げたり、秘芽を弄《いじ》ったりして苛《いじ》め抜いた。責め苦から逃れたい一心で書いた原稿は予想外に捗《はかど》ったものの、感謝などできるはずもない。

「やればできるじゃないか、ご褒美だ」

「や、そんなのいらな……あ、ひぁっ、はぁ、あぁぁ……！」

――すっかり暗くなった部屋の中、何度目かもわからない絶頂に導かれるセシリアの嬌声《きょうせい》が、絶え間なく響き続けていた。

9 「前よりはいくらかマシになった」

「……ふん」

ソファの上で脚《あし》を組み、厳《きび》しい眼差《まなざ》しを原稿に落としていたラルフが、読み終わって顔をあげた。にこりともしないまま、短く一言。

「前よりはいくらかマシになった」

「あ、ありがとうございます……！」

徹夜《てつや》明けでふらふらになった頭を、セシリアは思い切り下げた。安堵《あんど》した途端、上瞼《まぶた》と下瞼がいっぺんにくっつきそうになってしまう。

（よかった……直せって言われなかった……）

書きあげたのは、ロザリーがパトリックのもとから去る直前の、最後の官能シーンだ。

シンクレア家での夜会で、婚約者の令嬢と踊るパトリックを目にしたロザリーは、惨《みじ》めさに苛《さいな》まれてこっそりと庭園へ抜け出す。それを追ってきたパトリックは、愛しているのはロザリーだけだと、衝動《しょうどう》的に戸外での行為に及んでしまうのだ。

「情事の舞台を移したのはいい判断だ。読者は新しい刺激《しげき》を求めるからな。相変わらず官能シーンの擬音《ぎおん》が少ないが、やりすぎても下品になるし、この作品にはこんなものか。あとは……」

ラルフはぱらぱらと紙をめくり、シーンを遡《さかのぼ》った。

「――夜会の描写が妙に細かいな」

「あ……書き込みすぎでしたか？　すみません、削《けず》ります」

眠い目を擦《こす》り擦り、セシリアは言った。だがラルフは、「いや」と首を横に振る。

「これはこれで悪くない。女性は概《がい》してきらびやかなシーンが好きだろう。だが、この書き方は、まるで見てきたようだと思ってな」

「まさか。舞踏会《ぶとうかい》なんて、一度も行ったことはないです。ただ母が……」

言いかけて、セシリアは一旦言葉を止めた。先を促すようなラルフの眼差《まなざ》しに、小さな声で続ける。

「……母が、よく話していたんです。私が小さいときにですけど。若い頃の暮らしについて、きらきらしたお伽話《とぎばなし》を話すみたいに聞かせてくれて」

「ああ。そういえばアディントン先生は、元子爵《ししゃく》令嬢だったな」

「やっぱりご存知でしたか」

セシリアは苦笑した。

別にどうしても隠しておかねばならない過去ではない。業界内ではそこそこ知られた話らしいことは、セシリアもわかっている。

「でも今は何者でもない、あのとおりの母ですけどね。探検家だった父と駆け落ち同然に結婚して、それが祖父《そふ》の怒りに触れて勘当《かんどう》されてしまいましたから」

セシリア自身、母の家族だという人々に一度も会ったことはない。本来なら、自分も貴族のお屋敷に住むお嬢様だったのだと言われても、まるで実感はなかった。

それよりは、写真でしか知らない亡き父のほうに会いたかった。小さな額縁《がくぶち》に収まったポートレートの中の父は、凛々《りり》しくも稚気《ちき》に溢《あふ》れた顔立ちの美青年で、白黒の画面からはわからないが、セシリアの勿忘草《わすれなぐさ》色の瞳《ひとみ》は父親譲りなのだという。

『とってもいい男だったのよ』と、ルイーズはいまだに父について惚気《のろけ》る。

流行《はや》りの服を着替えるように若い恋人をとっかえひっかえしていても、すべてのしがらみを捨ててともに逃げることを選んだ初恋の人は、母の心にいつまでも深く根づいているようだった。

「身分を越えて、本当に愛し合う相手と恋をする――ロザリーとパトリックもそうだな。そういった関係に、君も憧《あこが》れているのか?」

「いえ、別に。そんなのは作り話の世界だからいいんです」

「……案外ドライなんだな」

きっぱり言ったセシリアに、ラルフは面食《めんく》らったような顔をした。

「住む世界が違う二人が一緒になると、しなくてもいい苦労をするでしょう?」

セシリアが思っているのは、若くして亡くなった父のことだった。

二人が愛し合って自分が生まれたのだから、両親の出会いが間違いだったなんて、できるなら思いたくはない。

けれど父は、子爵令嬢だった母を貧《まず》しい暮らしに引きずり込んだことに、ずっと負い目を感じていたという。探検家として大きな功績を立てれば、自分たちの結婚を認めてもらえるのではないかと無茶ばかりを繰り返して——そうして、極寒の大地で命を落とした。

セシリアの表情が曇《くも》るのに、ラルフは言葉を探りあぐねたかのように、しばらく黙りこくっていた。やがて。

「……寝ろ」

出てきたのは、そんな素っ気ない一言だった。セシリアは意外な思いで瞳《ひとみ》を瞬《まばた》かせる。

「寝てもいいんですか?」

ラルフと出会ってから明日でちょうど二週間。いよいよ締め切りが迫り、翌朝には迎えの馬車がやってくる予定だというのに。

「あとはもう、ラストシーンを書くだけだろう。一旦《いったん》頭と体を休めて、夜から万全の体調で臨《のぞ》め。俺はその間に、これまでの原稿に間違いや矛盾《むじゅん》がないかをチェックしておく」

「超人ですね……」

セシリアはふらふらと立ち上がった。積もりに積もった眠気はもはや、暴力的なまでの頭痛にとって変わっている。

「じゃあすみませんけど、しばらく休ませてもらいます。起きたらご飯を作りま……ふぁ」

言葉は途中で欠伸《あくび》に途切れた。

執筆部屋の隣の寝室へ向かい、ベッドに身を投げ出したが最後、泥《どろ》のような眠りの底へ、セシリアは一瞬で呑《の》みこまれていった。


——「こんな……まで……貴女《あなた》は……」

——「あら……なのに……じゃないの？」


夢うつつの中、セシリアは遠くから響《ひび》く男女の会話を聞いていた。

男の声はラルフのものだ。女のほうは——どこかで聞き覚えがあるような気がするのだが。

（誰……？）

セシリアは枕からのっそりと頭をもたげた。まだ意識は不明瞭《ふめいりょう》だったが、窓の外ではすでに日が暮れていて、半日近くを眠り続けていたのだとわかった。

服を着たまま寝てしまったせいで、体がだるい。もぞもぞと身を起こしたとき、今度は階下からはっきりと女の声がした。

「ここにあの女の子もいるのね？　会いたいわ」

「今は寝ています。起こさないでやってください」

「ラルフったら、また無茶をさせたの？　本当に、貴方にかかると誰も彼も精根《せいこん》絞《しぼ》り尽くされちゃうのよねぇ」

陽気な笑い声に、セシリアは水をかけられたようにはっとした。

思い出した。あの女性は、ロンドンの秘密クラブで出会ったアデーレだ。ラルフと男女の関係があり、彼の担当作家でもあったアデーレが、この別荘にやってきている。

（どうして……？）

セシリアは立ち上がり、音をさせないように部屋の扉を開けた。回廊《かいろう》からそっと階下を窺《うかが》ってみたが、応接室《ドローイングルーム》に移動したらしく、二人の姿は見えない。

自分でも何故《なぜ》そんな必要があるのかわからないまま、セシリアは気配を殺して階段を降りていった。空気の冷えた廊下に佇《たたず》んでいても、アデーレの通る声はよく聞こえた。

「貴方のために遠いところをやってきたのよ。報酬《ほうしゅう》を期待しても当然だと思うのだけど？」

「なんでも我儘《わがまま》を聞きましょう、アデーレ。貴女は俺の恩人だ」

「じゃあ今夜はここに泊《と》めて。前みたいに有能な仕事ぶりを見せてちょうだい。他の人とも試してみたけど、やっぱりあなたとするのが一番だわ」

「わかりました。おつき合いしますよ、たっぷり朝まで」

――とん、と後ずさりしたセシリアの背が壁に触れた。

ラルフは今、アデーレになんと言った？

ここで。セシリアを幾度《いくど》となく抱いたこの別荘で。

今夜中に仕上げなければいけないセシリアの原稿を差し置いて、彼はアデーレと――。

（……嫌！）

血の気が引き、体がよろけた。その拍子《ひょうし》に傍《かたわ》らの飾り台にぶつかって、庭の薔薇《ばら》を生《い》けた花瓶が床に落ちる。

陶器の砕ける音が派手に響き、部屋の中でラルフが「誰だ⁉」と叫んだ。こちらにやってきそうな気配に、セシリアは反射的に身を翻《ひるがえ》し、玄関から外に飛び出した。

（アデーレさんと三人でなんて会いたくない――！）

人気《ひとけ》のない別荘の周囲は、鼻をつままれてもわからないほどの暗闇《くらやみ》だった。本能的な恐怖にぞっとしたが、引き返すこともできず、地面を蹴《け》ってがむしゃらに駆けた。

（どうして？　原稿が完成するまでは……せめてそれまでは）

それまでは、彼を独《ひと》り占《じ》めすることを許されるのだと思っていたのに。

「っ……はっ……」

湖の畔《ほとり》にまで達して、セシリアはようやく足を止めた。

荒い息をつき、スカートを握りしめて涙をこらえる。荒れくるう激情を必死になだめようとして、すぐに無理だと悟る。

初めから手に入らない人なのに、ラルフを他の女性に渡したくなくて。

誰にも触れさせたくなくて、触れてほしくもなくて。

ないがしろにされる自分のちっぽけさが、どうしようもなく惨《みじ》めで――。

（ロザリーがパトリックの婚約者に向ける気持ちは、きっとこんなふうだったんだわ。もっとちゃんと書き直さなくちゃ……）

こんなときまで小説のことを考えている自分を滑稽《こっけい》だと笑い、余計にやりきれなくなった。

ラルフは、作家としてのアデーレをやけに買っているようだった。女性らしい魅力でも、小説を書く才能でもアデーレにはかないそうもないのに、自分は何をやっているのだろう。

乱れた呼吸が落ち着いてくると、セシリアはぞくりと寒気を覚えた。秋も終わりの夜更《ふ》けに、ショールも持たずに飛び出してしまったのだから当然だ。

セシリアは腕をさすり、水辺をとぼとぼと歩き出した。細い月の明かりを反射し、広い湖面は夜の闇《やみ》に浮かぶ鏡のように、静謐《せいひつ》な銀色に輝いていた。

「綺麗《きれい》……」

呟くと、冷えた空気に吐息が白く凝《こご》って散っていった。

執筆部屋の窓からも、この湖はよく見えた。朝に、昼に、夕暮れに。その時々の空の色に染まり、周囲を森に囲まれた湖は、お伽話《とぎばなし》の精霊が現れそうな美しさで、一度ゆっくり散策してみたいと思っていたのだ。

叶うのならば、ラルフと二人で。

「っふ……」

鼻の奥がつんと痛む。駄目だ。どんどん思考が湿っぽくなっていく。

湖を三分の一ほど回り込んだところで、水上に突き出した桟橋《さんばし》があるのを見つけた。

若干古びてはいるが、足を踏み出せば充分にセシリアの体重を支えてくれる。本来は、舟遊びをするボートなどを舫《もや》うためのものらしい。

栈橋が途切れた場所でしゃがみこみ、抱えた膝《ひざ》に顎《あご》を載《の》せた。静かに揺らめく水面を間近で眺めていると、本格的に落ちこみたくなってきた。

背後から、橋桁《はしげた》のきしむ、みしっ――という音が聞こえてくるまでは。

（ラルフさん？）

もしかして追いかけてきてくれたのかと、淡い期待を抱いて振り返る。

だが、そこでセシリアが見たのは、思いもかけない人物だった。

「あなたは……」

「やぁ、久しぶりだね！」

そんなふうに親しげな挨拶《あいさつ》をされる間柄ではないと、セシリアは戸惑って立ちあがった。自分と彼は、ロンドンの公園でたった一回顔を合わせただけだ。

そのときのセシリアは、名前を名乗ることさえしなかったのに。

「クロフォード……アラン＝クロフォードさん……でしたか？」

「そうだよ。覚えていてもらって光栄だな」

栈橋を渡って近づいてくるのは、ラルフの同僚だというアランだった。人懐っこい口調は相変わらずだが、暗くて表情がはっきりと見えないのが、セシリアを妙に不安にさせた。

「一体どうしたんですか？　アデーレさんも、クロフォードさんも、いきなりこんなところまで……」

「アデーレ？　彼女はやっぱりあの別荘の中にいるんだな」

忌々《いまいま》しそうに独《ひと》りごちたアランは、うそ寒い微笑《ほほえ》みを浮かべてセシリアを見つめた。

「君に訊《き》きたいことがあるんだ、セシリア」

呼びかけられて、セシリアの脳裏《のうり》に無意識の警鐘《けいしょう》が鳴り響く。

「どうして私の名前を……」

「アディントン先生の一人娘のセシリア＝アディントンは君だろう？　母親の原稿を郵便に出そうとした途中で、間抜けにも盗まれてしまった女の子だ」

「何を言って……」

不穏《ふおん》な空気を感じて、セシリアは後ずさった。ラルフと自分だけしか知らない秘密を、どうしてこの男が口にするのか。

「なぁ、アディントン先生は本当に、ラルフに原稿を送ってきていたのか？　娘の君なら知っているだろう。教えろ――教えろよ！」

もはや好青年の仮面をかなぐり捨てたアランは、セシリアの両肩を摑《つか》んで詰問《きつもん》した。

セシリアは怯《おび》えながらも、ふいに閃《ひらめ》いてアランを凝視《ぎょうし》した。

あの日、路地裏で原稿の入ったバッグをひったくっていった男は、後ろ姿しか見えなかったけれど、これくらいの背格好ではなかったか。

「あなたが、お母さんの原稿を盗んだの……⁉」

「ああ、そうさ！　あの女に取り返されて、すべて無駄《むだ》になったがな！」

あの女？　取り返された？

わからないことだらけだが、アランがひったくりの犯人だったというのは確からしい。セシリアは怒りと混乱に駆られ、逆にアランに詰め寄った。

「どうして！　どうしてそんなことをしたの⁉」

「どうしてだって⁉」

アランは「はっ！」と吐き捨てるように笑った。

「ラルフの野郎に一泡吹かせてやろうと思ったからだよ！　あいつは俺より後輩のくせに、人気作家にうまいこと取り入って、ベストセラーを連発しやがる。編集長のお気に入りで、社内でもどんどん出世していく。そんな奴《やつ》が、看板作家の原稿を取ってこれなかったとしたらどうなる？　一回くらい、あいつが青ざめて慌てるところが見たかったのさ。いつでもすかした顔しやがって、ちくしょう、胸糞《むなくそ》悪い！」

自棄《やけ》を起こしたようなアランの告白に、セシリアは唖然《あぜん》とした。

なんて卑劣《ひれつ》な――逆恨《さかうら》みもいいところだ。

ラルフの仕事ぶりが優秀なのは、彼と一緒に作品を作ってきたセシリアが誰よりもよく知っている。アラン自身がラルフに及ばないからといって、彼の足を引っ張るような真似《まね》をするなんて、同僚の風上にも置けない。

「卑怯者《ひきょうもの》！　最低だわ！」

おとなしそうなセシリアが激昂《げっこう》したのに、アランはわずかに怯《ひる》んだ様子を見せた。

「もちろん原稿はすぐにこっそり返すつもりだったさ！　あいつが編集長に頭を下げて、ぼろくそに罵《ののし》られる姿を見れば、俺はそれで満足したんだ。なのに、あいつはいきなり休暇なんか取りやがって。挙句《あげく》の果てに、原稿はアディントン先生に送ってもらってるなんていうから」

　だから公園で会ったとき、アランはあんなふうに探りを入れてきたのだ。もしかしたら、あそこで出会ったのも偶然ではなく、なんとかしてラルフに接触できないかと、機会を窺《うかが》っていたのかもしれない。

「俺がやったことは無駄だったのかって焦《あせ》って、あいつの下宿に忍びこんだんだ。本当に新しい原稿があるのかどうか確かめるつもりで。でもそれらしいものは見つからないし、ちょうどそこにラルフが帰ってきそうになったから、慌てて逃げ出して……このままじゃ俺は、本当に犯罪者になっちまう！」

「もうすでに立派な犯罪者だわ」

　軽蔑《けいべつ》の眼差《まなざ》しを向けながら、セシリアはぴんときた。ラルフが言っていた「トラブル」とは、きっとこのことだったのだ。

　エドガー＝コリンズの原稿をセシリアに渡すため、久しぶりに自分の部屋に戻ったら、室内が荒らされていた。何者かに身辺を嗅《か》ぎ回られていることを察したラルフは、安全を期すべく、ひとまずロンドンを離れることを選んだのだろう。

　それにしてもアランは迂闊《うかつ》だ。こんなふうに何もかもを喋《しゃべ》ってしまって、セシリアが彼の所業を黙っているとでも思うのだろうか。

　そのとき、周囲の夜気を切り裂く声が響《ひび》いた。

「セシリア！」

セシリアは顔を跳《は》ねあげた。

ラルフだ。セシリアがいなくなったことに気づいたのか、いつになく焦《あせ》った様子で、栈橋に向かって駆けてくる。

「ラルフさん、聞いて！　原稿を盗んだのは、ここにいるクロフォードさ――っ!?」

ラルフのもとに走り寄ろうとしたセシリアを、アランが背後から羽交《はが》い絞《じ》めにした。その喉《のど》の下に素早く、銀色にきらめく何かが押し当てられる。

「近づくな、ラルフ！　こいつがどうなってもいいのか!?」

それこそ小説の中でしか聞かないような、陳腐《ちんぷ》な脅《おど》し文句だった。

だがラルフは、打たれたように栈橋の半《なか》ばで足を止めた。セシリアの喉元には抜き身のナイフが突きつけられ、興奮したアランが少しでも手を滑《すべ》らせれば、その肌は血飛沫《しぶき》をあげる。

「――アラン。君がアディントン先生の原稿を盗んだことは、もうわかっている」

アランを刺激しないようにか、ラルフは淡々と言った。ナイフに怯《おび》えながら、セシリアは必死に彼を見つめる。

「はぁ!?　なんでだ、一体なんの根拠があって！」

「これが、俺の下宿の床に落ちていた」

ラルフは上着の内ポケットから、小さく光る何かを取りだした。アランがはっとして、自分のシャツの袖《そで》を見やった。

（──カフスボタン！）

公園で見たものと同じ、白蝶貝《しろちょうがい》に金箔《きんぱく》で施された「A・C」のイニシャル。動かぬ証拠を突きつけられ、アランは白《しら》を切ることも忘れて言葉を失っている。

「原稿の件については、業腹《ごうはら》だが不問にしよう。編集長にも黙っていてやると約束する。だから彼女を放すんだ」

「それで情けをかけたつもりか⁉」

アランが逆上した。

「俺はなぁ、お前のその取り澄ましたツラが鬱陶《うっとう》しくてしょうがないんだよ！　この女を返して欲しけりゃ、俺の前から永遠に消えろ！　今この場で辞表を書けよ！」

「わかった。そうしよう」

なんの躊躇《ちゅうちょ》もなく答えたラルフに、アランのほうが呆気《あっけ》にとられ、セシリアは血相を変えた。

「そんなの駄目、ラルフさん！」

ただ優秀であるというだけでなく、ラルフは編集者の仕事が好きなのだ。ところどころやり過ぎな感はあるけれど、原稿を書くセシリアにあそこまで協力してくれたのは、仕事が生きがいでなければできないことだ。

「面白《おもしろ》くないなぁ……」

アランが苛立《いらだ》たしげに舌打《したう》ちした。

「俺はお前が無様《ぶざま》に取り乱す様を見たいんだよ！　……そうだ」

ひゅうっと、音の立たない口笛めいた息を吐き、アランはセシリアの耳朶《じだ》をねっとりと舐《な》めあげた。

「やっ……!?」

「この女はお前の婚約者だって言ったよな？　澄まし返ったお前の代わりに、こいつにぴぃぴぃ泣き叫んでもらおうか」

セシリアはもがいたが、刃物を突きつけられているせいで激しく動けない。調子づいたアランは、ナイフを持つのとは逆の手で、セシリアの乳房を乱暴に鷲摑《わしづか》みにした。

「セシリア！」

とっさに一歩踏み込んだ、ラルフの声に焦《あせ》りが滲《にじ》んだ。そんな切迫した叫びを訊《き》くのは、セシリアだけでなく、アランも初めてだったのだろう。

「へぇ……へぇえ、こりゃいいな！」

ラルフは悪霊に取り憑《つ》かれたように、喉をのけ反《ぞ》らせて大笑いした。

「この女がお前のアキレス腱《けん》ってわけだ。なら、次はこうしてやるよ！」

「嫌ぁっ――――！」

ナイフの切っ先が、セシリアのドレスを縦《たて》に引き裂いた。

シュミーズやコルセットの一部まで切り裂かれ、真っ白な胸の膨《ふく》らみがふるりと無防備に零《こぼ》れ出る。恐怖と羞恥《しゅうち》に、セシリアの体は瘧《おこり》がついたように震えた。

「は！　外から見るよりも随分《ずいぶん》いい体してんだなぁ？」

アランは乳房を直《じか》に揉《も》みしだき、セシリアの首筋や肩を野卑《やひ》な舌遣《したづか》いで舐め回した。太った蛞蝓《なめくじ》に肌を這われているようで、セシリアはいっそ気を失ってしまいたかった。

「やめろ、アラン！」

「『やめてください』だろうよ!?」

叫んだラルフを、アランがそれ以上の大声で制した。

「這いつくばって俺に懇願《こんがん》しろ！　額《ひたい》をこすりつけて靴を舐《な》めるくらいの機転をきかせろよ、言ってやんなきゃわかんねぇのか、優秀なラルフ＝ガーランド様がよぉ！」

ごろつきのような口調で罵《ののし》られ、ラルフの青灰色《せいかいしょく》の瞳が怒気《どき》に染まった。

だが、それも一瞬。ラルフは唇《くちびる》を引き結び、その場にゆっくりと片膝《ひざ》をついた。

「ラルフさん……！」

いつでも優美で、プライドの塊《かたまり》のようなラルフが、こんな卑劣な男の前で膝をつくなんて。セシリアが信じられずにいる間も、ラルフは上体を屈め、さらに姿勢を低くした。このままでは本当に土下座をすることになってしまう。

「ああ、いいなぁ！　最高に気分のいい眺《なが》めだよ！」

アランは天を仰《あお》いで哄笑《こうしょう》する。その刹那《せつな》、懐《ふところ》に差し入れられたラルフの右腕が素早く動いた。

――タァン……！

視界が涙で歪《ゆが》み、彼が何をしたのか、セシリアにはよく見えていなかった。

「うぐあぁぁっ!?」

鼓膜《こまく》を震わせる破裂《はれつ》音が響き、アランが右肩を押さえて絶叫する。

握っていたナイフが滑り落ち、彼はセシリアを抱きかかえたまま後ろ向きによろめいた。

(今のは銃声？　ラルフさんがクロフォードさんを撃ったの――!?)

「セシリア！」

硝煙《しょうえん》をあげる短銃を投げ捨て、ラルフが弾《はじ》かれたように飛び出した。だが、彼の腕がセシリアに届くより、アランが桟橋から足を踏み外すほうが早かった。

体が宙に投げ出され、激しい水音があがる。

執念《しゅうねん》のように絡みつくアランの腕を振り解けないまま、心臓が止まるほど冷たい湖の底へ、セシリアは深く沈んでいった。

10 「俺が教えたんだ」

目覚めたとき、セシリアはゆらゆらと体を包み込む温《ぬく》もりに抱かれていた。

(気持ちいい……あったかい)

ぼんやりと目を開けて、視界を遮《さえぎ》る湯気に瞬《まばた》きする。

白いタイル張りの、広々とした空間だ。天井《てんじょう》と床の一部に、水仙をモチーフにしたトルコ風の飾りタイルがあしらわれ、壁には金属製のシャワーが造りつけられている。

別荘の浴室だ。

そこまでは理解したが、シャボンの泡だらけの浴槽《よくそう》で体を横たえている現状に戸惑った。自分で服を脱いで風呂に入ろうとした覚えはないし、そもそも自分はさっきまで。

(クロフォードさんと一緒に湖に——落ちて)

はっとした拍子《ひょうし》に、前後の記憶が蘇《よみがえ》った。

闇《やみ》の中、水を飲んでパニックに陥《おちい》った自分を、力強く抱きしめた誰かの腕を覚えている。

セシリアは夢中でその人にしがみつき、命からがら岸辺に引き上げられた。震える背中を撫《な》でられ、「もう大丈夫だ」と耳元に囁《ささや》かれる声を聞きながら、ふっつりと意識を失った。——

助けてくれたのはもちろん彼だ。

「ラルフさん……」

呟《つぶや》いた瞬間、浴室のガラス戸が開かれた。

そこに立っていたのは、ずぶ濡《ぬ》れのままのラルフで、セシリアは目を丸くする。

上着を脱いで、白いシャツを肘《ひじ》までまくりあげた姿だ。トラウザーズから覗《のぞ》く足は裸足《はだし》で、何枚ものタオルと女性もののバスローブを抱えている。

彼もまた食い入るように、意識を取り戻したセシリアを見つめていた。

「気がついたのか……――よかった」

最後の呟きは、絞《しぼ》り出すように。

ラルフはタイル張りの床をひたひたと歩いて、浴槽の傍《そば》に膝《ひざ》をついた。タオル類を無造作に投げ出し、無言のままセシリアを抱きしめてくる。

「え……えっ、あの？」

どうやら冷えた体を温めるために、ラルフが風呂に入れてくれたらしい。

彼に服を脱がされたのだと思うと恥ずかしかったが、それ以上にセシリアは混乱していた。

セシリアの肩に額《ひたい》をつけて目を閉じ、深い息をつくラルフは、本当に安堵《あんど》しているようだった。逆に言えば、意識のないセシリアをそれだけ心配していたということだろうか？

（そんな……そんなはずないわ……嬉《うれ》しいなんて、思っちゃだめ）

高鳴り出す胸を鎮《しず》めようと、セシリアは自分に言い聞かせた。

もしセシリアに何かあれば、原稿を完成させることができないから。ラルフが懸念《けねん》していたのは、せいぜいそんなところだろう。

水面にはシャボンがたっぷり浮いているとはいえ、自分だけ裸《はだか》では心もとない。ラルフがようやく身を離してくれたので、セシリアは胸元を隠しながら口を開いた。

「助けてくれてありがとうございました。それで、あの……クロフォードさんは？」

肩を撃たれて湖に沈んだのだ。下手《へた》をすると命を落としているかもしれないと危ぶんだが、ラルフは苦々しげに答えた。

「自力で岸まで泳ぎ着いたところを、捕まえて縛《しば》りあげてやった。いっそ致命傷になるところを撃《う》ってやればよかったな」

「だ、駄目ですよ。そんなことをしたら、ラルフさんのほうが犯罪者になっちゃいます」

護身用の銃を持つことは禁止されていないが、過剰防衛は当然罪に問われる。

「それで、今は？」

「縛ったままトランクに積み込んで、アデーレが警察に連れて行った。作家が血の滲《にじ》む思いで書いた原稿を盗み出すなんて、編集者の風上にも置けないとえらい剣幕でな」

「トランク？　アデーレさんが一人で？」

トランクと言われてセシリアが思い浮かべたのは、手持ちのスーツケースのことだった。ラルフが誤解を解くように言葉を足す。

「鞄《かばん》じゃない。自動車の後部トランクのことだ」

「自動車……って、まさかアデーレさんが運転して⁉」

「ああ。彼女は新しいもの好きなんだ」

セシリアはしばらく絶句した。

自動車なんて、箱型馬車《ブルーム》以上に高価で危険なものを、女性が一人で乗り回す。常識では考えられないことだが、ラルフが冗談を言っているとも思えない。

それになんとなく、あのアデーレなら颯爽《さっそう》とハンドルを握っている姿が想像できた。いかがわしい秘密クラブで平然と微笑《ほほえ》んでいた姿を思い出しても、彼女は固定観念に囚《とら》われない、極《きわ》めて個性的な女性に見える。

「今回のことでは、アデーレにとても世話になった。アディントン先生の原稿を、アランから取り返してくれたのも彼女だ」

「取り返したって……」

セシリアはそこでようやく思い出した。原稿を盗んだのかと詰問《きつもん》したセシリアに、アランは叫んだのだ。

『ああ、そうとも！　あの女に取り返されて、すべてが無駄になったがな！』と。

「お母さんの原稿が、戻ってきたんですか……？」

呆然《ぼうぜん》とするセシリアに、ラルフは手短に説明した。

――セシリアがラルフに初めて抱かれた翌朝、彼は一日下宿に戻り、部屋が荒らされている様子に、何者かが侵入したことを知った。

カフスボタンを拾ったことで犯人の見当はついたが、アランの目的がはっきりしなかった。

十中八九、ルイーズの原稿盗難とも関連があるのだろうと思ったが、警察沙汰《ざた》にする時間が惜《お》しかった。もしアランを締めあげても原稿が戻らなかったり、すでに破棄《はき》されていた場合、セシリアの代筆原稿が必要になるのは変わらない。

そこでラルフが向かったのは、取材の関連で馴染《なじ》みになった私立探偵の事務所だった。そこに依頼してアランの身辺を探ってもらおうとしたのだが、ちょうどアデーレも、その探偵事務所を訪ねているところだった。

アデーレは作家としての好奇心《こうきしん》が旺盛《おうせい》で、作品のインスピレーションが得られそうだと思えば、怪《あや》しげなクラブばかりでなく、警察や大学、救護院や刑務所にまで、気の向くままに乗り込んでいく。探偵事務所もそのひとつで、何をどう掻《か》き口説《くど》いたのか、取材の一環として所長と一緒に各種調査をすることさえあるらしい。

ラルフの依頼を横から聞いていたアデーレは、『まかせて』と色っぽくウインクした。

『アランとは知らない仲じゃないし、潜入調査をしてくるわ。彼の女好きは有名だもの。赤子の手をひねるようなものよ』

果たしてアデーレは、偶然を装ってアランと接触し、何夜か連れだってバーに通った。彼に興味のある素振りをちらつかせ、とうとう部屋へ誘われたあとは、言葉巧《たく》みにワインをすすめてアランを酔い潰《つぶ》れさせてしまった。

家捜しののち、アデーレは机の抽斗《ひきだし》からあっさりと盗まれた原稿を見つけ出した。一刻も早くラルフに届けてやろうと車に乗り込み、前もって聞いていた別荘を目指して夜のドライブに出たのだが。

『飲ませた量が中途半端だったみたいなの。私としたことが油断してたのね』

ここから先は、縛られて不貞腐《ふてくさ》れたアランの証言になる。

酔いが醒《さ》め、原稿とアデーレの姿がないことに気づいたアランは、慌《あわ》てて家を飛び出した。アデーレの屋敷にまで辿《たど》り着いたとき、ちょうど彼女が車庫から出発しようとしているところだった。

アランはとっさに車体の後ろに回り込み、鍵の開いていたトランクに間一髪《かんいっぱつ》潜り込んだ。数時間の移動ののち、ふらふらになって外に出てみれば、そこはどこかの湖畔の別荘だった。

ちょうどそこにセシリアが飛び出してきたのだ。

ラルフの婚約者だと聞かされた少女がここにいるということは、彼も一緒に違いない。アデーレとラルフが手を組んで自分を嵌《は》めたことに、アランは遅ればせながら気づいた。

原稿は取り返されてしまったし、悪事が社に知られれば、良くて解雇《かいこ》、悪くて懲役《ちょうえき》だ。

アランは瞬間的に知恵を巡らせ、セシリアを人質に取って、ラルフを牽制《けんせい》することを思いついた。もっとも、彼が護身用の銃を隠し持っていたため、結果はあの通りだったわけだが。

「そうですか……アデーレさんが、そんなふうに協力してくれていたんですね」

セシリアは力の抜けた口調で呟いた。

ラルフが『貴女《あなた》は俺の恩人だ』と言っていたのは、そういうわけだったのだ。

「それにしたって、御礼にアデーレさんと一晩つき合うっていうのは……」

もやもやして言葉を濁《にご》すセシリアに、ラルフは呆《あき》れたように言った。

「何か変なことを考えていないか？　アデーレが俺につき合えと言ったのは、新作のアイデア出しについてだ」

「え？」

「誤解されているようだから言っておくが、彼女と俺は、一度だってそんな関係になったことはない」

「じゃ……じゃあ、『有能な仕事ぶり』とか、『やっぱりあなたとするのが一番』っていうのは」

「言葉通りの意味だ。彼女はある意味、俺以上に仕事の虫だぞ。複数の筆名を使い分けて、最低でも月に二冊は新作を出す。ちなみにこれは、君のイメージを壊さないように黙っておこうと思ったが……」

「月に二冊」の言葉に圧倒されているセシリアに、ラルフはさらに驚くことを言った。

「君が尊敬するエドガー＝コリンズは、アデーレの筆名のひとつだ」

「ええっ⁉」

「君がファンだということを伝えたら、嬉しがって話をしたいと言っていた。世話焼きで、後輩を構うのもやたらと好きな人なんだ」

「嘘《うそ》……」

セシリアは湯の中に頭まで沈み込みたくなった。

勝手にラルフとの関係を邪推《じゃすい》して、敵意を抱いていた自分が馬鹿《ばか》みたいだ。まして、その相手が敬愛する大作家だったなんて、失礼千万にもほどがある。

だが、衝撃がじわじわと去っていくと、セシリアには無情な現実が新たに突きつけられているのだった。

アデーレがルイーズの原稿を取り返してくれたということは。

「――もう、あのお話を書く必要はないんですね」

セシリアは嚙《か》みしめるように呟いた。

ルイーズの原稿が手元に戻った以上、そっちを本にして出版するのは当たり前のことだ。セシリアの作品は、急場凌《しの》ぎの穴埋めで書かれた素人《しろうと》の小説に過ぎないのだから。

沈鬱《ちんうつ》な雰囲気《ふんいき》の中、ラルフが宥《なだ》めるように言った。

「……これから続きを書けばいい。あとはラストシーンだけだろう」

「いえ……いいえ」

表情を隠すように俯《うつむ》き、セシリアは首を横に振る。以前からひっかかっていたことを、思い切って告げた。

「そんなことをしても意味がないです。本当は私、あの作品を完成させるために、足りないものがあるとずっと思っていたんです」

「足りないもの？」

「ええ。だからもういいんです。無理やり最後まで書いたって、それはきっと嘘になる……」

ラルフが黙り込んだ。足りないものというのが何なのかを、編集者の視点で考えているのだろう。

書き手としての技術や経験、それはもちろん不足している。だがセシリアが言っているのは、そういった類のものではなかった。

「この二週間、すごく勉強になりました。本当に……感謝してます」

セシリアはばしゃんとお湯を散らし、乱暴に顔を洗った。瞳《ひとみ》が充血しているとしたら、それはシャボンが目に沁《し》みたせいだ。

(――どっちみちわかってたことじゃない)

原稿が完成しようがしまいが、セシリアがラルフと一緒にいられるのは、明日の朝まででしかないことなど。

知っていた。わかっていた。ただ目の前の作業に没頭するふりをして、考えないようにしていただけだ。

「あの、ラルフさんもお風呂に入るといいですよ。私はもうあがりますから、そのタオルを貸してください」

せいぜい明るく言ったのに、ラルフはその申し出を跳ねつけた。

「いや。君はまだここにいろ」

「でも、ラルフさんも濡れたままだし」

「ああ、俺も体が冷えた。温《あたた》まらせてくれ」

いきなりラルフがシャツのボタンを外し出したので、セシリアは一瞬ぽかんとし、慌てて彼に背を向けた。

（な――なんで、そういうことになるの⁉）

濡れた服をすべて脱いで、ラルフが浴槽に入ってきた。背後から両腕を回されて、セシリアはびくりと肩をすくめた。

「ラ……ラルフさん？」

呼びかけても、彼は何も言わない。耳の後ろに額《ひたい》を押し当てられていて、どんな表情をしているのか、振り返って確かめることも叶わない。

落ち着かずに身をよじると、「嫌なのか」と低い声がした。

「じゃなくて……あの……冷たいから」

とってつけたような答えになったが、実際、ラルフの体は芯《しん》まで冷え切っていた。

「ごめんなさい。私のせいですね」

せめてもとばかり、鎖骨《さこつ》の前で交差したラルフの腕にお湯をかけて擦《こす》る。

「もっと」

ラルフが小声で囁《ささや》いた。

「もっと温まりたい――君と」

顎《あご》を摑まれ、そのまま後ろを向かされる。抗《あらが》う間もなく、セシリアの唇《くちびる》はラルフに深く覆《おお》われていた。

「っ……ん！」

唇の表面を擦り合わせるようなキスから、強く押しつけて短く離すキス。セシリアの下唇を軽く舐《な》めて、齧《かじ》って、また舐めて。呼吸を奪い、逆に注いで。

「っ……」

ちゅく、と音をさせて忍び込んできたラルフの舌《した》は、セシリアの口内を丹念に犯した。歯の一本一本、表も裏もくまなくなぞって、口蓋《こうがい》の奥の凹凸《おうとつ》にまで到達する。

「ふ……ぅ、んんっ……」

そこはセシリアが、口の中で一番感じるところだ。ちろちろと細やかな動きでくすぐられ、鼻にかかった甘い声が洩《も》れてしまう。

「ど……して……ラルフさ……んっ！」

ラルフは無言のままセシリアの体を反転させ、自分と向かい合う形にさせた。

背中を抱き寄せられ、ラルフの広い胸の上で、セシリアの二つの膨らみが潰れる。その感触は早くも快感に変わり、セシリアは流されそうになるのを懸命《けんめい》にこらえた。

「なんで……？」

もう官能シーンを書くために、淫《みだ》らな指導などする必要はないのに。

ラルフはしばらく答えずに、ただ黙ってセシリアを見つめていた。

怒っているのでも呆れているのでもないようだったが、青灰色《せいかいしょく》の瞳《ひとみ》に潜む感情の正体がわか

らなくて、セシリアは悲しくなった。

結局自分は、彼の心に最後まで触れることができなかった。

「……君は」

ようやく囁かれた答えが、セシリアをさらに打ちのめす。

「君はただ、黙って俺に抱かれていればいい」

「そんな……っ！」

再び唇を重ねられ、抗議の言葉が呑《の》みこまれる。官能的な舌に否応《いやおう》なく翻弄《ほんろう》されながら、セシリアはぎゅっと目を閉じた。

（ひどい……）

理由もなくこんなことをするなんて、ラルフが性欲を持て余しているせいとしか思えなかった。セシリアと過ごす最後の夜だから、とりあえず手を出しておこうとでもいうような。

だがもっとどうしようもないのは、そうだとわかっても拒《こば》めない自分のふがいなさだ。

「く……んくっ……」

舌を吸われ、胸をゆるゆると撫《な》でられると、勝手に悩ましい声が洩《も》れてしまう。

ラルフの逆の手はセシリアの背中を撫で、お尻《しり》の丸みを越えて、さらに奥へと潜り込もうとしていた。浴槽の中での行為はいつもと勝手が違って、ちゃぷちゃぷと揺れるお湯にまで、全身を柔らかく愛撫《あいぶ》されている気分になる。

「やぁ……指、やめ……」

ラルフの指先が、入口の襞《ひだ》を掻《か》き分けて中を探る。欲情にかすれた低い声が、セシリアの耳朶を打った。

「――濡れてる」

「嘘……っ」

「濡れてるな、セシリア。ぬるぬるだ」

言葉にされなくてもわかっていた。

ラルフの指が滲《にじ》み出した愛液を掬《すく》い取り、包皮に包まれた陰核《いんかく》に塗《ぬ》り込める。湯に溶けてしまうこともないぬめりが指を滑らせ、小さな肉芽をじわじわと育てあげた。あとはもう、軽く弾かれるだけで、セシリアの背中が大きくしなる。

「んっ、あ！　ああっ……や！」

円を描かれ、二本の指先で挟まれて揉《も》み込むように遊ばれる。膣口には逆の手の指が挿入《そうにゅう》され、内壁を押し回していた。隘路《あいろ》の中にお湯が入り込んで、くぷくぷという音が体内で鳴る。

「あ、嫌、は、あぁあ……」

水中での淫らな戯《たわむ》れに、セシリアはお湯を波打たせて悶《もだ》えた。釣り針にかかった魚のように、白い肢体《したい》がくねって飛沫《しぶき》があがる。

「……気持ちいいのか？」

「ふっ……ぅ……」

どちらかといえば、気持ちよさよりももどかしさのほうが勝《まさ》っていた。

ラルフはセシリアの性感を容易《たやす》く繰れるはずなのに、膣壁がひくひくと痙攣《けいれん》を始める気配を見せると、指を止めてしまうのだ。焦《じ》らされるたびに内部の熱は余計に高まり、出口を求めて荒ぶっている。

ラルフがまた、差し込んだままの指を細やかに揺すった。

「ひ、ぁん……！」

「どうなんだ？　言え」

もうラルフの命令に従う義務はないはずなのに。

「あ……いい、です、気持ちいいのぉ……っ！」

セシリアは彼の肩にしがみつき、切ない声をあげた。

「俺が教えたんだ」

ラルフの言葉は、甘い毒を含んで言い聞かせるかのようなものだった。

「ここが熟《う》れて濡れるのも、達《たっ》するたびにいやらしくきゅうきゅう締まるのも」

「そう、です……っ……ラルフさんが、したの……私を、こんないやらしい子に……ぁんっ！」

快感に素直になれば、ラルフはセシリアをとことんまで感じさせ、絶頂に導いてくれる。そのことを知っているセシリアは、なりふり構わず口走った。

セシリアの心も体も、哀《あわ》れなほどにラルフの色に染められている。それこそよく躾《しつ》けられた愛玩《あいがん》動物のように、浅ましくねだる癖《くせ》を覚えこまされていた。

「だから……あぁ、お願い……お願い」

「何をしてほしいんだ？」

猫をあやすような仕種で、ラルフがセシリアの喉《のど》をくすぐった。そこにつかえた赤裸々《せきらら》な願いを吐いてしまえというように。

「達《い》かせてほしいのか？　指で？　それとも舌で？」

「ちが……違うの……」

ただ気持ちよくなれればいいのではなかった。

今夜が最後だという思いは、セシリアも同じだった。

未練だということは重々承知で、後になればかえって悔《く》やむだろう予感があっても、ラルフのすべてをこの身に刻みつけておきたかった。

「抱い、て……」

かすれた声での懇願《こんがん》に、ラルフが瞳を細めた。

「――続きはベッドでだ」

唇に唇を重ね、口内に言葉を落とし込むように、ラルフは婀娜《あだ》っぽく囁いた。

その夜のセシリアは、時間の感覚を忘れた。

ラルフの愛撫はいつにも増して入念で、恨《うら》めしくなるほどに焦《じ》れったかった。陥落《かんらく》の瞬間を引き延ばされるたび、セシリアの体は打ち震え、甘い蜜《みつ》をとろとろと零《こぼ》した。

手首の内側や、臍《へそ》の窪《くぼ》み。膝《ひざ》の裏に、足の指先。

熱い舌先でくすぐられ、そんなところまでも感じる自分に、セシリアは深く恥じらった。体を起こされ、また倒され、うつぶせにされ、時には立たされ――セシリアの体勢を様々に変えさせながら、ラルフは順序の定まったフルコースでも食しているかのように、あちこちをじっくりと味わった。

ようやく体を繋《つな》いでもらえたのは、空も白み始める頃だったのではないだろうか。

最初の形が、ベッドに座ったラルフに跨《また》がる格好だったのは、ぼんやりと覚えている。

彼の先端を少し呑み込んだだけで、セシリアは呆気《あっけ》なく達した。欲しくて欲しくてたまらなかったものを与えられたというのに、満足するどころか、どれほど飢《う》えていたのかを余計に思い知らされた。

そこからのことは、いっそう記憶が曖昧《あいまい》だ。

まともに覚えていたら死にたくなるほど淫《みだ》らなことを口走ったような気もするし、とんでもなく恥ずかしい体勢を取らされたような気もする。

幾度《いくど》となく追いつめられ、意識を飛ばしかけても、セシリアの体内に埋められたものは硬さを失わずに穏やかな拷問《ごうもん》めいた律動を繰り返した。いつもならさすがにそろそろ終わりだろうという頃合になっても、ラルフの雄は果てることなく、執拗《しつよう》にセシリアの内部を穿《うが》ち続けた。

決して激しい動きではないのだが、とろ火で焙《あぶ》られるような快感をずっと注がれていると、叩きつけるような腰遣《づか》いのほうが逆に優しいのだと思える。この夜のラルフは、原稿の粗《あら》を指摘するときよりも、あからさまな言葉責めをするときよりも、ひどく意地悪で残酷《ざんこく》で、両手の指では足りないほどにセシリアを絶頂に追いやった。

最後のほうにはほとんど声も嗄《か》れ、その代わりのように、セシリアの瞳からは感情の伴わない涙が溢《あふ》れていた。ベッドのシーツはくしゃくしゃに乱れ、その白い海の中を、溺《おぼ》れるようにもがき、のたうつ。

こんなに密接な行為をしていても、ラルフが何を考えているのか、セシリアにはまるでわからなかった。

男の本能のままに猛《たけ》るのであれば、とっくに欲望を吐き出していてもいいのに。

ラルフだって昂《たか》ぶっていないわけでないことは、密着する肌の熱さと、眉間《みけん》に寄った皺《しわ》の深さでわかるのに。

「ねぇ……もう、早く……」

彼の下で組み敷かれる形になったとき、セシリアはラルフの首に腕を回し、言外に終わらせてほしいと訴《うった》えた。

こうしているのが嫌なのでも、まして痛かったり苦しかったりするわけではなかった。快感が深すぎて変になりそうなのは怖かったが、懇願の理由はそうではない。

ラルフに抱かれ続けていると、内圧が高まるように、彼が好きだという気持ちが止められなくなってしまう。

(――あなたが好き)

その言葉が、この唇から零れる前に。

言えない想いが胸を塞《ふさ》いで、窒息してしまう前に、どうか許して。

だがラルフは、セシリアの願いをいともすげなく切り捨てた。

「まだだ」

短く呟き、濡れそぼった淫路《いんろ》をいっそう深々と差し貫く。最奥《さいおう》までを灼熱《しゃくねつ》の楔《くさび》で埋め尽くし、弾けそうな陰核を擦り潰すように腰を上下させてくる。

「あ、あっ、ああ、あああっ！」

弱い場所をぐりぐりと刺激されて、脳裏《のうり》に何度目かわからない火花が散る。

ぐったりした体をラルフは今度は横向きにし、片膝が胸につくほど折り曲げさせた。そのまま背後から寄り添う形でずぶずぶと挿入してくる。

「だめ……もう嫌、もう達《い》くの、やだぁぁ……！」

熟しきって崩れる寸前の果実のように、セシリアの内部はぐちゃぐちゃだ。絶頂の余韻《よいん》に弛《し》緩《かん》するのも束《つか》の間《ま》、ラルフが前に回した手で乳首《ちくび》をいじり、腫《は》れた秘芽を転がし始めると、彼を咥《くわ》えこんだ場所が反射的にきゅんと収縮する。

正面から向き合ってするよりも結合は浅いはずなのに、ラルフの長大すぎる肉竿は、臍の裏側までをもずんずんと突きあげた。脳天に響くような鋭い刺激に、また理性が飛びそうになる。

「……っ……だ、めぇ……」

セシリアは両手で口を塞いだ。これ以上こんなことをされては、本当に何を口走るかわからなかった。

乱れた髪を掻き分けて、ラルフがセシリアの項《うなじ》にキスをした。そのままつっ――と舐め上げられると、ぞくぞくした愉悦《ゆえつ》に腰が捩《よじ》れる。ラルフに向けてお尻を押しつけるような動きをしていることに気づいて、はしたないと思うのに止まらない。

乳房をまさぐられ、少し視線を落とせば結合した秘部がありありと見える姿勢で、セシリアはまた高まってきた。

「ラルフ、さ……あぁっ……」

「触ってみろ」

ラルフがセシリアの手を摑み、繋がれた下肢に導こうとする。

「どれだけ淫らに広がって、俺を咥《くわ》え込んでるかわかるか？　セシリア、君はもう――」

何故かそこで言葉を切って、ラルフは無言のまま、接合部にセシリアの指を触れさせた。強引な手つきに促されて、セシリアは泣きじゃくりながらそこを探る。

血管の浮いた太い肉芯にぱっくりと押し分けられた秘裂《ひれつ》は、健気《けなげ》なほど目一杯に広がって、ラルフの欲望を受け入れていた。抽挿《ちゅうそう》されるたび、擦られて泡立った愛液が奥からぬちゃぬちゃと掻き出されてくる。太腿も、お尻の狭間までぐっしょり濡れて、風呂に入った意味がないくらいに、あちこちを汚してしまっていた。

（ラルフさんのが、私の中に入ってる……）

改めて意識すると、セシリアはさっきとはまったく逆のことを望んだ。

いつまでもこうして、自分の中にいてほしい。

体のみの繫がりだとしても、彼に抱かれるのは自分だけでありたい。

ずっと一人で裡《うち》にこもり、こそこそと書いていた小説を、ラルフだけが読んでくれた。

多くの人に読まれる価値のある本にするのだと言ってくれた。

わかりにくく素っ気ない態度ではあったけれど、自信をなくして落ち込むセシリアを、見捨てずに励ましてくれた。

書いたものが出版される夢は潰《つい》えたけれど、ラルフに教えてもらったことは、セシリアの一生の宝物だ。

だから――せめてこれくらいは許されたい。

「あの、ね……ラルフさん……」

顔の見えない彼に、呼吸を乱しながら告げる。

「私、ラルフさんと、小説書けて嬉しかった。楽しかったの。ずっと、ほんとに……」

ラルフが動きを止めた。

「ありがとう――」

ラルフの指に指を絡めて囁けば、躊躇《ためら》うような沈黙のあと、ラルフが静かに言った。

「……こっちを向け」

命じられるまま、セシリアは窮屈《きゅうくつ》な姿勢で首を巡らせた。ラルフも頭をもたげ、互い違いに交差するような角度で唇を合わせる。

もう飽きるほど繰り返したキスなのに、心は陶然《とうぜん》と蕩《とろ》けた。好きだと思う衝動がまた募るけれど、こうして口を塞がれていれば、気持ちを告げてしまうことはない。

「いっ……ぁ、あああぁっ！」

これまでの焦らしぶりが嘘のように、ラルフの腰遣いが凶暴に速まった。セシリアもその勢いに身を委《ゆだ》ねる。

ぐちゅぐちゅという淫猥《いんわい》な水音が寝室に響き、そこにセシリアの喘《あえ》ぎ声が重なる。セシリアを抱きしめるラルフの腕に力がこもり、蠕動《ぜんどう》を始めた熱い膣内で、激しく上下する肉身がひときわ大きく膨れあがった。

「っ……あ、嫌！」

いつものようにラルフが出ていきかけるのを感じた瞬間、セシリアは思わず声をあげた。

「最後まで、いて……いてください……」

「――できない」

「どうして……お願い……」

自分がどれだけはしたないことをねだっているのかという自覚もない。

ただ、ラルフの与えてくれるものならば、今は何ひとつ取り零したくなかった。もしもそれで子供ができるのなら、彼を愛したこれ以上ない証《あかし》を腕に抱くことができる。

だがラルフは無慈悲《むじひ》に己《おのれ》を引き抜き、セシリアの脚の間に弾《はじ》ける寸前の屹立《きつりつ》を挟み込んだ。

「や……何して……あ、あっ、ああ――――！」

たっぷりと蜜を纏ったままの怒張が、太腿の間を往復する。亀頭《きとう》の先端が、腫れて色づいた陰核を狙うように突いてきて、いやいやとかぶりを振りながらも、セシリアは全身が宙に浮くような絶頂を迎えていた。

「く、っ――――！」

ほぼ同時に、ラルフも堪え続けていた情動を解放する。

噴きあがった白い精がセシリアの淡い茂みを濡らし、大半はシーツの上に滴《したた》った。広がっていく濃い染みを虚《うつ》ろに眺め、セシリアは啜《すす》り泣きを漏《も》らした。

「君は……」

ラルフが溜《た》め息をつき、セシリアを抱き寄せた。ようやく正面から向き合う形で、低く叱《しか》りつけるように言う。

「君は、俺の前でどれだけ泣けば気がすむんだ」

「……ごめん、なさい」

「本当に手のかかる――――」

優しさとぞんざいさとが半分ずつのような手つきで、セシリアの乱れた髪を、ラルフはゆっくりと解きほぐした。

最後まで面倒《めんどう》をかけるいたたまれなさと、最後くらい甘えることを許されたいという気持ちに、セシリアはラルフの胸に顔を埋め、彼の鼓動《こどう》の音を聞いていた。

外から鳥の囀《さえず》りが聞こえ始め、太陽が完全に昇りきっても。
迎えの馬車の音が響いてくるまで、じっと、ずっとそうしていた。

11 「箸にも棒にもかからない駄作に、本気の指導なんかするか」

細く開いた窓の隙間《すきま》から、暖かな春の風がそよぐ。

机の上で舞い上がる紙を慌《あわ》てて押さえ、書いたばかりの文章を読み返したセシリアは、自分でも無様だと思う出来に、溜《た》め息をついて顔を伏せた。乾ききらないインクが頬《ほお》についたかもしれないが、なんだかもうどうでもいい。

そこに。

コンコンコンコン、コンココココン！

リズミカルで陽気なノックの音とともに、廊下から母の声がした。

「ねぇ、セシリア。お隣のベイカーさんの奥さんが、アップルパイのお裾《すそ》分けに来てくれたのよ。一緒に食べない？」

「いい……いらないわ……」

「まぁた、そんなこと言って。ちょっと入れてよ。入っちゃうからね？」

許可もなく扉を開け放ち、ルイーズが室内に踏み込んでくる。セシリアは慌てて机の上のものを隠そうとしたが、遅かった。

「あら、それって小説？　セシリア、また何か書くようになったの？」

セシリアの手元を覗《のぞ》き込んだルイーズが、ぱっと表情を輝かせた。

娘と同じ蜂蜜《はちみつ》色の髪に、明るい海の色の瞳《ひとみ》。興奮すると薔薇《ばら》色に染まる頬《ほお》には、一点のシミも皺《しわ》もなく、セシリアの姉だと言っても通用してしまいそうなほどに若々しい。

「セシリアがまたお話を書くようになってくれたなんて嬉《うれ》しいわ。女学校をやめちゃってからずっと、何も書いてなかったでしょう？　よかったら私にも読ませてちょうだい」

「ごめんなさい……これは駄目なの」

表向き、セシリアは筆を折ったことになっていたのだ。そそくさと原稿を裏返し、セシリアは母から目をそらした。

「まだ完成してないし……どうしても、一人じゃ上手《うま》く書けないの」

「スランプってやつね。お母さんにもよくあるわ」

ルイーズは大きく頷《うなず》き、セシリアの頭をぐしぐしと撫《な》でた。シニヨンに編み込んだ髪を乱されて、セシリアは顔をしかめて苦笑した。

仕事に没頭《ぼっとう》していたり、恋人と遊び回っている時間が長かったせいか、セシリアがすでに十八歳にもなっていることを、ルイーズはいまいちわかっていないような気がする。

「いいのよ。時間をかけてじっくり納得いくものを書きなさい。ただ好きなように書いてるだけで楽しい時期が過ぎたってことは、上達し始めてるってことよ」

「え……」

セシリアは我知らず胸を押さえた。

これと似たようなことを言われた。今でも一言一句、思い出すことができる。

――苦しいと思うのは、君が書き手としての『気づき』を得たからだ。

――その『気づき』に基づいて、よくしよう、上手《うま》くなろうと、向上心を持つから課題が増える。


あれから半年がたった今でも、彼に教えられたことは、すべてセシリアの心に刻まれている。

それなのに書けない。

それだけでは前に進めない。

彼との出会いを無駄《むだ》にしたくないと思えばこそ、一人でも頑張《がんば》ろうと決めたのに、これでいいのかという確信が持てずに、同じ場所でぐるぐると足踏みをしてばかりだ。

「お母さん……」

セシリアは、子供に返ったような頼りない表情でルイーズを見上げた。

去年の秋の終わりの出来事を、ルイーズは何も知らない。

自分の原稿が盗まれて、セシリアがゴーストライターにされかけたことも。その犯人が警察に突き出されて職を失ったことも。たった二週間の短い期間で、セシリアの心と体に目まぐるしい変化が起きたことも。

取り戻されたルイーズの原稿は滞《とどこお》りなく出版され、新作を待ちわびていた英国中の女性に熱狂的に支持された。もしかすると映画化するかもしれないという。

――ラルフとは、あれ以来なんの連絡もとっていない。

あの日、迎えにやってきたラルフの友人の馬車に乗り、セシリアは家まで送り届けられた。車中でも別れ際も、当たり障《さわ》りのない言葉をぽつぽつと交わしただけ。その日の朝まで夢中で肌を合わせていたとは思えない、他人行儀《ぎょうぎ》な終わりだった。

もちろんルイーズとは仕事のやりとりをしているのだろうが、セシリアからラルフの様子を尋《たず》ねるのも不自然だ。思わず声をかけたものの、何を言っていいのかわからず、結局うやむやに誤魔化《ごまか》してしまう。

「その……小説を書くのって、難しいのね」

「そうねぇ。簡単なことじゃないわね」

相談に乗っているつもりなのか、単なる世間話のつもりなのか、のほほんと笑うルイーズの表情からは読み取れない。

「でも、好き？　書いてて楽しい？」

「うーん……」

ルイーズは愛らしく小首を傾《かし》げた。

「修羅場《しゅらば》になると寝られないし、お肌はがっさがさに荒れるし、食生活も偏《かたよ》って太るし、アイデアに詰まると土に埋《う》まりたくなるし、才能のある若い作家が出てくると焦《あせ》るし、無茶振りばっかりする編集は呪《のろ》いたいし、ついつい黒魔術の研究なんかしちゃったりしたし、でもそれはそれで新しいネタも拾えたからまぁいいか、みたいな？」

「そ……そう……」

プロ作家の日常は、思った以上に壮絶《そうぜつ》だった。

「でも、そんなこんな含めて書くのは好きよ。やめられないわ。だって、自分の書くものを読んで楽しんでくれる人たちがいるのよ？」

「そうよね。ファンレター、いっぱい来てるものね」

セシリアは小さく笑った。

これまでは、また出版社からかさばる荷物が送られてきている、としか思わずにいた。だがそれは、転送されてきた読者からの手紙で、それを読むときのルイーズがとても幸福そうな表情をしていることに、セシリアは改めて気づいたのだった。

「でも、本当にこの仕事を選んでよかったのかしらって考えることはあるわよ」

ルイーズがふいに真面目《まじめ》な口調で言った。

「いつも原稿優先で、ちゃんとしたお母さんらしくいられなかったって、セシリアには申し訳なく思ってるわ。――私が書く小説のせいで、学校で何か言われたこともあるんでしょう？」

セシリアは息を呑《の》んだ。能天気《のうてんき》な母が、女学校での出来事を察していただなんて、まるで思っていなかったから。

「ごめんね、セシリア。……私のせいで、お友達ができなかったのよね」

ルイーズがまたセシリアの頭を撫でた。今度は、そうっと壊れ物に触れるように。

母の潤《うる》んだ瞳に、セシリアは動揺した。気づけば言葉が口を突いていた。

「私……私、お母さんの本読んだわ。最初は人に無理矢理すすめられてだったけど、それからまたちゃんと読んだの。その……結構過激なところもあってびっくりしたけど、でも、面白《おもしろ》かった……！」

「……セシリア」

「私のほうこそごめんなさい。お母さんが一番好きで、大切なものを、何も知らない他人に馬《ば》鹿《か》にされたからって、私まで軽蔑《けいべつ》してた。どんなに大変な思いで書いてるのか、ちっとも知らなかったくせに」

「……馬鹿ね。違うわよ」

ルイーズは鼻をすすり、セシリアの頬を挟み込んで、こつんと額《ひたい》に額をつけた。

「一番好きで、大切なのは、セシリアに決まってるじゃないの。お父さんが残してくれたあなた以上の宝物なんて、どこにもないわ。本当よ」

「お母さん――」

思いがけない母の言葉に、セシリアの胸はじんと痺《しび》れたが、ふいに気恥ずかしくもなった。

わざとのように生意気な口をきく。

「あのね、お母さん。私はもう、五歳やそこらのちっちゃい子じゃないのよ？」

「いいじゃないの。いくつになったって、何があったって、家族の絆《きずな》は切れないんだから――

って、そうだわ。そういえば、そのことで話しておかなくちゃって思ってたんだけど」

そのとき、玄関でノッカーが鳴らされる音がした。ルイーズは会話を中断し、「今日はよく人が訪ねてくる日ねぇ」と呟《つぶや》きながら、セシリアの部屋を出て行った。

(話しておかなきゃいけないことって、何かしら？)

首を傾《かし》げたセシリアの耳に、母の甲高《かんだか》い声が聞こえた。

「あら、初めまして！　……じゃないわね、いつも原稿のことでお世話になってます。直《じか》にお会いするのは初めてね。今日は何の御用かしら、ガーランドさん」

(——えっ⁉)

セシリアは椅子《いす》をがたんと鳴らして立ち上がった。

何を話しているかまではわからないが、家に招き入れられた男性の低い声が聞こえる。何度も耳のそばで囁《ささや》きかけられたあの声音《こわね》を、聞き間違えるわけもない。

(ラルフさんだ——)

彼が来ている。このまま階段を駆け下りれば、十秒もかからない場所にまで。

とっさに原稿を胸に抱き、セシリアはその場をうろうろした。だが少し考えてみれば、ラルフがこの家を訪れる理由なんて一つしかない。ルイーズと仕事の話をしに来たのだ。

(当たり前じゃない。ラルフさんは、お母さんの担当編集者なんだもの……)

セシリアはしゅんとし、再び椅子に腰を下ろした。

新作の打ち合わせでもしているのか、ラルフとルイーズの話はずいぶん長く続いた。その間、セシリアはじりじりする気持ちを持て余して、微動《びどう》だにすることもできなかった。

やがて、階段を登ってくる人の足音が聞こえて、セシリアは母が戻ってきたのだと思った。玄関の開く気配はしなかったけれど、ラルフはすでに帰ったのだろうか？

コン、と今度は控《ひか》えめなノックがあって、セシリアは振り返らずに「どうぞ」と答えた。

部屋の扉が開けられる。背後に近づく気配があったが、セシリアは物憂《ものう》げに俯《うつむ》いたままだった。いじけた気分で、束《たば》にした原稿の端をぱらぱらとめくる。

（お母さんが羨《うらや》ましい……ラルフさんと一緒にこれからもたくさんの本を作れるなんて）

うなだれた項《うなじ》に、ふいに人の指が触れた。


「髪は結わなくていいといっただろう」

挿《さ》していたピンが抜き取られ、蜂蜜色の髪が肩の上にふわりとなだれ落ちる。

セシリアはまさかという思いで振り返った。

「ラルフさ――」

彼がいた。

相変わらずむっつりと不機嫌そうな顔で。

いかにも偉《えら》そうに腕組みをして。

「そこにあるのは例の原稿か？　なんだ、まだ書き上げていないのか。遅筆《ちひつ》にもほどがあるだろう。俺に急《せ》かされなければ書けないなんて、甘えるのも大概《たいがい》にしろ」

「ど……どうしていきなり怒られなきゃいけないんですか！」

セシリアはとっさに抗議した。

会いたくて、恋しくて、半年ぶりに顔が見られたのだから、せめてもう少し穏やかな言葉をかけてくれればいいのに。

だがラルフは、微塵《みじん》も動じずに言った。

「決まってる。俺が君の担当編集者だからだ」

「――はい？」

「必要なものはなんでも用意してやる。その原稿だけを持ってついて来い」

わけがわからないでいるうちに腕を取られ、部屋を連れ出された。ほとんど彼と初めて出会ったときの再現だ。あのときもラルフは抗《あらが》うセシリアを拉致《らち》まがいに連行し、缶詰《かんづ》めという名の軟禁《なんきん》状態にしてくれた。

「あ、セシリア。話は全部聞いたわよ」

階段を降りたところで、ルイーズが立っていた。晴れやかなような、寂《さび》しさを堪《こら》えているような、なんとも複雑な笑顔を浮かべている。

「何が？　私は何も聞いてないんだけど⁉」

「あら、そうなの？　ロンドンまでは長いから、馬車の中でガーランドさんにゆっくり説明してもらえばいいわよ」

開け放された玄関を見れば、門柱のそばに、いつだかの立派な箱型馬車が停まっていた。

「そういうことだ。早く乗れ」

「お母さん！　どういうこと？　これって誘拐じゃないの？」

「母親公認なんだから違うわよ」

何が面白いのか、ルイーズは肩を揺らしてくつくつと笑った。

「頑張るのよ、セシリア。昔に言った通り、これからは本当に私のライバルになるのね」

「ライバル？　って、あの、意味が、全然」

「ぐずぐずするな。行くぞ」

強引に車内に連れ込まれ、走り出す馬車の窓に顔を寄せたセシリアは、大きく手を振る母の姿が遠ざかっていくのを呆然《ぼうぜん》と眺《なが》めた。

「さて、なんでも質問すればいい。アディントン先生の言うように、ロンドンまではそれなりの距離があるからな」

例によって、乗り心地のよい馬車の中。

向かいの席に座り、両手を軽く広げてみせるラルフを、セシリアはじっとりした上目遣《うわめづか》いで見つめた。

「なんだ。何を怒ってる」

「……呆《あき》れてるんです。相変わらず、人の都合なんてお構いなしに、勝手なことばかりするんだなって。たった半年くらいじゃ、人間的成長なんて望むべくもないみたいですね」

「たった？」

ラルフが片眉を跳《は》ね上げた。何故《なぜ》だかわからないが、セシリアの物言いが癇《かん》に障《さわ》ったようだ。

「たった半年――君のつもりではそんなものか。なるほどな」

「あの、ラルフさん？」

戸惑《とまど》うセシリアを、ラルフは不機嫌そうに睨《にら》んだ。

「質問はいいのか。なんでも答えてやると言っただろう」

「なんでもって言っても……」

訊《き》きたいことが多すぎて、何から口にすればいいのかわからない。とりあえず思い浮かんだことから尋ねてみた。

「これ、またお友達の馬車ですよね？　こんなにしょっちゅう借してくれるなんて、ずいぶん気前のいい人ですね」

「特に気前がいいつもりはないが、自分の馬車を使うのにいちいち遠慮する理由はないな」

「――ラルフさんの馬車？」

ぽかんとするセシリアに、ラルフはあっさりと言った。

「友人のものだというのは嘘で、あの別荘も俺個人の所有物だ。ホテルだけは俺のものというわけじゃないが、とりあえず筆頭《ひっとう》株主ではある。他に訊きたいことは？」

さくさく終わらせよう、とでも言うかのようにラルフが先を促す。セシリアは動揺し、仕立ての良い彼のスーツや、高貴な顔立ちを改めて眺めた。

「……ラルフさんって実はお金持ちなんですか？　デンゼル社のお給料って、そんなに破格なんですか？」

「いや。デンゼル社なら昨日付けで退職した」

「辞《や》めた？　どうして⁉」

「新しい職場の準備が整ったからだ」

「転職ですか？」

「違う。起業だ」

「……きぎょう？」

「俺が興《おこ》す、新しい出版社だ。印刷会社や取次《とりつぎ》に渡りをつけるのは、この数年でどうにかなったつもりだったが、メインでやりとりする製紙会社を見比べて回ったり、土地を落札したり、何より社屋《しやおく》の建設に手間がかかってな。デンゼル社での引継ぎ業務と並行して、半年の期間で終わらせたのは我ながらよくやったと思うが、君ときたら、後はラストシーンを書き終えるだけの原稿に、一体いつまでぐずぐずと」

「ま……待ってください！　新しい出版社？　それを、ラルフさんが作ったってことですか？」

突拍子《とっぴょうし》もないことばかりを言われて混乱するが、どうにかそれだけは理解する。

だが、ラルフはそこに、もっととんでもない事実をぶつけてきた。

「ちなみに言い忘れていたが、俺の実家はマクラーレン伯爵《はくしゃく》家だ」

「は……伯爵――!?」

怒濤《どとう》のような展開の中、セシリアはうっすらと思いだす。

(そういえば、アランさんが気になることを言ってたっけ……)

初めて公園で会ったとき、セシリアが名乗ろうとするのを止めたラルフに、アランは当てこすりのように口にしたのだ。

『やすやすと素姓《すじよう》を明かせないくらいに高貴なところのお嬢さんなのかな。お前の家柄を考えれば、それも当たり前か……』と。

あのときは追及しそびれていた。そこそこ裕福な商家だとか、ある程度名の通った郷紳《ジエントリ》くらいかと思っていたのに。

「俺はそこの三男だ。家督《かとく》を継ぐわけじゃないから、普段は好きな仕事をやらせてもらっている。俺が持っているのはせいぜい子爵位《ししやくい》だ」

「普通、世間一般の子爵様は、出版社にお勤めして編集者なんかしませんよ……!」

セシリアはくらくらする頭を抱えて呻《うめ》いた。

信じられない。いろいろと常識のない人だとは思っていたが――そのくせ妙に優雅な振る舞いをする人だとも気づいていたが――まさか、ロンドン社交界でも名高いマクラーレン伯爵家の人間だったなんて。

（それは、アランさんもやさぐれるわよね……）

セシリアは初めてアランに同情した。

暇《ひま》を持て余したお貴族様の道楽だとせせら笑っていられればいいが、ラルフは実際に仕事もできる。家柄も実力も兼ね備えた後輩なんて、目の上のたんこぶ以外の何物でもないだろう。

ちなみに、「普段は人にやらせている」という家事は、実家の豪邸の使用人によるものだったらしい。それとは別に、デンゼル社の近くに普通の下宿部屋を借りていて、仕事が忙しいときはそこで寝泊まりしていたのだという。アランが侵入したのは、こちらの部屋のことだったのだ。

（奥さんや恋人がいたわけじゃないのはよかったけど……）

架空《かくう》の女性相手に張り合っていた自分はなんだったのかと、セシリアは溜《た》め息をついた。そんな彼女に、ラルフは珍《めずら》しく滔々《とうとう》と語る。

「デンゼル社で働いていたのは、出版業界の現状を実地で学びたかったからだ。一社だけじゃなく、大学卒業後からいろいろな出版社を転々としたな。これからは貴族といえど、家名や領地収入だけに頼って安穏《あんのん》と暮らしていける時代じゃない。新しい事業にもどんどん手を広げていくべきだというのが、俺の父親の持論でな」

「それは……なんというか、革新的なお父様ですね」

貴族階級の人間にとっては、労働など卑《いや》しむべきものだというのが常識なのに。

だが、ロンドン郊外に住むセシリアが、マクラーレン家のことを知っている理由は、まさにそこにあった。現当主のマクラーレン伯爵は、造船や東方の絹織物の輸入など幅広い事業を展開しており、各国の富豪や王族とまで親密な付き合いがあるという噂《うわさ》だ。

「そんなわけで、俺は出版業をやりたいと思った。文学は昔からの趣味だが、のちのちのことを考えて、大学で専攻したのは経営学だったしな。資本金には、個人的に株であてた利益と、生前分与された財産を少々つぎ込ませてもらった」

断言できるが、それは絶対に「少々」な額ではない。セシリアは他人事《ひとごと》ながら心配になった。

「だからって、ラルフさんの若さで本当に会社を興《おこ》すなんて……もし失敗したらどうなっちゃうんですか」

ラルフ個人に関しては、食うに困ることはないとしても、巻き込んだ社員や作家に対して責任が取れるのか。

「そこは君に頑張ってもらうところだろう」

「わ……私？」

しれっと言われて、セシリアは面食らった。

「君には我が社の看板作家になってもらう」

「は――？」

「装丁や広告のデザインは、すでにアイデアをまとめてある。挿絵画家《さしえ》も一流の描き手を厳選しよう。君にはこれから、うちが全力をかけて売り出す期待の新人作家として、最低でも二カ月に一冊は新作を書いてもらうつもりだ」

「ま、待ってください……！」

　セシリアは必死で口を挟《はさ》んだ。

「冗談ですよね？　もしかして阿片《あへん》に手を出したりしてません？　これ何本に見えます？」

　セシリアはラルフの目の前で人差し指と中指を立てた。

「二本。俺は正気だ。何を疑う。君の本が出るんだ。喜べ」

「だって……だって私は素人《しろうと》で、ラルフさんだって、あんなに駄目《だめ》出しばっかりしたのに」

「箸《はし》にも棒にもかからない駄作《ださく》に、本気の指導なんかするか」

　おろおろするセシリアに、ラルフは鼻を鳴らした。

「ここさえ直せばよくなる、もっと面白《おもしろ》くできると思うからこそ、妥協を許せなかっただけだ。それに、慢心《まんしん》は作家の向上心を奪う大敵だからな。相手にもよるが、君は叩《たた》かれて伸びるタイプだと確信した。自分には才能がないと本気で思いながら、金にならない小説を何年も書き続けていられたんだ。マゾヒズム体質で、自虐《じぎゃく》傾向《けいこう》のある書き手を成長させるには、落として落として少しだけ褒《ほ》めるというのが、一番効果的なんだ」

　相変わらずさんざんなことを言われている気がする。

「だがな、セシリア。君の書くものは、そこまで卑下《ひげ》したものでもないぞ」

　ラルフが一旦《いったん》言葉を切り、セシリアをじっと見つめた。

「俺は何人もの新人作家を担当したが、自分から『この書き手と組んで作品を作りたい』と思ったのは君だけだ。二年前、君の小説を初めて読んだときからだ」

「え……二年前？」

「投稿作品を送っただろう？　デンゼル社に転職する前、俺はあの出版社で働いていて、下読みを担当していたんだ。妖精の国の少女が間違って人間界に生まれてしまい、周囲と馴染《なじ》めない孤独《こどく》に悩みながら、やがて人間の少年と友達になるというストーリーだったな」

「あ……あれを、ラルフさんが読んだんですか……!?」

思わず馬車の中で立ち上がりそうになった。

とんでもない偶然で、にわかには信じられないが、誰にも見せたことのない投稿作のあらすじを、ラルフは細部にいたるまで覚えていた。

「荒削《あらけず》りだったが、妖精の国の描写が抒情的で、少年と少女の別れのシーンは胸に迫った。児童文学のような雰囲気《ふんいき》もあって、出版するには読者層の想定が難しかったが、ひとまず作者と連絡を取りたいと思ったんだ。――なのに君は、名前を書いただけで、自分の住所を書くのを忘れていただろう」

「あ……！」

セシリアは口元を押さえた。

出版社からの返事が来ないはずだ。期待して、期待して、なんの音沙汰《さた》もないことに駄目だったのだと思いこみ、落ち込んだあの日々はなんだったのだろう。

「じゃああのとき、私がちゃんと住所を書いていれば……」

「君の処女作は、あの物語になっていたかもしれない。――それに」

ラルフはそこで身を乗り出し、セシリアの手を取った。

「俺たちはもっと早く出会えた」

「え……」

てらいのないまっすぐな眼差《まなざ》しに、セシリアの鼓動《こどう》がとくんと大きく脈打った。

「ずっとあの小説の作者を探していたんだ」

この二年間を振り返るように、ラルフは瞳をすがめた。

「あの妖精の少女の話の続きでもいいし、別の作品のストックがあるなら読みたかった。デンゼル社に移ったあとも、セシリア＝アディントンという名前がいつも頭の隅《すみ》にあって、どんな書き手なんだろうと想像していた。送られてきた作品には全部目を通して、また投稿してくれていないかと期待した。まさかルイーズ＝アディントンの娘だとは気づかなかったし、君と出会ったときも同姓同名の別人かと思ったが、あの原稿を読んで一目でわかった。やっと見つけた。俺が惚《ほ》れ込んだ作家は、君だ」

「嘘じゃないの……？」

セシリアは震える声で言った。

「本当に、探してくれていたの？　私なんかの書いた小説を読んで……」

「ああ。だからつい、あんな無茶を言ったんだ。アディントン先生の原稿を盗んだ犯人を突き止めるより、どんな口実をつけてでも、俺のもとで君に作品を書かせたいと思った」

「どうして最初からそのことを打ち明けてくれなかったんですか？」

そうすれば、ラルフのことをあんなにも怖がらなくてよかったのに。

歯痒《はがゆ》い思いで尋《たず》ねると、ラルフはばつが悪そうに目をそらした。

「それは……気味悪がられるかと思ったんだ。大の男が妖精の話に夢中になって、二年間片時も忘れられなかったなんて」

「むしろいきなり攫《さら》われて、『君は処女か』なんて訊《き》かれるほうが怖いですよ！」

「憧《あこが》れの書き手に会えたファンというのは暴走しがちなものなんだ！」

「ファ……ファン？」

むきになったように声を荒らげたラルフに、セシリアは目をぱちくりさせた。

「ああ、そうだ。俺は君のファンだ。一目惚《ひとめぼ》れならぬ一読惚れだ。この二年間で君が小説を書くのをやめてしまっていたり、他の出版社からデビューされたらどうしようと、ずっとひやひやしていたんだ。悪いか」

「なんで不貞腐《ふてくさ》れるんですか……」

セシリアは困惑《こんわく》した。こんな状態のラルフは初めて見るし、どんなふうに扱えばいいのかわからない。——けれど。

「嬉しい……です。ずっと小説を書いてきて、今が一番嬉しいです」

セシリアはぎゅっと胸を押さえ、瞳を潤《うる》ませて呟《つぶや》いた。

「私、書くことをやめないでよかったんですね……これからも、やめなくていいんですね」

「やめられてたまるか。こっちは、君の作品を最高の形で読者に届けたくて、予定を数年早めてまで会社を興したっていうのに」

呆気にとられるセシリアの前で、ラルフはふいに「しまった」と顔をしかめた。

「俺としたことが……馬車の中じゃ跪《ひざまず》けない」

「どうして跪くんですか」

「それが求婚の際の作法だろう」

「は？　求婚？」

「俺と結婚してくれ、セシリア」

あまりにも唐突《とうとつ》な台詞《せりふ》に、セシリアは頬をひっぱたかれたような衝撃を受けた。

自分と。

ラルフが。

結婚。

「――どうして⁉」

「君を愛しているからに決まっているだろう」

むっとしたようなラルフの答えは、限りなくシンプルだった。

「初めは作品に惚れた。出会ってからは、俺の駄目出しに必死で食らいついてくるひたむきさにやられた。俺は君の小説が好きだが、小説を書いている君はもっと好きだ」

「そんな……だったら、あの、あの『指導』は……」

原稿のために必要だからと言い聞かされて、さんざんいやらしいことをされた理由は。

「半分は小説のためだが、もう半分は役得だ」

ラルフは臆面《おくめん》もなく言ってのけた。

「順番が前後して悪いが、俺が君を花嫁にすることは初めから決まっていたんだ。許せ」

こんなにも悪びれない謝罪を、セシリアは聞いたことがなかった。

それなのに怒れない。甘やかな幸福がひたひたと体中に満ちてゆき、こくんと頷いた拍子に、それは涙となって瞳から零《こぼ》れた。

「ずっと俺のそばにいろ」

濡れた頰を指の背でぬぐい、ラルフは相変わらず傲慢《ごうまん》に囁いた。セシリアの手を取り、上向けた甲に、仕種だけは恭《うやうや》しく口づける。

「——生涯《しょうがい》俺のもとで、これからもたくさんの物語を書いてくれ」

12　「大団円《ハッピーエンド》なら問題ない」

さすがに新居の準備まではしている余裕がなかった――というラルフが、当面の暮らしのために向かったのは、セシリアを缶詰《かんづ》めにさせた例のホテルだった。

半年ぶりに足を踏み入れた部屋は、自分の家に戻ってきたかのように懐かしく、セシリアはライティングデスクに走り寄って、飴《あめ》色の天板を撫《な》でた。

「夢みたいです。またここで、ラルフさんと小説を書けるなんて……」

「ああ。だが、それは後だ」

うっとりと呟《つぶや》くセシリアを、ラルフがいきなり横抱きにする。そのまま寝室の扉を開け、天《てん》蓋《がい》付きのベッドに横たえると、当たり前のように上着を脱ぎ、ネクタイを緩《ゆる》め出した。

「ラ、ラルフさん？　あの、まだ、外暗くな……っ」

窓の外に目をやって訴《うった》えたが、覆《おお》いかぶさるように抱きしめられて言葉に詰《つ》まる。

至近距離でセシリアを見下ろしながら、ラルフが脅《おど》しつけるように言った。

「その呼び方も、そのうち改めてもらうからな」

「え？　どうして……」

「俺は君の夫になるんだ。妻から『ラルフさん』と呼ばれるのは、なんだか他人行儀《ぎょうぎ》だろう」

夫や妻という言葉に、セシリアは頬《ほお》を染めた。

本当に、自分はラルフと結婚できるのだ——けれど、心配なことも少しある。

「あの……ラルフさんのお家の人に、私、どう思われるでしょう？」

「どうとは？」

「だって、マクラーレン伯爵《はくしゃく》家なんて、すごく立派なお家なのに。私みたいに、父親もいない娘が、ラルフさんのお嫁さんになるなんて……」

「俺の父は柔軟《じゅうなん》だし、うちは男兄弟ばかりだから、母は娘ができたと喜ぶさ。俺自身も人脈作りのために、たまには社交界にも出るが、そこでとやかく言われるのが面倒《めんどう》なら、君も本来の身分を明かせばいい」

「私の身分？」

「君のお母さんは子爵令嬢《ししゃくれいじょう》だろう」

「でも、母は祖父《そふ》に勘当《かんどう》されて」

「なんだ、まだ聞いていないのか？　君のお母さんとお爺《じい》さんは、最近和解したんだぞ？」

「ええっ!?」

思いっきり寝耳に水だ。驚くセシリアにラルフは言った。

「子爵も老《お》いて心細くなったのか、娘の行方《ゆくえ》を突きとめて、『帰って来て孫の顔を見せろ』とここ数年言い続けていたんだ。アディントン先生もしぶしぶ折れて、ひとまず実家に顔を出した、それが大体半年前だ」

「半年前？　それって……もしかして」

「ああ。俺たちが代筆原稿を必死になって書いていた頃だ」

「りょ……旅行に行くって言ってたのに！」


――『言い忘れてたけど、実は今日からダニエルと旅行に出かけることになっていたの』

すべての始まりとなった置き手紙の文面を告げると、ラルフは「ああ」と頷《うなず》いた。

「旅行は嘘《うそ》だが、相手の名前は本当だな。ダニエル＝アディントン、ブラマー子爵というのが、君のお爺さんの名だ。さっき結婚の許可を得るついでに話したが、アディントン先生は、そのうち君とお爺さんを会わせるつもりだったと言っていた。もっとも、その前に俺がさらってしまったわけだが」

家族の絆《きずな》は切れない、と言ったルイーズのことを、セシリアは思い出した。「そういえば」なんて軽い調子で話を続けようとしていたが、あれはこのことだったのか。

「お母さんったら、どうしてそういう大事なことを黙ってるのよ……！」

あの母のことだ。これといった他意はなく、単に仕事が忙しくて忘れていただけに違いない。

「そう膨《ふく》れるな」

憤慨《ふんがい》するセシリアに、ラルフが苦笑した。

「近いうちに、俺もブラマー子爵に挨拶《あいさつ》したい。そのときには先生も誘って一緒に行こう。だから機嫌を直せ、レディ・セシリア」

「……レディだなんて柄じゃないです」

「図らずも、君の小説と似たような展開になったな」

「私の？」

「ロザリーとパトリックだ。パトリックのもとを去ったロザリーは、とある高齢な伯爵のもとで新たなメイドの職を得る。身内を事故でなくした孤独《こどく》な伯爵は、ロザリーの献身《けんしん》的な働きぶりと誠実な人柄を見込んで、彼女を養女として迎える」

「数年後、伯爵令嬢として社交界に出向いたロザリーは、懐かしい人と再会する――」

「『ずっと君のことを忘れられなかった』。婚約も破棄《はき》し、独《ひと》り身《み》を貫いてきたパトリックが、衆目《しゅうもく》の中、ロザリーの前に跪《ひざまず》く。『どうか結婚してほしい。僕を選んでくれたことを、決して後悔させない人生にするから』」

予定していたラストシーンを交互に語り、セシリアは気恥ずかしい思いで呟いた。

「自分で言うのもなんですけど、ご都合主義な展開ですよね」

「大団円《ハッピーエンド》なら問題ない。小説の中の甘い夢が、現実の人の心を動かすんだ」

「そういうものですか？」

「設定や展開が多少現実離れしていようが、登場人物の内面が描けていれば、それは必ず読者に届く。そのためには何よりも心理描写が重要だが、これも匙加減《さじかげん》が難しく――」

言いかけて、ラルフが言葉を切った。眉間《みけん》に寄った皺《しわ》を揉《も》みほぐしながら独《ひと》りごちる。

「……どうして俺は、こんなときにまで仕事の話をしているんだ」

「こんなときって？」

「面倒なあれこれをようやく一段落させて、やっと君を抱ける、こんなときにだ！　半年ぶりだぞ？　馬車の中から──いや、君の姿を見たときから、もうとっくに限界だ」

解かれたままの蜂蜜《はちみつ》色の髪に、ラルフの指が差し入れられる。

頭皮に触れられる刺激だけで、セシリアはぴくんと肩を揺らした。そんな反応を愛《いと》おしむように目を細め、ラルフがそっと顔を寄せた。

「あっ……」

ラルフの唇がセシリアの耳を甘く食《は》み、柔らかな舌《した》がくちゅ──と耳孔《じこう》をくすぐる。

耳朶《じだ》や首筋にされるキスは、音がよく響《ひび》いて恥ずかしい。そこら中の皮膚《ひふ》を吸い上げられて、セシリアは鼻に抜けるような声を洩《も》らした。

「ふ……ぁん、ラルフ、さ……」

「──そんな声を出されたら、よけいに我慢がきかなくなる」

欲情の絡《から》んだ呟きに、セシリアの胸が疼《うず》いた。

「しなくて、いいです……我慢……」

セシリアはラルフの背中に手を回し、たくましい肩の輪郭《りんかく》を陶然《とうぜん》と撫《な》でた。

「私も、ラルフさんに抱いて欲し……んっ！」

唇を唇で塞《ふさ》がれて、語尾が途切れる。

半年ぶりのキスは、触れただけで体の芯《しん》がじんと痺《しび》れるようだった。懐かしい形を確かめるように、ラルフの舌がセシリアの唇を濡らしてなぞる。少し恥ずかしかったけれど、セシリアも同じことをした。

わずかに残っていた余裕も、それでおしまいになる。

もっと互いを感じたくて、呼吸も忘れるくらいに深い口づけを繰り返した。セシリアの口内を荒々しく掻《か》き回しながら、ラルフはもどかしげにシャツを脱ぎ捨てた。

自分よりも先に肌を晒《さら》す彼が珍《めずら》しくて、セシリアは新鮮な驚きと喜びを感じた。広い胸に手を這《は》わせれば、かすかな突起に偶然に触れた。

ラルフがくすぐったそうに身をよじり、「こら」とセシリアを睨む。

「悪戯《いたずら》するな」

「そ、そんなつもりじゃありません」

「許さない。同じ目に遭《あ》わせてやる」

彼の手にかかれば、ドレスもコルセットも、まるで魔法のように手早く脱がされてしまう。

一糸纏《いっしまと》わぬ姿にされたのは、結局セシリアのほうが先だった。太陽が沈み始めているとはいえ、周囲はやはり、まだ完全には暗くない。

羞恥《しゅうち》に身をすくめるセシリアを、ラルフは愉《たの》しそうに眺《なが》め下ろし、顔の横に両手をついた。どこからどう攻めてやろうかというように、裸《はだか》の胸をじろじろと見られると、セシリアはそれだけで変な気持ちになってきた。

それを見逃すラルフではない。

「乳首、硬くなってきてないか」

露骨《ろこつ》な言葉で指摘され、セシリアは慌てて首を横に振った。

「いや、勃《た》ってきてる。俺はまだ何もしていないのに、おかしいな」

絡《から》みつくような視線の先で、セシリアの胸の両端は恥ずかしげに縮《ちぢ》こまって、つんと上を向いていた。ちょうど食べ頃に実った果実のようだ。

「どうしてこんなふうになるんだ、セシリア？」

嬲《なぶ》るように尋《たず》ねられて、セシリアは弱々しく答える。

「ラルフさんが、そんなふうに見るから……」

「見られただけで乳首を勃起《ぼっき》させるのか。どこまでいやらしい体なんだ」

「っ……」

「この半年間で何回、自分で自分を慰《なぐさ》めた？　万年筆や、指や……俺が教えたやり方で、ちゃんと達《い》けるようになっただろう？」

「し、してません。自分でなんて……」

「なら、他の男にここを吸わせたか」

指先で軽く乳首を弾《はじ》かれて、セシリアは甲高《かんだか》い声をあげた。

「あっ！　そんな……ない、です。誰にも……誰にも……」

「誰にも、こんなことはされてない？」

「はい……ラルフさん、だけ……っ、あ、んんっ！」

両方の蕾《つぼみ》をこりこりと抓《つま》まれ、甘い喘《あえ》ぎが零《こぼ》れるのを止められない。片膝《ひざ》が無意識に立ち、折り曲がる足の指先が真っ白いシーツをくしゃりと乱した。

「なら、ここの味も変わっていないな？」

左側の乳首に吸いつかれ、熱い舌でねっとりと舐《な》め回される。ますます硬い芯《しん》を持った突端から、ざわりとした感覚が広がった。

「や……そんなとこ、味しないっ……」

生真面目《きまじめ》に答えながら息を弾ませるセシリアに、ラルフが声を殺して笑い、逆側の乳房《ちぶさ》を、外側から内側へ半円を描くように揉《も》みあげた。

「ふ……んっ……」

ラルフの大きな厚い掌《てのひら》。自分とは違う硬さの指先。肌の上を奔放《ほんぽう》かつ繊細《せんさい》に躍《おど》る舌。触れられるたびに、セシリアの体は、ああ、これが彼だった――と目覚めるように思い出す。顔を見るだけでも、言葉を交わすだけでも足りない。肌を重ねてやっと、自分はラルフのもとに戻ってきたのだと、心の底から安堵《あんど》した。

もう絶対にどこにも行かない。

何があったって、離れない。

「どうした？」

ぎゅっとしがみついてきたセシリアに、ラルフが怪訝《けげん》そうに尋ねた。

「いえ……ラルフさんのことを、すごくすごく好きだって思ったら……こうしたくて……」

「あのな――」

素直な気持ちを口にしたのに、ラルフは苦虫を噛《か》み潰《つぶ》したような顔をした。

「どうして君は、いつもそんなに厄介《やっかい》なんだ」

「え？　ご、ご面倒《めんどう》をおかけしてますか？　それは、あの、小説のことでは、まだまだご指導を願わなくちゃいけないですけど……」

「違う。可愛《かわい》らしすぎて、滅茶苦茶《めちゃくちゃ》にしてやりたくなるのを抑《おさ》えるのが大変なんだ」

吐き捨てるようなラルフの言葉に、セシリアはぽかんとし、それから耳まで真っ赤になった。

「そ……そんなこと言うなら、ラルフさんだって」

「俺だって、なんだ」

「どうしていつも、怒られるみたいに口説《くど》かれなきゃいけないんですか。小説の指導じゃないんだから、もう少し優しくしてください」

言ってから、調子に乗り過ぎたかと思ったが、ラルフは面食《めんく》らったような顔をしていた。

そして驚くことに、ぼそりと謝る。

「……すまない。どうも、こういうことには慣れていない」

「慣れてない、って」

セシリアは思わず、胸に添えられたままのラルフの手を見下ろした。百戦錬磨《ひゃくせんれんま》みたいなこの指で、一体何が『慣れていない』なのか。

「いや、女に不慣れだという意味じゃなく――おい、睨《にら》むな。今はもう君だけだ――……そうじゃなくて」

珍しく言い淀《よど》んだのち、ラルフは観念したように告げた。

「自分から好きになって、愛しているとまで言ったのは君だけだ。初めてなんだから、至《いた》らない部分は大目に見てくれ。君を怖がらせないよう、努力はしているつもりなんだが……いつ君の気が変わって、俺から離れていくかと思うと、どうしても余裕がなくなる。また手錠《てじょう》に繋《つな》いで、四六時中膝《ひざ》の上に載《の》せておきたいのを堪《こら》えているだけ評価しろ」

「初めて……って」

セシリアは唖然《あぜん》とし、それからぷっと噴き出した。一連の台詞を、ラルフは相変わらずの仏頂面で呟《つぶや》いたわけだが。

「あの……それ、普通に笑顔で『好きだ』って言われるより、もっと強烈な口説き文句です」

「そうか?」

「ラルフさんらしくて、すごくおかしい」

「俺らしさっていうのはなんだ」

「変態なところ」

「な……」

きっぱり言い切られて、ラルフがさすがに動揺した。

「でもいいです。そんなラルフさんを好きな私も変な子だから、きっとおあいこだわ」

「俺が惚れた女を勝手に変態呼ばわりするな」

「むっとするところ、そこですか？」

「やかましい。もう黙れ」

ラルフは苛立《いらだ》たしげに言って、セシリアの体をうつ伏せにさせた。余計なことを言ったお仕置きのように、項《うなじ》に強く咬《か》みつかれる。

「ひゃんっ……！」

「痛かったか？」

痕《あと》のついた肌を丹念に舐めたラルフだったが、反省する気など毛頭ないというように、今度は肩口に歯を立てた。

「いた……痛いです……っ」

「でも、相変わらずここは硬いな」

背後から回された手が、セシリアの乳房をすくい上げるように揉んでいた。指の間に挟まれた乳首を、くにくにと悪戯《いたずら》に捏《こ》ねられる。

片手がそのまま下方に滑り、淡い茂みに覆われた恥丘《ちきゅう》を撫で回した。その先に触れるように見せかけて、わざと太腿《ふともも》の内側や、お尻《しり》の丸みばかりを愛撫《あいぶ》する。

焦《じ》らされているのだとわかって、セシリアはうろたえた。こうなってしまうとラルフは長い。たっぷりお預けをされたあとで結ばれるのは、気が遠くなるほど気持ちいいが、やっと想いを確かめ合ったばかりの今は、少しでも早く抱き合いたかった。

とはいえ、恥ずかしがりのセシリアは、それをどんな言葉で伝えていいのかわからない。

「ラ……ラルフさん……」

「ん？　君の背中は真っ白で綺麗《きれい》だな……」

多分、ラルフはすべてわかってやっている。

セシリアの背骨に沿って口づけの痕《あと》を残しながら、含み笑いをされる気配が伝わった。

（やっぱり意地悪……！）

内心で歯嚙みしたセシリアは、ラルフに腰を高く持ち上げられて慌《あわ》てた。

「え……や、そんな格好《かっこう》！」

膝で下半身を支え、ラルフに向かってお尻を突き出した、淫《みだ》ら極まりない体勢だ。とっさに秘部を隠そうと手を伸ばしたが、

「じっとしていれば、君の欲しいものをそれだけ早く与えてやれる」

妙に優しい声音《こわね》に、抵抗の意志を奪われる。

「久しぶりなんだ。俺を受け入れてもらうからには、ここをよくほぐさないとな？」

つっ——と、秘裂の表面を下から上へなぞられて、セシリアの喉《のど》がひくついた。

そこはすでにうっすらと蜜《みつ》を滲《にじ》ませていた。だが確かにラルフの言う通り、彼の長大なものをいきなり呑《の》みこまされるのは怖い。

（でも……だからって！）

ラルフがセシリアのお尻を左右に割り、間近から覗き込んでいる。

ふっ、と息を吹きかけられて、セシリアの膝は崩れそうになった。見られるだけで感じるのだから、吐息にさえも反応するくらい、すべてが敏感になっていた。

「ああ、今少しひくついた」

「ううっ……」

「ものすごく物欲しそうにはくはくしてる。こんな様子を見せられたら、俺だってつらくなるのに、ひどいな、君は」

「や……あぁ、嫌ぁ……」

セシリアは呻《うめ》き、シーツの上に顔を伏せた。そうするとますます腰を掲げることになってしまうのに、ラルフの言葉嬲《なぶ》りが恥ずかしすぎて、そこまで考えが至らない。

「まずは指一本からだ」

囁きとともに、つぷぷっ――と音がし、ラルフの中指で体を割られる。

濡れてはいたし、本当は指以上のものを欲しがっていても、半年ぶりに開かれるそこはひどく狭くて、セシリアは苦しさに唇を噛んだ。

「力を抜け」

みちみちと軋《きし》むような感覚は、ラルフの指にも伝わるのだろう。

あやすように、もう片方の手で秘芽をそっと撫でられる。中を弄《いじ》られるのとはまた違う刺激に、セシリアの腰がひくんと揺れて、その拍子に指が根元まで入り込んだ。

「ほら、もう全部呑み込んだ」

「はっ……あ、ぁ」

陰核《いんかく》をゆるゆると転がされ、中に入れた指をぐるりと回転させられる。掌を上にしてゆっくりと出し入れされるうち、セシリアの耳にも、くちゅくちゅという確かな水音が聞こえ始めた。

「指を増やすぞ」

「っ……はい……」

いちいち何をするのか聞かされるのは、安心だが、いたたまれなくもある。

二本目の指がそろりと忍びこんできて、セシリアは息を詰めた。しばらくはそのまま動かさず、濡れ襞《ひだ》がじわじわと綻《ほころ》ぶまで、ラルフは秘芽だけを柔らかく弾き続けた。

やがて、頃合いを見計らうように、ゆっくりとした抜き差しが始まる。

「あ、そこ……っ、そこ……ぉ！」

セシリアはシーツを握りしめ、背中を震わせて悶《もだ》えた。

隘路《あいろ》の中をぬちぬちと擦《こす》られると、ラルフの指の関節が、とても「いい」ところに当たるのだ。お腹の奥がきゅうっと切なくなって、二本の指を食い締めてしまう。その上で弄られ続けた花芽は、小さな赤い宝石のように、卑猥《ひわい》に濡れて光っていた。

そこにラルフの舌が伸び、強弱をつけて舐め回される。

「やぁぁっ!?」

指だけでなく、舌でまで巧みな刺激を与えられると、もうどうしようもなくなった。脚の間が熱したバターのように蕩《とろ》けて、元の形を留めているのか不安になるくらいに気持ちがいい。

「ああ、そんな、舐めちゃだめ……指、ぐちゅぐちゅってしない、でぇ……」

「……達《い》きそうだな」

セシリアの体のことを、ラルフはセシリア自身よりも熟知《じゅくち》しているようだった。

ピアノでも弾くように指をばらばらに動かされ、快感が怖いほど鋭いものに変わる。蜜壺の中でぷちゅぷちゅと激しい音が立ち、ひときわ強く陰核を吸われて、セシリアの四肢《しし》が激しく戦慄《わなな》いた。

「ひっ……う、ああ、あぁぁんっ！」

ぐっと息を詰め、吐き出したと同時に、快感が拡散して押し流されるような絶頂を迎える。

セシリアはずるずるとシーツの上に崩れ落ちた。全身からどっと汗が滲み、裸の背に長い髪が網目を描いて絡みついた。

「はぁっ……」

「残念だ。君が達《い》く顔を見たかったな」

ラルフが悠々《ゆうゆう》と言い、うつ伏せのままのセシリアを覗き込む。

いまだに上半身を脱いだだけの彼を、セシリアは恨《うら》めしく見上げた。

「ずるい、です……なんだか、私ばっかり恥ずかしくて……」

「君が悦《よろこ》ぶことをしているのに、責められるとは心外だ」

「それでも……ラルフさんがいつも飄々《ひょうひょう》としてるの……悔《くや》しい」

「だったら、君からもしてみるか」

思いがけないことを言われて、セシリアは瞳を瞬《またた》かせた。ラルフがトラウザーズの前をくつろげ始めるのに、さすがにぎょっとして身を起こす。

「どうした。期待してしまったんだが、まずいのか？」

いつかのように、剝《む》き出しの屹立《きつりつ》を握り込まされてセシリアは真っ赤になった。

あのとき以上に熱くて硬い――ような気がする。嫌だと叫んで手を振り払えばよさそうなものだが、そこまでの嫌悪感があるのかというと、そういうわけではないのだった。

自分にはないものに対する、純粋な好奇心もある。これがセシリアの中に入って快感を与えてくれるのだと思えば、少しくらいお返しをしなければ悪いような気にもなった。

「このまま君の手で擦ってくれ」

「ええと……こう、ですか……？」

あのときはラルフに手を添えられてだったが、今はセシリア自身がぎこちなく右手を上下させる。

「そう……特にここを重点的に」

雁首《かりくび》の下のくびれを指し示されて、セシリアはおずおずと頷いた。自分と同じように、ラルフにも特別感じるところがあるのだろう。

「っ……いいぞ、セシリア。もっと強くても……いい」

吐息混じりに褒められると、ラルフを快感に導いているのだという素直な喜びが湧く。最初はゆっくり、力も弱めに擦っていたが、ラルフの言葉に従って徐々に手首の動きを速めた。

しばらくは性器にばかり意識が行っていたが、ふとラルフの顔を見上げると、唇を引き結んで苦痛に耐えるような表情をしている。セシリアと目が合った瞬間、ラルフは気まずそうに言った。

「……あまり見るな」

「嫌です」

セシリアは悪戯っぽく笑った。

「ラルフさんにも、いっぱい気持ちよくなってほしいです。どうすればいいですか……?」

ラルフの瞳が軽く見開かれ、躊躇《ためら》うように視線が宙をさまよった。彼の指が伸びてきて、セシリアの唇をなぞる。

「……だったら、ここで。できるか、セシリア?」

「え……」

「無理ならいい」

即座に言われて、セシリアは少し躊躇ったが、「……できます」と小声で言った。

指でも舌でも、ラルフはセシリアの体のすみずみまでをじっくりと愛してくれた。自分にだって同じことができないわけがない。

セシリアはそろそろと身を屈め、ベッドに肘をつき、邪魔な髪を耳にかけた。隆々と天を突くものに顔を寄せれば、匂いとも熱気とも微妙に違う、雄の気配のようなものに圧倒される。

どうすればいいのかわからなくて、ひとまず先端に軽くキスしてみた。ラルフを見ると、それでいいというように頷いてくれたから、ちゅっ、ちゅっ、と根元にまで愛らしい口づけを繰り返した。

（ラルフさんは、舐めてくれたっけ……）

彼にされたことを思い出しながら、そっと舌を出して裏筋をなぞる。かすかに汗っぽい味がしたが、剛直がひくんと引き攣《つ》るのを見て、ラルフが感じているのだと思えば、困惑もやがて薄らいだ。

硬い幹に両手を添え、下から上へ舐めあげていく。手で擦ったときに特に反応のあった亀頭《きとう》付近も、小さな舌でちろちろと、溶かしてしまうくらいのつもりで念入りに舐めた。

ラルフの呼吸が浅くなり、腹筋が浮いて、下腹に力がこもるのがわかる。

「ん……ラルフさん、気持ちいいですか……？」

「ああ……いい。いいから、いちいち見るんじゃない」

「だって……んっ」

ラルフの片手が伸びてきて、セシリアの乳房を揉み始めた。もう片方の手は頭に置かれて、初めての奉仕を褒めるように撫でてくれる。

乳首を弄られながら、ぴちゃぴちゃと音の立つ口淫《こういん》を続けていると、セシリアのほうにも余裕がなくなってきた。太腿の内側に焦れったい感覚が纏《まと》わりついて、次第に大胆な気持ちになってしまう。

「ん……くっ……」

剛直の先をはくりと咥え込み、鈴口で舌を躍らせると、ラルフが喉に絡む声で名前を呼んだ。

「セシリア……」

彼の手が、無意識のようにセシリアの頭を下に押す。すべてを呑み込める大きさでないことはわかっていたが、セシリアは精一杯にラルフの興奮の証《あかし》を頬張《ほおば》った。口蓋《こうがい》や喉の粘膜《ねんまく》まで使って愛撫するつもりで、首を激しく上下させる。

「くっ……ん、けほっ……」

「大丈夫か」

「平気、ですから……もっと感じて……？」

咳《せ》き込みながらも上目遣いで微笑《ほほえ》めば、ラルフがぐっと息を詰めて、セシリアの肩を押しやった。

「駄目だ」

「ラルフさん？」

セシリアは途端に狼狽《ろうばい》した。

こんなことをする女なんてやっぱりはしたないと、機嫌を損《そこ》ねてしまったのだろうか？　それとも、本当はあまり気持ちがよくなかった？

「ごめんなさい。私、よく知らなくて……」

「違う。これ以上は、本当に我慢できなくなる」

謝るセシリアを、ラルフは乱暴に組み敷いた。顔を近づけて囁かれる。

「あのままだと、君の口の中に出してしまうところだった」

「え……」

セシリアはたじろいだが、嫌われたわけではないのだとわかってほっとする。

「でも、それくらい感じてくれたのなら、嬉しいから……いいですよ」

「君は俺をどうしたいんだ……！」

ラルフが呻くように言った。

「俺をあまり調子づかせるな。ああ、もう挿《い》れるぞ。いいな……!?」

答えを聞く間もなく、ラルフはセシリアの両脚を高く持ち上げて、熱く潤んだ蜜壺に、一気に太いものを埋めてきたのだった。

「いっ――、あ、はあぁぁんっ！」

迎え入れた瞬間、セシリアは軽く達して全身を痙攣《けいれん》させた。そんな彼女の腰を抱えて、ラルフは振り切れたような抽挿《ちゅうそう》を始める。

「やっ、今だめ、おかしくな……あぁぁんっ！」

「これだけ締めつけておいて、何を……っ」

ラルフのほうも苦しそうなのに、がつがつと肉棒《にくぼう》を打ちつける勢いは止まらない。閃《ひらめ》くような快感が次々に弾け、セシリアの全身が総毛立った。

「い、達《い》ってるから……達っちゃったから、変、なの、お願い、待ってぇ……！」

セシリアが本気で泣き叫んでも、半年ぶりのラルフは容赦《ようしゃ》がなかった。じゅくじゅくになった肉壁を縦横無尽《じゅうおうむじん》に突き、あらゆる角度から強く抉《えぐ》りあげる。膣《ちつ》の形が変わってしまうのではないかと思うほど穿《うが》たれながらも、もっと恐ろしいのは、絶頂を極めているというのに、快感がさらに加速していくことだった。

「やあぁっ！　変になっちゃう……ラルフさん……怖いぃ……っ！」

「君を壊したい」

取り乱すセシリアを抱きしめながら、ラルフは熱に浮かされたような瞳で囁いた。

「おかしくさせたいし、穢《けが》したい。もっと淫らにさせたいし、いろいろなところに出したい。口にも胸にも顔にもだ。染め変えたい。俺だけに感じて乱れる君に」

「あぁ……して……ラルフさん、してぇ……」

赤裸々《せきらら》な欲望を浴びせられて、セシリアの理性も溶けていく。

「ラルフさん、だけだから……私のここ、いっぱいにしていいの、あなただけだからっ……！」

「ああ……今日こそ中に出していいな？」

「いい、です……ずっと、そうしてほしかったの……」

ちゃんと結婚の約束をするまで、子供ができないようにしていたのだと、ラルフの配慮が今になればわかる。

見た目よりずっと不器用で、独《ひと》りよがりで、肝心《かんじん》なことはなかなか口に出してくれない人。

さんざん振り回されながらセシリアが愛してしまったのは、そんな人だけれど。

「大好き……」

「俺もだ」

頬に頬を寄せて呟くと、間髪《かんはつ》をいれず言葉が返った。セシリアは驚き、そして微笑む。

セックスの最中のラルフは、少しやんちゃで、普段より素直だ。そんな彼をどこまでも受け入れたくて、躍動する熱い体を抱きしめる。

心のままに好きだと言えて、同じ気持ちを返してもらえる。そうなって初めて行う交わりは、なんて幸せなのだろうと、嬉しくて嬉しくて涙が零《こぼ》れた。

「セシリア？　どうした、痛いのか」

ラルフが慌てたように動きを止めるが、セシリアは泣き笑いの顔で首を振る。

彼への愛《いと》おしさをいっぱいに湛《たた》えて、勿忘草《わすれなぐさ》色の瞳を濡らしたセシリアに、ラルフも心配するような事態ではないとわかったのか、そっと優しいキスをくれた。

深いところで結ばれたまま、額と額をくっつけて言葉を交わす。

「がっつきすぎたな。悪かった」

「ううん……たくさん欲しがってもらえて、どきどきします」

「正直、あまりもちそうにない。こうして動かないでいても、君の中が気持ちよくて」

「私も……です。動かないのに……動いてます、よね」

腰を止めていても、ラルフの雄芯は熱い血潮に脈打っていたし、セシリアの膣襞も彼自身を

巻き込むように独りでに蠢《うごめ》いていた。どれだけ貪欲なのだろうと恥ずかしくなるが、お互いに同じくらい求めあっている証だ。

「一度で終わらなくてもいいか？　朝まで……いや、明日の夜まででも、ずっと君を抱いていたい」

「殺されちゃいそう」

セシリアはくすくすと笑った。

「いいですよ。でも、ちゃんと休憩させて。ときどきは手加減してくださいね？」

「善処《ぜんしょ》はする」

真顔で頷き、ラルフは再び律動を始めた。上半身では甘い口づけと巧みな愛撫《あいぶ》を繰り返しながら、下半身ではじゅぷじゅぷと水音が立つような野卑《やひ》な腰遣いで攻め立ててくる。

「ふぅっ……ん、ぁ、あふ、ああぁっ！」

セシリアの弱点を知り尽くしたラルフの怒張が、充血した媚肉《びにく》をぬるぬると擦りあげる。互いの恥骨が打ちつけられるたび、内壁がぐちゅぐちゅと掻き回され、とめどなく溢れて零れる蜜は、まるで粗相《そそう》でもしたようにシーツを濡らしていた。

「んっ、奥、すごい……すごい、深いのぉ……」

すでに根元まで埋まっているのに、もっと潜り込みたいというように、ラルフの腰がせり上がる。その先端が確かにこつこつと、何かに当たっている感覚がした。

「子宮が……降りてきてる」

「ど、どういうこと、ですか……？」

「俺の子種を受け止めようと、君の体が準備をしてる。なんていじらしいんだろうな――」

「あ、ぐりぐりって、そこ……ひゃあぅ……っ！」

ラルフの動きが、激しく突くものから、挿入《そうにゅう》したまま大きく揺すり上げるものに変わった。子宮口に亀頭の先を添わせて、そのまま振動を加えられる。お腹の中が熱く煮溶けるような愉悦《ゆえつ》に、セシリアの背中を甘い戦慄が駆けた。

ラルフの欲望の、愛情のすべてを。

いちばん奥深く、誰にも触れさせたことのない大事な場所で受け止めたい。

「ラルフさん……ああっ、早く……もう、出して……中に、出して……っ」

「いいのか？」

せっぱつまったように喘《あえ》ぐセシリアに、ラルフが眉根を寄せて尋ねる。セシリアは本能に突き動かされるままに口走った。

「だって欲しいの……ラルフさんの、熱いの……私のお腹に、びゅくびゅくって……赤ちゃんできる液、くださいっ……！」

「そういう言葉をどこで覚えてくるんだ？」

ラルフが忍び笑い、次の瞬間、一転して獰猛《どうもう》な気配を纏《まと》った。セシリアの懇願《こんがん》に応《こた》えるまま、射精に向けて滾《たぎ》る肉身をずちゅずちゅと突き立ててくる。

泡立つ愛液が抽挿を滑らかにさせ、抜けてしまう寸前まで引きずり出された陰茎《いんけい》が、また深々と肉襞を割り、子宮口をぐうっと押し上げる。ぷっくりと腫れた肉芽も、太く浮き出た血管に擦られて、痺れるような疼《うず》きが全身を駆け巡っていく。

「セシリア……セシリアっ……！」

ラルフの息遣いが荒くなり、ひっきりなしに名前を呼ばれる。唇を深く重ねられ、舌を吸う勢いは貪《むさぼ》るようだ。

「あ、もっと……ラルフさん、もっとぉ……！」

痕がつくほどに胸を摑まれ、乳首を乱暴に嚙まれても、今のセシリアにとってはすべてが気持ちよくてたまらない。跳ねるようなラルフの腰に手を回し、もっと奥まで犯してほしいとばかりに、自分から恥骨《ちこつ》を押しつけてしまう。

ラルフが額に汗を滲《にじ》ませ、目と目を合わせて小さく笑った。

「――愛してる、セシリア」

出し抜けに言われて、あっと思った瞬間、めくるめくような絶頂が押し寄せた。

「やあぁっ！　っちゃう……あぁぁ、だめぇっ、いっちゃうのぉ……！」

お腹の奥で、小さな星が弾けるような感覚が立て続けに生《しょう》じる。

頭が真っ白になり、宙に投げ出されたような浮遊感の中、ラルフが喉の奥で呻いて、灼熱《しゃくねつ》の迸《ほとばし》りをセシリアの膣奥に噴きあげた。

「あ……出て、る……！　や、あああ、またぁっ……！」

びゅるびゅると注がれる大量の精液に、さらなる恍惚《こうこつ》の波が寄せる。

ラルフの剛直がすべてを吐き出し終えるまでの間に、セシリアは立て続けの法悦《ほうえつ》にさらされた。感じすぎた膣も陰核もぼうっと鈍《にぶ》く痺れていて、下半身がひたすら重い。

（でも……出してもらえた、全部……）

心身ともに、セシリアはしみじみと満たされていた。体を包む空気がふんわりと優しくなって、ラルフに頭を撫でられキスをされれば、これ以上望むものなんてないと思った。

だが。

「……悪い、セシリア」

荒い息のままラルフが囁《ささや》く。

「本当に一度じゃ終わらないんだ。すまないが、このままもう一回」

「え……きゅ、休憩させてって言いましたよね⁉」

「善処はすると言ったんだ。確約まではしていない」

「やだ、もう無理、しばらく無理……って聞いてないでしょ、ラルフさんっ！」

「物語のヒーローならここでやめてくれるだろうが、君は現実の男の欲深さも知るべきだ」

繋がったまま背中に腕を回され、抱き起こされる。

たじろぐセシリアの瞳を覗き込み、ラルフは悪びれもせずに告げた。

「何せ君は、もうただの作家じゃなく、俺の妻にもなるんだからな」

「つ、疲れすぎると原稿が書けなくなりますよ」

「問題ない。それもこれも織り込み済みで、君のスケジュールは組んである。知っての通り、俺はとても優秀な編集者だからな」

「それ、こんなときに得意げに言う言葉じゃないです……！」

訴えながら、けれど――とセシリアは思う。原稿は、確かに問題ないのだろう。

(だって、もう見つけたの。わかったの。ずっと足りなかったもの)

ロマンス小説を書くにあたって自分に欠けていたものは、セックスの知識や技巧ではなく、本当に愛し愛される相手と心を通わせる喜びだった。

だから多分。きっと今なら。

「どうした？」

唇を綻《ほころ》ばせたセシリアに、ラルフが尋ねる。

セシリアは子供のように瞳をきらめかせて答えた。

「今なら、すごく素敵なラストシーンが書ける予感がしてるんです」

「それは楽しみだ」

ラルフが微笑み、セシリアの頬に触れて顔を寄せる。

何よりも大切なことを教えてくれた編集者のキスを受け止め、甘くて不埒《ふらち》な愛の行為に、セシリアは素直に身を委《ゆだ》ねた。

あとがき

お久しぶりです、もしくは初めまして。

シフォン文庫では二回目のお目見えになります、葉月《はづき》・エロガッパ・エリカです。ミドルネームは、友人の作家さんにつけていただきました。ありがとう、とても光栄！

この本が発売される季節は春ですね。お花見のお伴《とも》にシフォン文庫はいかがですか。新学期、新生活のマストアイテムとしてもオススメです。さりげなく持ち歩いていれば、エロス好きの同士が見つかり、新たな友情が築《きず》けるかもしれません。

「エロスの楽しみを共有できる友達は、一生の友達」

エロガッパのリアルな人生訓です。中学生のとき、クラブ（漫研）の合宿の夜に、同室の友達とこそこそ書いたHなリレー小説がエロガッパの原点なのですが、その子とはいまだにMABUDACHIですからね！（S子さんごめん、ここでカミングアウトしてみた）

さて、前回は中華ものでしたが、今回は初の挑戦になる英国、ヴィクトリア時代を書かせていただきました。そこにいつかやりたいと思っていた、「官能小説を無理やり書かせられる小説家志望のヒロインと変態編集者ヒーロー」ネタをぶっこんでみました。

私は漫画家漫画を読むのが大好きなんですが、小説家小説というのは、それに比べて数が少ないなぁと常々《つねづね》残念に思っておりまして。

ただ、創作をするという過程は、漫画でも小説でも音楽でもお芝居《しばい》でも、すごくドラマチックだと思うんです。私自身、作品の裏話や執筆中の悩みを創作仲間さんと語り合うことが、何より楽しくて刺激的な時間です。

もしかしたら、この小説を手に取ってくださった方の中にも、作家になりたいと思っている人がいらっしゃるかもしれません。そんな方にも楽しんでもらえる仕様を自分なりに目指してみました。実用書というわけではないですが、面白《おもしろ》く感じていただければ幸いです。

もちろん、そんなこととは関係なく、ラブやエロスやエロスやエロスを期待してもらっても大丈夫です！（大きく出たな、エロガッパ）

ところで、今回のヒーローのラルフさんは、繰り返しますが変態編集者です。属性としてはむっつりドS野郎です。

小説を書くことは好きだけど、官能小説なんて読んだこともない純粋無垢《むく》なヒロインに、エロエロな作品を書けやーと強要し、手取り足取り腰取りで、ご指導ご鞭撻《べんたつ》くださるわけです。無一文のヒロインを拉致《らち》して、ホテルに缶詰《かんづ》め（軟禁《なんきん》）させながら。

うん。これね。多分ね。犯罪。

毎回なんとなくヒーローの性癖《せいへき》を考えながら書いてるんですが、前回の央玖《おうく》さん（『密やかな紅《くれない》』）がおっぱいフェチなら、この人はお尻《しり》フェチだと思います（どうでもいい）。

でもロマンス小説の指導が的確なことといい、ラストの告白といい、内面は結構な乙男《オトメン》なんじゃないですかね。ドSのおとめん。なんかすごく面倒臭《めんどうくさ》そう。

そんなヒーロー視点に寄り添いながら、ヒロインのセシリアちゃんを辱《はずかし》めるのが楽しくてたまらなかったエロガッパ。ぶっちゃけ、強制朗読羞恥《しゅうち》プレイをやりたかったのです。他にも小説家ならでは（？）のHをちょいちょい盛り込んでみました。

ちなみに広い世間には、卑猥《ひわい》な言葉を体に書きつける耳なし芳一《ほういち》H的なものがあるそうです。ぎりぎり小説家プレイっぽくもあるかなと思いましたが、乙女小説的には多分……ないな。


最後に謝辞を。

イラストをお引き受けくださった森白《もりしろ》ろっか様。セシリアの恥じらいの表情や、ラルフのむっつり加減を素敵に表現してくださって、どうもありがとうございました！　森白さんの描かれるスーツ男子は本気で垂涎《すいぜん》です。胸板ばんばん叩《たた》きまくりたいです。

デビューからずっとお世話になっている担当様。担当様がいなければ、このお話の細部を具体的に詰《つ》めることはできなかったと思います。……や、担当様がドSで変態だと言ってるわけではないですよ（強調）。

「ヴィクトリアンものに挑戦するんですけど……」と相談したエロガッパに、資料一式をどどんと送ってくださった同業者の某様《なにがし》、その節は本当にお世話になりました。

いつも仲良くしてくださる友人や作家仲間さんにもありがとうございます。脱稿後の焼き肉に付き合ってもらったり、スカイプしたり、お泊《と》まり会をしたり、いろいろな方に甘やかされてエロガッパは生きております。何より怒濤《どとう》のシモネタに引かないでくれるのが！

そして、この文庫を読んでくださった皆様に心からの感謝を。

小説家志望ヒロインだったり、ヴィクトリア時代という舞台設定だったり、森白ろっか様の美麗《びれい》イラストだったり、この本を手に取ったきっかけは様々だと思います。目に留めてくださった理由をお手紙などで教えていただければ、今回は特に嬉しいです。

もちろん「エロかったから」でもいいんですよ、飛び上がって喜びます！


ありがたいことに、この先もまたシフォン文庫で書かせていただける予定です。

次回も新しいことに挑戦するつもりですので、本屋さんで見かけた際には、なにとぞよろしくお願いします。

改めますが、春ですね。暖かくて新しい季節です。

この本に関わってくださったすべての方々に、素晴らしい出会いや喜びが訪れますように。

二〇一三年二月　　　　　葉月　エリカ

※この作品はフィクションです。実在の人物・団体・事件などにはいっさい関係ありません。

シフォン文庫をお買い上げいただき、ありがとうございます。
ご意見・ご感想をお待ちしております。

―あて先―
〒101-8050　東京都千代田区一ツ橋2-5-10
集英社 シフォン文庫編集部 気付
葉月エリカ先生／森白ろっか先生

不埒なロマンス小説の書き方

2013年4月8日　第1刷発行　シフォン文庫

著　者　葉月エリカ
発行者　鈴木晴彦
発行所　株式会社集英社
〒101-8050東京都千代田区一ツ橋2-5-10
電話 03-3230-6355（編集部）
03-3230-6393（販売部）
03-3230-6080（読者係）
印刷所　大日本印刷株式会社

※定価はカバーに表示してあります

ISBN 978-4-08-670022-1 C0193